# 醫娘好神 1

風 文創 802

金夕顏 著

# 目錄

# 序

金夕顏

一直都想創作一個青梅竹馬的故事。

妳是我甜甜的小青梅，我是你俊俏的小竹馬，孩童時說過的生死相依純真誓言，長大後跨過千山萬水來兑現。

因為是種田文，所以文中的角色很多都是一些普通的山村村民。山村村民們有善良淳樸的一面，也有愚昧無知的一面，一場結束的殘酷戰爭給小山村帶來不小的風波，也將這些人性表現得淋漓盡致。

女主角之所以是穿越的設定，是因為真正古代的閨閣女子無法像現代女性一樣自強自立。她不能有自己的事業，也不能跟隨自己的本心選擇自己喜歡的人，她們只能在家從父，出嫁從夫。也因為女主角的穿越設定在古代顯得過於特立獨行，而又凸顯了男主角的難能可貴。

男主角是從認定的那一刻開始，這輩子便只要女主角，支持她的事業，尊重她的選擇，更可以放下身分回來幫她披荊斬棘。

一個完整的故事自然有甜也有苦，因為是戰爭後的背景設定，所以戰爭的殘酷也有凸顯。我沒有在文中刻意描寫戰爭的慘烈場面，而是從幾個小家庭出發，從這些人戰後的生活來披露戰爭的殘酷。

寫到楊五嬸執拗瘋狂的緣由時把自己寫哭了，寫到她瘋癲時還念著女主角的好冒雨去報恩時也哭了。

筆下的角色因為我的眼淚，感覺都成了一個個真實存在的人物，他們有血有肉，有自己的靈魂。

戰爭是真的殘酷，那些原本活生生站在你面前的人，還笑著和你說以後的打算，上了戰場後有可能留下的就只有這些鮮活的記憶，再也沒有這個鮮活的人。

背景雖然設定得有些殘忍，但故事卻是積極向上的，想傳達給讀者的正能量是無論過去多麼悲傷痛苦，無論路多麼坎坷崎嶇，都要努力積極向前看，希望在前方，希望在自己的手中。

其實書裡我最喜歡的人物是女主角二哥，這個角色的個性就像他的名字一樣，秉性剛直，說一不二，不苟言笑。

這樣個性的角色因為是配角，無法大篇幅描寫，很難刻畫，可我又實在喜歡，便在書中給他配了一個軟肋，讓他鮮活起來。

至於是什麼樣的軟肋，親愛的讀者們，慢慢找吧！

也希望讀者們能跟著我筆下的人物，一起哭一起笑，一起努力為美好的未來衝呀！

# 第一章

「葉紅袖！我要掐死妳，我要掐死妳去陪葬！」

暈暈乎乎間，一個婦人的聲音不停在耳邊嘟囔著。

葉紅袖吃力地睜開沈重眼皮，抵在眼皮子前的是一張又髒又老，頭髮比雞窩還要亂的陌生婦人。

她嚇得一激靈，整個人瞬間清醒了過來，想深吸一口氣，卻發現自己的脖子正被婦人狠狠掐著，力道大得好像要將她的脖子給擰斷。

突然睜眼的葉紅袖也把那婦人嚇了一跳，但她沒急著鬆手，反而加大了力道。

「掐死妳！我要掐死妳去給我家土蛋陪葬！」婦人睜著猩紅眼睛，一副要將她置於死地的模樣。

搞什麼？她不是飛機失事死了嗎？葉紅袖還以為這是幻覺，可被掐著脖子喘不過氣，過於真實的感受提醒著她，自己還活著。

就在這時，她的腦子突然湧進了陌生的記憶。

她明白了，自己這是穿越到赤門村一個同樣叫葉紅袖的十五歲村姑身上——不過這接收的記憶好像有缺失。

她伸手抓過婦人的手，逆著拇指骨關節的反方向用力一扳，婦人吃痛，哇哇大叫了兩聲後，立刻鬆手。

她出生醫藥世家，人體關節穴位全都一清二楚，知道每個部位的軟肋，便乘機急忙起身，抬腿對著婦人踹了過去。

婦人來不及反應，趔趄了兩步，跌在地上。

「妳——」穿著破爛，渾身髒兮兮的婦人不可思議地看著突然反抗的葉紅袖，眼裡驚恐。

「看什麼看？再看把妳的眼珠子挖出來！」葉紅袖狠狠瞪了那婦人一眼。

婦人嚇得急忙捂著自己的眼。

葉紅袖環顧了一下周邊環境。這是一個狹小幽暗的房間，炕上只有一床她剛剛蓋過的破被子，上面蓋著幾件打著補丁的破衣裳。炕上的矮桌放著幾個缺了口子的碗和一個針線笸籮，除了這些，房裡再無其他。

今天早上，她揹著背簍去後山採藥，路遇山腳的河塘時，肩上的背簍不小心蹭了一下同村的程嬌嬌的胳膊，她惱羞成怒，把自己連人帶背簍一起踹進了河裡。

她不會游泳，兩口水灌下去，嗆暈了過去，轉由自己穿越代替了。

這個時候，她也認出了眼前的婦人，是同村的楊土蛋的娘。

「還不趕緊走？」葉紅袖衝縮在炕腳的土蛋娘狠狠瞪了一眼。

了。

「妳……妳等著，我……我會討了妳給我家土蛋陪葬當媳婦兒的！」土蛋娘爬起來跑出去的時候，還不忘這樣瘋言瘋語地威脅了一句。

對她的威脅，葉紅袖不以為意。她就是個瘋子，自己要是和瘋子計較，那可就成笑話了。

何況她的瘋，和葉家也是有點關聯的。

六年前，邊疆戰事不休，為了補充兵力，家裡凡有十六歲以上、四十五歲以下青壯年勞力的，都得出一個人去當兵。

附近村子的後生們接連離開，最後走的是赤門村以葉家大哥葉常青為首。一年前，村子裡出去的後生們陸陸續續都回來了，沒回來的只有死了的楊土蛋，還有至今生死不明、杳無音信的葉常青。

同去的後生說，楊土蛋是被當叛徒的大哥害死的，大哥回不來則是因為被關進了刑部的天牢裡。

老來得子的土蛋娘受不了白髮人送黑髮人的打擊，瘋了，每次一見到葉紅袖，就嚷嚷著要她去給楊土蛋陪葬當媳婦兒。

因為此事，葉家如今在赤門村猶如過街老鼠，家裡的田地去年被村民作主搶了給楊家，說是抵命的。前兩個月，家裡本就搖搖欲墜的老祖屋也被人半夜給扒了，廚房和堂屋那邊都塌了，是誰幹的也無從查起。房子塌了，田地沒了，名聲也沒了，葉家的日子難過得緊。

「不好了！紅袖姨，不好了！」

葉紅袖剛回神，突然傳來了一個小丫頭著急的聲音。她鑽出房間，看到梳著羊角辮的二妮滿臉焦急地站在院門口。

「二妮，怎麼了？」

「紅袖姨，嬸婆在村口被人圍著呢！妳趕緊去！」小丫頭拉過葉紅袖的手，朝不遠處的村口奔了去。

剛到村口，葉紅袖就看到一夥村民裡三層外三層地堵在路上。

「我家紅袖是被妳家嬌嬌推下河的，她現在醒不過來，你們得拿錢給她去看大夫！」葉氏紅著眼伸手攔在彭蓮香的去路前。

「笑話，妳說妳家那個小賤蹄子是我家嬌嬌推下河的，妳哪隻眼睛看到了?!」彭蓮香白了一眼攔在自己面前的葉氏。

她剛從別人那裡拿了新鞋樣，急著回去給自己閨女程嬌嬌做新鞋子，過幾天會有媒婆上門來說親。這次託媒來說親的後生，可是在縣裡有好幾間鋪子的，她得把閨女打扮漂亮些。

「早上在河邊洗衣裳、洗菜的人都看到了。」葉氏指了指圍觀的村民。

「都看到了？那妳倒是說個名字出來啊！只要這個人敢站出來，敢當著妳我的面說就是我家嬌嬌幹的，別說是賠你們湯藥錢了，就是給她葉紅袖葬身的棺材錢，我們都出！」

彭蓮香冷眼盯著葉氏，嘴角還泛起濃濃的嘲諷。她敢如此大言不慚，只因為現在整個赤門村，沒人敢招惹他們程家。

她兒子程天順也是那批出門打仗後生中的一員，和楊土蛋客死異鄉及聲名狼藉的葉常青不同，程天順因為在戰場上立過一次不大不小的功，回來後被縣衙請去當捕快。靠著靈活的腦子和交際手段，在衙門摸爬了一年後，前段時間還升上了捕頭。

村子裡出個能在衙門做事的就已經夠光宗耀祖了，何況程天順現在還是個威風凜凜的捕頭。

果然，她的話一說完，那些旁邊圍觀的村民們立刻別開頭。

見狀，彭蓮香更得意了。「像葉紅袖那樣不要臉的賤丫頭，死了都是你們葉家在積德！」

葉紅袖剛靠近，就聽到了彭蓮香對自己的辱罵。

「妳怎麼能這樣說話？我家紅袖是好姑娘！」緊接著是葉氏的聲音。

「啊呸！妳也好意思把妳家的賤丫頭說個好字出來！誰不知道是她自己犯賤，想要勾引男人才故意跳進河裡去的，竟敢誣衊我家嬌嬌！老天爺要是有眼，就該現在把她給收了！死了才好，去給楊土蛋陪葬，也算你們葉家做了件功德。」

彭蓮香的話，氣得葉紅袖攥緊了拳頭。

「彭蓮香，妳不能亂說話，我家常青不是叛徒，我家紅袖更是本本分分的好姑娘！妳知道姑娘家的清譽是最重要的，妳這樣……往後她還怎麼嫁人啊！」

葉氏氣得眼淚嘩啦啦淌。未出閣的小姑娘，聲譽可是比命都要重要的，村子裡的人如何蹧踐自己都沒有關係，就是不能侮辱自己的子女。

「就她那樣還想嫁人，現在整個村子誰不知道那個把她抱回家的窮小子把她身子上上下下、裡裡外外都摸了個遍，她現在就是想給楊土蛋陪葬，估計楊家都要嫌她髒！」

彭蓮香的話讓葉紅袖的腦子裡閃過一絲模模糊糊的記憶。

當時她掉下河，喪失意識之前，確實從河岸跳下了一個頎長的身影。

真是可惡！程嬌嬌害死了自己不說，彭蓮香還要反咬一口毀了自己的聲譽，這怎麼忍得了?!

她伸手撥開人群。

「紅袖！」葉氏吃驚地看著此刻好端端站在自己面前的女兒。剛才在家裡，無論自己抱著她怎麼哭喊，她就是沒一點反應。她以為閨女不行了，這才跑來找彭蓮香算帳，打算帶著她去縣城找大夫的。

「哼，這都沒死，老天爺可真是瞎了！」彭蓮香衝葉紅袖狠狠翻了個白眼，轉身欲走。

見她要走，葉紅袖一個箭步衝了過去。「程嬌嬌差點害死我，妳這就想走了？」

「賤丫頭，那妳想……想怎麼樣？」

彭蓮香瞪向葉紅袖，卻被她眼裡的狠戾眸光給嚇到了，以至於說話有些結巴。

眼前這個還是從前見到自己便低著頭，連大氣都不敢喘一下的葉紅袖嗎？

「紅袖?!」葉氏也被女兒這個舉動嚇了一跳。

其實不只是葉氏和彭蓮香，圍觀的村民們也都嚇到了。葉紅袖說話的口氣，還有冷眼看著彭蓮香的樣子，不對勁啊！

「死丫頭，妳想幹什麼？」回過神的彭蓮香拿出氣勢，相信葉紅袖就是吃了熊心豹子膽也不敢對自己怎樣。

「妳的嘴巴這麼臭，我得好好幫妳治治！」

話音一落，葉紅袖搶過了彭蓮香拿在手裡的鞋錐子，趁著她還未反應過來之際，鞋錐子的錐頭便對著她脖子刺了下去。

「紅袖！」

葉氏嚇得大叫出聲，旁邊的村民也被這突如其來又凶殘的舉動給嚇到了。這要是對著彭蓮香的脖子猛扎下去，肯定會出人命的啊！

就在眾人以為彭蓮香要血濺當場之時，葉紅袖卻突然減輕了手上的力道，只在她脖子上的啞門、天柱，還有背脊上的風門和其他幾個控制神經的穴位上輕輕扎了兩下。

眨眼的功夫，彭蓮香的嘴巴歪了，很快，口水就不受控制地順著她歪斜的嘴角滴滴答答淌了下來。

「妳……妳……做了什麼……」

彭蓮香一臉驚恐地質問葉紅袖。她想用手把歪斜的嘴巴扳正，可整張臉麻得沒有知覺，歪斜的嘴也回不到原處。更可怕的是，她一張口說話，口水流得更厲害了，沒一會兒，前襟就被自己的口水打濕了。

葉紅袖笑著晃了晃手上的鞋錐子。

「做什麼？當年要不是我爹，只怕妳早就成腐屍了，哪裡有這麼好的精力站在這裡誣衊我。」

五年前，彭蓮香大過年時小中風，半邊臉及身子都麻了，是自己的爹放下手裡所有的活兒，連年都沒有好好過，連續給她針灸了大半個月才治好的。

當時念著程天順和哥哥葉常青都在軍隊裡，兩人相互能有個依靠，爹沒收他們程家一文錢，就連藥錢都給全免了。如今他們榮華富貴了，從前的恩情不但全都忘了，竟還落井下石。

彭蓮香氣得想罵人，可是她一張嘴，口水就嘩啦啦地淌著。

「我什麼？被程嬌嬌推下河沒死，那是我福大命大和我爹在天有靈，我都是死過一次的人了，我還有什麼好怕的？彭蓮香，我現在就告訴妳，以後要讓我再從妳嘴裡聽到一個辱罵我和我家人的字眼，別說讓妳斜嘴歪眼了，就是讓妳躺在床上生不如死我都能做得到！」

說完，葉紅袖把手上的錐子塞回了彭蓮香的手裡。

圍觀的村民倒吸了一口氣，望著她的眼神是驚詫中還摻雜著一絲驚恐。

這……這真的是葉家么女葉紅袖嗎？怎麼完全像是換了一個人，眼裡還帶著殺氣呢？

葉紅袖並沒有急著離開，而是站在原地，冷眼將在場村民掃視了一遍。這裡的面孔都是再熟悉不過的。

「還有你們，」她冷聲開口。「當初你們一個個滿臉病容地爬進我家的情形，我可記得一清二楚。家境好的，我爹也就收個藥錢；家境不好的，我爹都是分文不收。那個時候你們對著我爹連連作揖，說的可是救命之恩沒齒難忘的話，如今我爹不在了，你們的嘴臉就全都變了？」

說到自己的爹，葉紅袖的情緒更激動，畢竟爹會去世，正是為了自己。

五年前，她得了一場大病，爹為了給她採藥，進了牛鼻子山的深山處。只是好好地活著進去的，最後出來的卻是一具被老虎撕咬到血肉模糊的屍首。

面對葉紅袖的質問，聚滿了人的路口突然靜謐得只剩下眾村民吸氣的聲音。有些人羞愧地別開了頭，不敢和她對視。

「只要你們眼睛沒瞎，都應該清楚看到我是被程嬌嬌推下河的，要你們出來作證的時候，你們卻一個個都裝聾作啞，全當沒有這回事。既然你們的眼睛都瞎了，耳朵都聾了，是非都分辨不出來，又有什麼資格罵我大哥是叛徒？是你們親眼看到我大哥當了叛徒，還是親耳聽到楊土蛋說他就是被我大哥害死的？」

「紅袖……」

葉氏張嘴輕輕喊了一聲，想開口卻哽咽得什麼都說不出來，眼淚流得更厲害了。這些話全是自己想說而不敢說的，沒想到女兒今天全都說出來了。

「沒看到沒聽到，你們就沒有資格指責我大哥，指責我們葉家！以後要再讓我聽到你們誣衊我們葉家，她就是你們的下場！」

葉紅袖逐一將所有人都掃視了一遍，才走到葉氏的身邊，攙著她一道離開。

葉紅袖扶著葉氏回到家裡時，天已經開始黑了。而天一黑，葉氏就會犯病。她的夜盲症是這些年日夜忙著繡花、繡荷包熬出來的，天一黑或者周邊環境一暗，她眼前便一片漆黑，什麼都看不清楚。

剛才扶她回來的路上，葉紅袖給她把過脈，病情並不嚴重，只需要拿藥材好好調理一番，再酌量用眼就能好。

「娘，妳坐在這兒別動，我去把火生起來。」

葉氏在院子裡坐好後，葉紅袖起身要進屋生火。家裡的照明現在全靠火堆，好在後面就是山，生火不是難事。

「等一下，紅袖！」葉氏急忙伸手朝她摸了過去。

「怎麼了？」葉紅袖轉身，抓過葉氏在半空中不停摸索的手，在她面前蹲下。

「紅袖，妳今天這是怎麼了？妳、妳怎麼好像突然就變了呢？」葉氏還未從剛才的震驚中回過神來，總有種自己的女兒被人換了的感覺。

「娘，我沒變，還是妳的女兒。我變得不一樣，只因為我不想被人推下河再死一回。今天我有幸被好心人救了，下次咱們有沒有那麼好的運氣，可就不好說了。」

「是！是！妳凶點、厲害點好！妳厲害了，他們就不敢對妳下手了！」

葉紅袖的話讓葉氏想起早上自己抱著她哭得肝腸寸斷的情形。那種以為女兒死了，自己也要跟著去的心情，這輩子都不想再體驗了，瞬間覺得女兒的話有道理。

「那妳的醫術……」

但她的心裡還有疑問。她知道紅袖從前和自己男人學過一點醫術，卻不知道她有這麼厲害。

「以前爹不是教過我嗎？家裡的那些醫書我也都翻遍了，以前我是膽小不敢讓人知道，也怕自己醫術不精讓旁人笑話。今天我是豁出去了，正好練練手，沒想到一扎一個準。」葉紅袖臉不紅氣不喘地掰著瞎話。

「對了，娘，我是被誰救回來的？我一點印象都沒有了。」為免葉氏再追問，葉紅袖主動轉移話題。

「是俊傑！紅袖，俊傑回來了！他活著回來了！他還活著！」說起女兒的救命恩人，葉氏的情緒立刻激動了起來。

「俊傑？什麼俊傑？」

印象裡，自己壓根兒就不認識也不記得一個叫俊傑的男人。

「我差點忘了，妳十歲那年滾下山生了一場大病，之後好多事好多人都忘了。」

葉氏這麼一說，葉紅袖猛然反應了過來。怪不得接收原主記憶的時候，總覺得記憶中有塊空缺。

「他從前對妳可不是一般的好，原本今天他是想守著等妳醒過來的，可大山跑來說他娘病得快不行了，這才急匆匆回去了，也不知道他娘現在怎麼樣了。」

對於這個從前對自己很好的俊傑，葉紅袖仍是一點印象都沒有。

「等明天有空了，我去謝謝他。時間不早了，我去生火做飯。」

天已經完全黑了，她得趕緊生火弄點吃的，吃飽了還得好好琢磨個掙錢的法子，這個家實在太窮了。

火生起來後，葉紅袖在房間的角落裡拿了些她昨天在山上撿草藥時順帶撿的菌子，又隨手從旁邊的土豆堆裡拿了兩個蔫頭耷腦的土豆。

家裡沒田沒地，現在吃的菜幾乎多半都得靠後山，有時候是撿菌子，但大多數時候都是挖野菜。這些土豆則是她和葉氏用後山好不容易開墾出的一小塊地種的，沒米沒麵，只能用這個當主食。

土豆直接扔進了火堆裡，菌子湯只撒了一點鹽；油在葉家是奢侈品，不到過年過節是不會用的。兩人一人一碗菌子湯、一個土豆，就是晚飯了。

吃過晚飯，葉紅袖打了水給葉氏洗漱，自己洗漱後便在她旁邊躺下。

沒多久，耳邊便傳來了她均勻的呼吸聲，葉紅袖卻睡不著。

這個家實在太窮太難了。家裡除了有眼疾的娘、生死不明的大哥，還有個在縣城讀書的二哥。二哥為人正直，念書又好，書院先生不想痛失人才，就讓他在書院幹活抵束脩，這才沒輟學。

至於在縣城住的爺奶與二叔二嬸，因為大哥的事，早就和自家斷絕來往。

還有那個她不記得的俊傑，娘說他從前對自己不是一般的好，那是怎樣的好呢？他又是怎樣的人呢？

# 第二章

等她再睜眼，天已經大亮了，葉氏此刻正坐在家門口忙著繡花。家裡現在最主要的收入，一半是靠她上山採藥材，一半靠葉氏給縣裡的布莊繡花、繡荷包。

洗漱一番後，葉紅袖端著新煮的菌子湯和土豆走到葉氏面前。

「娘，以後這些還是少繡的好，妳的眼睛得好好調養才行，這樣下去會壞的。」

夜盲症雖然不是什麼要緊的大病，但這樣費眼睛地熬下去是肯定不行的。

「妳二哥馬上要交束脩了，咱們葉家現在可就全靠他了。他要考上了功名，給妳大哥翻了案子，咱們葉家往後在赤門村就能挺直腰桿子，妳爹在天之靈也會高興的。」

葉氏接過她手裡的碗，說起這些的時候，眼裡滿是希冀。這樣難熬的日子，她也就指著這點希望了。

「放心吧！學堂的先生都說二哥是他這批學生裡最好的，二哥肯定會給咱家爭光的。娘，我上山了，沒事不要出門，等我回來一起吃晚飯。」

把碗裡的菌子湯喝了以後，葉紅袖揹上背簍，拿著藥鋤上了後山。但這次沒再沿著老路，而是選了一條更難、更艱險的路。

沿著老路是能採到不少草藥，但都是些不值錢的常見草藥，就是每天採滿一背簍曬乾了也賣不了幾個錢。但是沒幾個人敢去的深山處卻不同。

深山有許多毒蟲猛獸，當年爹被老虎咬死了以後，更沒人敢去。可沒人敢去的地方自然有許多沒人採的珍貴藥材，她得冒險闖一把，要是運氣好，採上幾株難得珍貴草藥，家裡的窘境就暫時能解決了。

進深山前，她也做了一些準備，沿路採了不少清涼解毒、止血化瘀的草藥，以備不時之需。

這座山因為形狀像個被繩子牽著的牛鼻子，而被周邊村民喚為牛鼻子山。葉紅袖要進深山，得先經過一個暗幽黑洞，這個洞就像是牛鼻子的鼻孔。

一撥開遮掩洞口的樹枝和雜草，洞穴內的涼氣立刻撲面而來，只有一絲亮光的洞穴，就像是張大口要嚼碎所有闖入者的猛獸一般。

就是龍潭虎穴也得闖一闖！葉紅袖深吸一口氣，舉步走進去。

這洞口是兩座山峰兩壁夾峙的縫隙，洞穴很窄，最寬的地方也不過兩米，窄的地方只容一人通過。

走了大概百來米遠，眼前卻豁然開朗。率先映入眼簾的是座很大很大的湖泊，未受污染的澄淨湖水，湖面倒映著景致，形成了相當壯觀的倒影。湖邊樹木鬱鬱蔥蔥，水草豐盛，鮮花遍地，不時還能看到撲騰著翅膀從湖面略過捕食的水鳥。

這哪裡是什麼會吃人的龍潭虎穴，簡直是人間仙境！這麼好的環境，要想挖到珍貴藥材，不是難事。葉紅袖這下子信心更足了。

她站的位置是懸空在山腰處一塊堅硬的石崖，也正是因為洞穴太過狹窄，出山的洞口又是懸空的，所以山裡的猛獸才出不去。

下山需要順著布滿青苔的陡壁爬下去，陡壁雖然濕滑，不好攀爬，但葉紅袖還是很輕鬆就下去了。

前世為了採藥，她受過專門的攀岩訓練，甚至野外生存也都專門學過，只為進山的時候能好好保護自己。

一下山，她就有了收穫，挖到不少成色好、塊頭大的天麻，還採到了幾株正在開花的鐵皮石斛。

這石斛葉紅袖是連土一起挖起來的，她想把石斛拿回去自己栽種，野生的鐵皮石斛用來治娘的眼疾是最好不過。

小心翼翼把鐵皮石斛放進背簍後，葉紅袖揹起背簍剛起身，耳邊突然傳來了一陣異響。

她立刻提高警覺，掃視了一下周邊。湖面早就沒了捕食的水鳥，出來喝水的小牲畜也沒了蹤影，空氣中突然多了一絲殺意。

葉紅袖的心瞬間提到了嗓子眼，快速閃身躲進了旁邊的灌木叢裡。

她剛蹲下，耳旁就傳來了讓人毛骨悚然的狼嗥，一聲接一聲，此起彼伏。

糟了！是狼群出來覓食！

更可怕的是，走在最前頭的狼，泛著殺意的綠眼竟直接透過灌木叢，虎視眈眈地盯著自己。

葉紅袖的身子瞬間從頭涼到了腳。只有一匹狼，她興許還能憑一己之力對付得了，可這是狼群，牠們一擁而上，自己只怕骨頭渣子都沒得剩了。

更可怕的是，狼王這個時候直接朝她撲了過來。

「啊——」

葉紅袖驚叫出聲。難不成，她這穿越的第二天又得香消玉殞了？

就在這時，耳邊突然傳來了兩聲咻、咻的聲音，剛剛一躍而起的狼王突然連中兩箭而倒地。

有人？驚魂未定的葉紅袖回頭，看到身後不遠處的石塊上站著一個身揹箭筒，手拿弓箭的身影。

因為對方逆光站著，葉紅袖抬頭想看清他的臉，卻被陽光照得眼睛昏花。等她回神，已經有另外兩頭灰狼朝他撲了過去。

「小心——」葉紅袖揪著心，衝他大喊了一聲。

兩頭狼突然左右夾擊，她以為對方反應不過來，但沒有想到的是，那人先是用手上的弓箭砸向了左邊那頭狼，野狼倒地的時候還發出一聲短促的哀號，可見力道之大。

緊接著他抽出了腰間的短刀，在右邊那頭狼撲向他的瞬間，直接一刀刺進了狼腹，帶著溫度的鮮血噴濺得到處都是，濃烈嗆鼻的血腥味在空氣中蔓延。

其他狼看到狼王和同伴死的死、傷的傷，立刻散了。

葉紅袖目瞪口呆地看著眼前被鮮血噴得滿身的男人。

男人回頭，也朝她看了過來。

高大的身軀，冷酷的氣場，充滿殺氣的眼睛，這人全身上下沒有一絲溫度，他不像是人，更像是從修羅場來的奪命使者。

他拿著短刀緊盯著自己，葉紅袖都有錯覺，覺得他下一個要對付的就是自己。

心裡正這樣想著，那人手上的短刀竟然真的直接扔了過來。

「啊——」她嚇得閉眼大叫。

身後傳來了兩聲異樣。

嘶——嘶——她回頭，地上已經多了兩截被攔腰切斷的蘄蛇，頭一截、尾一截地在草地上亂扭動著。

剛才她太過專注，完全沒有察覺到身後的危險，幸虧這個男人及時出手，不然自己沒成了狼群的點心，也得命喪蘄蛇的口下。

蘄蛇便是俗稱的五步蛇，身有劇毒，但凡被咬到沒及時處理，只需行走五步就會毒發身亡。

這裡果然是龍潭虎穴，哪裡都危險。驚魂未定的葉紅袖拍著胸脯，回頭想要衝他道謝，耳邊卻響起了一個低沈沙啞的聲音。

「紅袖，別怕，是我！」

沾滿血跡的臉龐躍入眼簾，雖有血跡，但還是能看出他清俊的容貌，劍眉星目，長得相當好看，身上的粗布衣裳打了不少補丁，卻仍無法掩飾強大的氣場。

而且這個時候，他身上的殺戮之意全都褪去了，像是換了一個人，男人星眸裡溢出無法抑制的歡喜，伸手抹掉臉上的血跡。

「紅袖，我回來了！」

「你是？」一面對近在咫尺的俊臉，葉紅袖一臉疑惑，努力在腦子裡搜索，仍對他沒有一絲印象。

看到葉紅袖竟然認不出自己，連俊傑星眸裡的歡喜也消失不見，變得幽暗如望不到底的深淵，冷峻的面孔也繃緊了，甚至垂在身側的雙手都攥成了拳頭。

他身上突然又變了的氣場，讓葉紅袖有股喘不過氣來的壓迫感。難道……

「連……俊傑？」她有些遲疑地喊了一聲。

看到多年未見的青梅竹馬終於喊出自己的名字，連俊傑揪著的心立刻鬆了，星眸再次溢滿歡喜，唇畔也忍不住上揚。

葉紅袖被他帶有笑意的面容驚呆了，尤其是他噙著笑意的眼睛，就像夜空裡最亮的星。

要不是自己親眼所見，她根本不敢相信，剛才他還面如閻羅，好似要吃人，這會兒卻笑得讓人覺得心都要化了。

不過，他一笑，葉紅袖更肯定了，他就是昨天救了自己，從前對自己很好很好，但是自己卻把他忘了的連俊傑。

她心虛地低下了頭。

「是我，我回來了！」連俊傑再向前邁了一步，和她靠得更近了一些。

因為靠得近，他能聞到她身上淡淡的皂角香。

當年他離開的時候，她只有九歲，站在自己面前，足足比自己矮兩個頭。如今，她已經有了少女明豔的面龐，身子也有了少女的曼妙。

他的小青梅長大了。連俊傑眸子裡的歡喜更濃了幾分，呼吸也不自覺地有了一絲紊亂。

可過於強大的氣場，還有濃烈的血腥味，卻讓葉紅袖不由自主地退了兩步。

「嗯，謝謝你救了我。」她只低頭淡淡回了他一句，沒敢抬頭，也沒敢多話。

他的眼睛雖然好看，可眼神太過幽深，她怕被他多盯兩眼，就會被他識破自己不是真正的葉紅袖。

「時間不早，我要回去了，不然娘會著急的。」她轉過身，想把那條斷成兩截的蘄蛇撿回去。

蘄蛇雖有劇毒，卻有極高的藥用價值，對中風導致的口眼歪斜、半身不遂尤其有效，是危險又難得的藥材，價格很高。

誰知，她的手剛碰到地上的蘄蛇，突然從旁邊又躥出了一條黑色影子。

「小心——」

葉紅袖還沒反應過來，就被一隻大掌扯進了一個寬厚的胸膛裡。她的鼻子撞在了連俊傑結實的胸膛上，疼得眼淚直接迸了出來。

等她摸著鼻子睜開淚眼，地上又多了一條被石頭砸開腦袋的蘄蛇。

這一幕，嚇得她魂都沒了，卻也讓她更驚嘆連俊傑的反應。

抱著懷裡柔軟的身子，連俊傑同樣驚魂未定。他不敢想，要是自己沒有及時出現，她會怎樣……

「以後妳要進山，一定要告訴我。這裡太危險，妳這個小身板給這裡的猛獸塞牙縫都少了。」

摟著她的時候，她瘦得讓他心疼。

「謝謝你又救了我。」葉紅袖紅著臉將他推開。她還真不習慣和男人這麼親密。

這過於冷淡的回應還有抗拒，讓連俊傑的心溢出一絲失望。他以為她一見到自己，會和小時候一樣撲進自己懷裡，然後靠在自己的懷裡亂翻找吃的。

不過他很快也想通了，自己和紅袖畢竟有五、六年沒見，她又長成了大姑娘，有些生疏在所難免。

「回去吧！」他將手伸到她面前，想和小時候那樣牽著她下山。

望著他沾滿血跡的大掌，葉紅袖卻猶豫了。自己失憶忘了他的事情，該不該告訴他呢？

「其實，我……」

剛要張口，突然從遠方傳來的虎嘯聲嚇得她小臉一白，立馬把自己的手塞進了他的掌心裡。什麼失憶不失憶的，還是先保住小命出去最要緊！

連俊傑一肩扛著狼，一手牽著葉紅袖，出了牛鼻子深山。

出來後，兩人先在山口處的溪邊清洗了一下。連俊傑因為身上沾滿了血跡，索性把褂子給脫了。

褂子脫下的瞬間，蹲在溪邊拿帕子準備洗臉的葉紅袖嚇了一跳。那結實的古銅色身子上，竟前前後後找不到一寸好的地方，布滿了醜陋疤痕。尤其是肩胛處最明顯的那道疤，乍一看，還以為是條毒蛇盤踞在他肩上。

察覺到了葉紅袖的驚嚇，連俊傑笑著衝她指了指身上的傷口。「妳別怕，都是些舊傷口。」

葉紅袖的目光落在他肩胛處的傷疤上。那人要不是想取他的性命，下手不會這麼狠。

看到她的眸子在瞬間黯淡了下來，連俊傑的笑意卻濃了兩分。他伸手，和小時候一樣在她的腦袋上揉了揉。「沒事，都過去了！」

布滿老繭的掌心摸在腦袋上，葉紅袖的內心升騰起了一股熟悉的溫暖。

「對了，你娘怎麼樣了？我聽說她病得很嚴重。」葉紅袖記得昨天葉氏說過這事。

說起自己娘的病況，連俊傑臉上的笑意頓消。「娘癱瘓了好幾年，耽誤了治療，大夫說很難了。」

「要不你帶我去看看吧，我會醫術。」他多次的救命之恩，葉紅袖想要以此為報。

「妳會醫術？」連俊傑看著葉紅袖，眼裡都是驚喜和詫異。

「嗯。以前我和爹學過醫術，二哥教過我認字，爹不在了以後，我就天天一個人躲在家裡翻醫書。不敢說有多好，但比常人懂的還是要多一些的，且針灸是我最拿手的，昨天我還把彭蓮香的嘴巴給弄歪了呢！」

葉紅袖的小臉上全是自豪。昨天那樣當眾狠狠教訓了彭蓮香一頓，可算是幫葉家出了一口憋屈氣。

「我現在就帶妳回家。」

擦洗乾淨的連俊傑穿上擰乾了的褂子，扛著狼，拉著葉紅袖朝山腳處的自家奔去。

# 第三章

連俊傑的家讓葉紅袖刷新了「窮」的定義。昨天她穿越來的時候，原以為自己那個家算是最窮的了，如今看來，還是自己見識少啊……

用黃泥土混石頭圍成的牆坍塌了將近四分之三，空蕩蕩的院門，大門早沒了蹤影，站在院子外頭，一眼就能看到裡頭那棟破爛宅子。

「這幾年我沒有回過家，娘的身子又不好，就這樣了。」連俊傑領著葉紅袖進院子的時候，簡短地解釋了一句。

兩人走進院子，在井邊放下東西，剛走到門口，屋裡就傳來了一個葉紅袖極為熟悉的聲音。

「唉，說來也是你家的俊傑和紅袖沒有緣分啊！以前他們兩個人在一起多好啊，日日形影不離，如今再見面，我家紅袖都已經許人了。」嘆息的正是葉氏。

已經許人了？葉紅袖聽了這話一頭霧水。她對這事完全沒有任何印象。

「妳已經許人了？」

連俊傑低頭看向葉紅袖，眸色深沈，眉頭微蹙，周遭的空氣好似突然冷了三分。

葉紅袖一臉茫然地回望。她以為自己缺失的記憶就只有他，沒想到突然又蹦出了一個未婚夫。

「爹，你回來啦！」

葉紅袖剛要張口解釋，一個軟糯的童稚聲卻將她的話給堵住了。裡屋衝出一個三、四歲的小男孩，大大的眼睛，白白圓圓的小臉，身上的衣裳雖然打了不少補丁，卻是乾乾淨淨。

爹?!她望著眼前的小男孩愣了一下，心底深處突然閃過一絲抽痛。

小男孩衝到連俊傑的身邊，仰著小腦袋，滴溜溜的大眼睛在葉紅袖的身上打轉。「姊姊，妳是誰啊？」

「瞎喊，叫阿姨！」連俊傑黑了臉，大掌拍在他的小腦袋上。

小男孩也不惱，伸出小手抓了抓被打的後腦勺，嘿嘿笑了兩聲。「阿姨，妳是誰啊？」

葉紅袖被他給逗笑了。她蹲下身，捏了捏他的小圓臉。

「我叫葉紅袖，你叫我紅袖姨吧！阿姨也不知道家裡有小孩，沒拿吃的，下次阿姨給你補上好不好？」

「不用不用，爹說零嘴那都是姑娘家喜歡的東西，我是男子漢，對那些東西不大喜歡。」

豈料他竟衝葉紅袖擺手，小手還拍著自己的小胸膛，一副小大人模樣，更逗得葉紅袖笑得厲害了。

「那小小男子漢，能告訴我你的尊姓大名嗎？」

「我叫金寶，他是我爹！」金寶做了自我介紹後，還把自己和連俊傑的關係隆重介紹了一下。

葉紅袖揉了揉他的小腦袋，站了起來，看向連俊傑。「你兒子很可愛。」說話的時候，她刻意忽略心頭再次閃過的抽痛。

連俊傑輕扯唇畔，勉強擠出一絲笑意，微微點了點頭。原本解釋已經滾到嘴邊，可想起她已經許人了，又生生地被他給嚥回了肚子。

「先進去看看你娘吧！」葉紅袖指了指裡屋，來看他娘才是這一趟的目的。

坐在炕邊的葉氏，見葉紅袖和連俊傑一道進來，一臉疑惑。

葉氏是特地來感謝連俊傑的救命之恩，她拿了十幾個好不容易攢下的野雞蛋和一些曬乾的野菌子，都是葉紅袖進山採藥的時候撿的，也是葉家現在唯一能拿出來的好東西。

「我們剛剛在山裡碰到的。」

怕連俊傑說漏嘴讓葉氏知道自己進了牛鼻子深山，葉紅袖急忙先開口，一邊將裡屋打量了一下。

破瓦爛牆，屋裡昏暗，空氣中還能聞到一股股難聞的腥臊味，越是靠近炕，味道便越濃。

半靠在炕上的連大娘是五十來歲的年紀，頭髮全都白了，臉色蠟黃，沒有一點血色，瘦削的臉頰上，顴骨像兩座小山似地突出。蓋在身上的被子已分不清是什麼顏色，腥臊難聞的味道就是從被子上散發出來的。

炕上是一張發黑的矮腳桌，桌上兩個碗，碗裡有些發黑的液體，散發嗆鼻的藥味。

屋裡除了牆角的恭桶，以及一根一頭綁在牆上、一根綁在炕沿用來搭放衣裳的長繩外，別無他物，繩子上只搭著幾件補丁摞補丁的衣裳。

「妳是紅袖？咳咳……咳咳……」

連大娘瞇起毫無光澤的眼睛盯著葉紅袖，話音剛落，她就壓抑著咳了好幾聲。

「大娘，我是紅袖。」葉紅袖衝她笑著點了點頭。

聽這咳嗽和喘氣的聲音，她辨出這是慢性氣喘舊疾。窗戶緊閉，空氣不流通，這樣的環境只會更加重病情。

「喲，這都長成大姑娘了？咳咳……從前才多小啊，個頭也就比我們家的金寶大那麼一點點，咳咳！」連大娘邊說邊用瘦如枯枝的手比劃著，布滿褶皺的臉上露出了一絲久違的笑意。

走到炕沿的葉紅袖剛要坐下，連大娘卻衝她擺了擺手。

「妳可別坐這兒，屋裡髒，味道難聞，可別熏著妳。俊傑，你帶紅袖她們出去坐吧！」

「大娘，我是特地來給妳看病的，當大夫的可從不會嫌棄自己的病人。」葉紅袖說罷便拉過連大娘的手，給她摸起了脈。

連大娘一臉驚訝，沒想到幾年沒見，葉紅袖不但長大了，竟然和她爹一樣還會醫術。

站在旁邊的葉氏一臉擔憂。女兒雖然昨天把彭蓮香的嘴巴給扎歪了，可那說不定是湊巧，她可不敢相信自己閨女的醫術好到能給人治病看病，且連大娘的病是村子裡的大夫常走運都說了，能活幾天全看老天爺賞幾天的臉。

「紅袖，妳不懂可別裝懂，這事不能亂來。」

葉氏還想擔憂地嘮叨兩句，被葉紅袖制止了。

站在一旁的連俊傑卻是一點都不擔心。娘的病已經這樣了，再差也差不到哪裡去。而且看紅袖把脈的樣子，不像是生手，一板一眼地讓人覺得她是個醫術高深的大夫。

「怎麼樣了？」

葉紅袖鬆開連大娘的手後，葉氏急忙湊上前追問，搞得好像生病的人是她一樣。

「連大哥，昨天你們去看的是哪個大夫？他是怎麼說的？」她沒有急著回葉氏的話，而是轉頭看向站在一旁的連俊傑。

「縣裡最好的醫館百草廬的大夫。他說娘已經病入膏肓了，要想多活命，只能找他們開最好的補藥吊著胸口的那口氣。」因此他才會不顧危險獨闖牛鼻子深山。

「能說出這樣的話來，就知道他的醫術和人品都不敢讓人恭維。大娘的病雖然嚴重，卻並未到藥石無醫的地步。」

「真的嗎？」屋裡的人，除了葉紅袖都是一臉驚喜。

「大娘，我要是沒診錯，妳的腰應該是五年前摔傷的，傷了以後又沒有好好醫治，走不動就一直這樣躺在炕上，越趟身上就越是沒有力氣，慢慢地行動也開始不便了。後來又患上了喘疾，難受的時候會咳得異常厲害，咳急了還會胸口發悶，喘不上氣，有時候還會咳出血來。身子實在是難受得厲害了，就去找村裡的大夫開些舒緩的藥。」

說完，葉紅袖還端起桌上那碗黑乎乎的藥汁聞了聞。是些山裡常見的草藥，其實對連大娘的病根本起不了作用，喝了能好受些也是心裡安慰。

「咳、咳！妳這、這怎麼說得就好像親眼看到一樣呢？」

連大娘目瞪口呆地看著葉紅袖，自從連俊傑走了以後，她就沒來過，按理說她是不可能會知道這麼詳細的。

「所以說，我的醫術信得過啊！」葉紅袖笑了。

「紅袖，妳的意思是妳能治好大姊了？」

屋裡情緒最激動的要數葉氏，她看著開口說得頭頭是道的葉紅袖，好似看到了自己已經去世的丈夫。他在世時，給人看病便是這樣仔細又慎重的樣子。

「要把大娘治得和平常人一樣能蹦能跳，那是不可能的，但是讓大娘身子舒坦地再活上個三五七年，我還是相當有把握的。」

「紅袖，妳說的是真的嗎？」

在炕上躺了這麼長時間，早就心如死水的連大娘聽了，激動得眼眶都濕了。病了這些年，看了不少大夫，吃了不少藥，也什麼偏方都試過了，個個都直話說她能活一天賺一天，自己的心也早就死了。可如今不同，她終於盼回了兒子，還有可愛的孫兒，她想活著，想好好活著。

「大娘，我從不說假話，只是這病得慢慢來，身子也要慢慢調理，急不得。」

所謂病來如山倒，病去如抽絲，連大娘這麼多舊疾要想慢慢抽去，需要不少時日。

「不急，不急，我老婆子現在這個樣子，能多活一天便是多掙了一天，我不著急的！」

站在一旁的連俊傑，看著眼前恍似陌生人的葉紅袖，眸色越來越深沈。

幾年沒見，她不但長大許人了，竟還有這麼好的醫術。

牽著她的手從牛鼻子山出來的時候，他覺得他們好像又回到了小時候，可是現在，他只覺得她離自己前所未有地遠，她好像已經不是自己從前的那個小青梅了……

「連大哥，你能打兩盆熱水進來嗎？」

葉紅袖回頭的時候，正好對上了他暗沈的眸光。

他急忙收回視線。「我現在就去。」說罷便轉身出了屋子，沒多久就聽到了外頭傳來打水聲。

葉紅袖被屋裡的氣味嗆得有些受不了。

「娘，妳帶金寶出去吧，他在不方便。」她把幫不上忙的葉氏和金寶給支了出去。

屋裡沒人後，葉紅袖第一件事便是爬上炕開窗通風。

「紅袖，要不這窗戶還是別開吧！我都習慣了。」連大娘想要阻止，但是使不上力氣，只能看著葉紅袖把已經積滿灰塵的窗戶打開。

「大娘，我知道妳心裡是怎麼想的。妳不想讓外人看到自己的病容，可開了窗戶，屋裡的空氣不僅能通暢些，妳看著外頭的景色也能心情好些。」

窗戶打開，屋裡也跟著明亮了好幾分。

「水好了。」連俊傑這個時候也提了兩桶熱水進來。

「連大哥，你多燒幾鍋熱水，等會兒全都用得著。」

「好！」

連俊傑又出去了，葉紅袖則把連大娘蓋在身上的被子給掀開。

肌肉萎縮的腿腳，遍布整個下身的褥瘡，惡劣的病況和她預想的一樣。她沒再開口，而是挽起袖子拿了搭在繩上的一條帕子，將躺在炕上不知道有多長時間沒擦洗過身子的連大娘，從頭到腳全都擦了一遍。

隨後還給她換了一身衣裳，腥臊難聞的被子被她扔了出去。

把連大娘擦洗乾淨以後，葉紅袖又拿連俊傑提進房的熱水，把屋裡到處都擦了一遍。

等她滿頭大汗地忙活完後，屋裡難聞的氣味消了一大半。

「金寶。」她出去衝蹲在院子裡忙著逗蚯蚓的金寶喊了一聲。金寶立刻邁著小短腿奔到了她面前。

「紅袖姨有何吩咐？」

「你看到外頭那些白白的梔子花了嗎？去幫阿姨採些來。」

葉紅袖指了指院子外頭的野梔子花，這個時節正是梔子花開得最旺的時候。

「我娘呢？」她這時候才注意到，自己的娘不在院子裡。

「大娘回去了，說今天有貨郎會過來，她要把繡好的帕子荷包都賣了。」

連俊傑回了她一句後又低頭，加快了手上處理野狼的動作。

他動作麻利地剃下了野狼的毛，皮肉一點也沒損傷，隨後對著野狼的胸膛一插刀，野狼的肚子被剖開了。快速掏出內臟後，連俊傑手裡的短刀繞著野狼的後腿劃拉了一圈，後腿就完整無缺地被剔了下來。

眼前這一幕，看得葉紅袖有些愣神了。

在山上殺狼的時候，他渾身散發出的冰冷狠戾讓人覺得他是來自修羅場的使者，可這會兒他殺狼，渾身散發出的卻是滿滿的人間煙火氣。這個一無所有的家，唯有靠他的這雙手才能支撐下來。

「紅袖姨，花摘好了！」沒多大會兒，捧著一捧野梔子的金寶邁著小短腿跑了過來。

「嗯！不錯！每朵都挑了最好的。」

葉紅袖接過梔子花的時候，伸手揉了揉他的小腦袋，還讚揚了他兩句。

「嘿嘿！」受了表揚的金寶小臉紅了，又跑回原處逗弄他的小蚯蚓了。

香味濃烈的梔子花能讓屋裡好聞些，且看著這些開得正燦爛的花花草草也能讓人心情舒暢。

她把野梔子花放在炕上的桌上後，還掐了一朵別在連大娘的髮髻上。

「咳，我一把子老皮就別戴了，妳戴，妳戴著肯定好看……咳咳！」

連俊傑進屋的時候，正好看到自己的娘往葉紅袖的髮髻上插野梔子花的情景。葉紅袖頭上的髮飾很少，就只有一朵褪了色的珠花，還有一根桃木簪子。

「大娘，今天就先這樣，明天我再過來。」

見忙活得差不多了，葉紅袖起身準備離開。今天能做的就只有這些，治病得有藥還有工具，這些她都沒有，得慢慢想法子去弄。

連俊傑接二連三地救了自己，她剛剛也打過包票，所以連大娘的病她是無論有多困難都會想法子治好的。

「成、成！大娘等著妳明天再來！」

裡裡外外這麼收拾了一番，兒子孫兒又都回來了，連大娘的心情確實好了不少，也渴盼著葉紅袖能早些把自己的病治好。

葉紅袖走出院子的時候，發現自己的背簍裡多了一條狼腿，正是連俊傑剛剛剔下來的。

「就當是給妳診金。」他淡淡開口，表情毫無波瀾，對葉紅袖的態度明顯和在牛鼻子深山裡不同。

想到娘的身子不好，確實需要營養，葉紅袖也沒開口推辭。只是揹起背簍，躊躇思慮了許久，最後她還是開了口。

「連大哥，明天你能再陪我進一趟牛鼻子深山嗎？」

今天闖了一回，她深知那裡是龍潭虎穴，卻又成了她必須去的地方。連大娘的病需要用到許多藥材，那裡能找到，也必須儘快掙錢買一套針具給連大娘針灸。

「成，明早我在山口等妳。」連俊傑答應得爽快。

「那就這麼說定了。」

他把葉紅袖送到了院門口，看著她和小時候一樣漸漸離去的背影，心裡突然閃過一抹強烈的不甘。

「紅袖！」他疾步追了過去。

葉紅袖停下腳步，看著連俊傑跑到跟前。「還有事嗎？」

「妳的未婚夫……妳，喜歡他嗎？」

開口時，連俊傑有些不敢去看她的眼睛，卻又怕自己會錯過什麼。他的內心浮過一抹譏諷，自己何曾這麼無膽和糾結過？

葉紅袖愣了一下，沒想到他特地追出來問的是這個。

許久，她才情緒複雜地開了口。「我，不知道。」

這個自己完全沒有任何印象的未婚夫，她打算等會兒到了家，好好問問娘到底是怎麼回事。

聽了她的回答，連俊傑的內心更複雜了。

他想說些什麼，卻又覺得在已經許了人的她面前，自己好像沒有資格說什麼。

「希望妳能過得好。」最後，他艱難地說出了這麼幾個字。

未等葉紅袖反應過來，他轉身疾步離開了。

# 第四章

下山的時候，葉紅袖又隨手採了不少清熱解毒的草藥。連大娘的褥瘡很嚴重，這些草藥用起來不怕多。

等她揹著背簍走到村口時，天已經徹底黑下來了。

今天是農曆十五，掛在天上的月亮又大又圓又亮。葉氏正坐在院子裡等女兒回來，聽到院門口有動靜，立刻站了起來。

「是紅袖回來了嗎？」

此時，剛剛從縣城趕回來的程嬌嬌，看著眼前好端端的葉氏，再想起自己在縣城醫館裡回不來的娘，肚子裡的怒火噌噌噌地起來了。

那天娘回去後，一直歪臉斜嘴，話說不明白，飯也吃不下，一張嘴，口水就往下淌。今天一大早，她就和爹帶著娘來葉家算帳，可趕晚了一步，等他們到葉家的時候，葉家一個人都沒有。

他們不敢耽擱，隨後立刻趕了馬車送娘去縣城最好的醫館看大夫，大夫費了好大的勁，在娘的臉上腦袋上身上扎滿了針，這才讓娘的嘴臉稍好了一點。大夫還說娘至少要再扎半個月的針才能好得和常人一樣。

這一趟不只花了不少錢，娘更是受罪，一根根銀針扎下去，娘疼得只差點沒叫破嗓子。爹在縣城照顧娘，她氣不過，急匆匆趕了回來，打算和葉紅袖好好算這筆帳。

程嬌嬌不止自己一個人來，還帶來同村的兩個好姊妹，一個是村東頭林木匠的女兒林彩鳳，一個是村西頭石匠老李頭的孫女李蘭芳。說是好姊妹，其實兩個人都是程嬌嬌的狗腿，成天圍著她拍馬屁。

「葉紅袖還沒回來呢！正好，這老婆子一到晚上眼睛就犯病，咱們先收拾她。」

林彩鳳湊到程嬌嬌的耳邊，悄悄給她出壞主意。

「對，先收拾這個老東西給妳娘出口氣！葉紅袖那個小蹄子傷妳娘有多重，咱們加倍下手，讓她知道咱們的厲害！」李蘭芳也開了口。

「那妳們愣著做什麼？趕緊去啊！」程嬌嬌不耐煩地衝她倆瞥了一眼。帶著她們來的目的，就是不想自己親自動手。

這些天有人要給她作媒，是縣城裡的有錢人家，手上有好幾間店鋪，娘特地叮囑她，讓她以後凡事都端著點，能不用自己親自動手的就不要動手，這才是大戶人家大少奶奶該有的架勢。

林彩鳳和李蘭芳一直都是她的狗腿子，這個時候能用自然要用。她得習慣使喚人，省得以後嫁進了那戶人家，讓人覺得她小家子氣。

「啊？我們去？」林彩鳳和李蘭芳愣了一下，面面相覷了一眼，沒想到程嬌嬌會有這樣的要求。她們以為自己只是來長氣勢和湊熱鬧的。

「妳們不去，難不成還要我親自去嗎？要是打傷了我的手，或是傷著我其他的什麼地方了，我過兩天還怎麼議親？」程嬌嬌邊說邊擺弄著自己昨天用鳳仙花染好的指甲。

因為娘盼著她能借大哥的光嫁個好人家，這一年她在家幾乎是十指不沾陽春水，也因此雙手比村子裡其他要幹農活的姑娘要好看嬌嫩許多。

「再說了，我要是因為傷著，議親沒成功，往後怎麼給妳們在城裡鋪路？妳們不也都想嫁到城裡去嗎？」

程嬌嬌掐準了兩人的小心思，她們百般巴結自己，便是心裡有這個盤算。

林彩鳳和李蘭芳又彼此看了一眼。赤門村是十里八鄉出了名的窮疙瘩地，她們這些姑娘唯一的出路便是嫁個好人家；但又因為窮，她們對自己的婚姻大事壓根兒就作不了主，好些家裡有哥哥弟弟的人家，都是拿姑娘去換親的，這樣得來的親事不用說也知道日子有多苦。

為了以後的好日子，還是動手吧！林彩鳳和李蘭芳下了決心，一前一後朝葉氏包抄了過去。

「誰？過來的是誰？」葉氏雖然眼睛看不到，但是能聽到有人向自己靠近，且還來者不善。

「是我！」隨後走過來的程嬌嬌慢悠悠開了口。

就在她開口的瞬間，林彩鳳和李蘭芳已經一左一右抓住了葉氏的胳膊，將她箝制得動彈不得。

「程嬌嬌，妳想幹什麼？昨天妳差點害死我們家紅袖，我們還沒找妳算帳呢！」聽到程嬌嬌的聲音，葉氏氣不打一處來。

「老賤貨！葉紅袖那個小賤貨把我娘害成那樣，我還要找妳們算帳呢！」

「妳算什麼帳？妳差點害死我家紅袖，妳娘還要誣衊她的清白，她落得這個下場是她的報應！」

「老賤貨，妳還強嘴是吧？現在我就讓妳知道得罪了我們程家是什麼下場，給我狠狠打她的嘴！」

程嬌嬌衝林彩鳳使了個眼色，示意她動手。可林彩鳳又退縮了，她和葉家並沒有深仇大恨，昨天葉紅袖教訓彭蓮香的時候她也在場，想起葉紅袖當時的狠勁，心裡還是有些發怵的。

「沒用的東西！妳來！」看到林彩鳳久久不動手，程嬌嬌轉而看向另一邊的李蘭芳。

李蘭芳的心一向狠，一咬牙，揚起巴掌朝葉氏的臉上甩了過去。

就在李蘭芳的手揮下的剎那，突然從天上掉下一截烏黑蛇尾，掛在她的胳膊上。

「啊——」李蘭芳嚇得驚聲尖叫，急忙鬆開抓著葉氏的手，一邊跳著把纏在胳膊上的蛇尾給甩開。

「誰？」程嬌嬌也被這突然從天而降的蛇尾給嚇得臉色發白。

可就在她轉過身的瞬間，又一截烏黑的蛇身迎面拍在她的臉上。

蛇身狠狠砸在臉上的瞬間，她感覺到自己臉上好像被噴上了一股濕濕的液體。等她抓住了砸在臉上的蛇身後，嚇得發白的臉色又發青了。

蛇身足有她手腕那麼粗，烏黑烏黑的，雖然只有上半身，好像還死了，可還是嚇得她全身發抖。

「啊——」腦子發懵的她好半天才反應過來，把手裡的蛇身給扔掉。

「妳程嬌嬌不是天不怕地不怕，在赤門村可以橫著走嗎？怎麼一條死蛇就把妳嚇成這樣了？」

葉紅袖一臉嘲諷地盯著程嬌嬌，從容地把掉在地上的蛇身蛇尾撿回了身後的背簍裡。

看到從前見了自己都會發抖的葉紅袖竟然膽子這麼大，程嬌嬌愣了一下，眨了好幾下眼睛，生怕自己看錯了人。

但眼前站著的，就是昨天被自己推下河、差點淹死的葉紅袖。程嬌嬌心裡又有了幾分底氣，她一直都是自己能隨意搓揉的軟柿子！

「葉紅袖，妳傷了我娘，妳說這筆帳怎麼算?!」

「什麼怎麼算？我昨天不是已經當眾說得很清楚了嗎？妳娘那是報應，當初她的病就是我爹治好的，還沒得一文醫藥費，如今舊疾復發，關我們什麼事？」

葉紅袖冷冷一笑。其實彭蓮香的病況並不嚴重，只要尋了醫術可以的大夫，對症下藥治個十天半個月就能好。她也沒想真要彭蓮香怎麼樣，就是給個教訓，還想殺雞儆猴，讓當時在場所有人都知道他們葉家不再是好欺負的。

「什麼舊疾復發，明明就是妳動的手腳！妳必須賠償我們！」

程嬌嬌摸了一把臉上的液體。她這趟過來，一為教訓葉紅袖母女，二為討醫藥費，今天光是一天，娘的醫藥費就去了五、六百文錢，這要醫治半個多月，她家吃不消啊！

「笑話，我動的手腳？妳哪隻眼睛看到了？」葉紅袖拿昨天彭蓮香說過的話反問。

「昨天在路口的村民都看到了！」

聽了程嬌嬌的回答，葉紅袖臉上的笑意更濃了。

「都看到了？林彩鳳，我記得妳當時就在場，妳看到了嗎？」

「啊！我？」林彩鳳嚇了一跳，萬萬沒有想到葉紅袖會突然把話甩到自己身上。

「彩鳳！妳說！」

聽到葉紅袖問的是林彩鳳，程嬌嬌放心了。她是自己的人，一定會向著自己。

「葉紅袖，彩鳳要是作證看到了，我娘的醫藥費妳逃不了，我不但要把妳家這剩下的半間房子給扒了，我還要讓我哥把你們趕出赤門村去當乞丐！」在林彩鳳開口之前，程嬌嬌惡狠狠地威脅了葉紅袖一句。這些她有哥哥程天順給自己撐腰，是能說到做到的。

「紅袖……」聽到程嬌嬌這麼凶狠的威脅，葉氏急得嘴唇都白了。

當時許多人都看到了，林彩鳳平日裡和程嬌嬌又好得能穿一條褲子，是肯定會向著她的。

看到葉氏的臉色越來越難看，程嬌嬌更得意了。和她作對，和他們程家作對，那是自找死路！

這能巴結程嬌嬌的機會，林彩鳳自然是不會放過的。她偷偷打聽過，要和程嬌嬌相親的那個後生，還有好幾個沒成親的兄弟，不知道自己這次幫了程嬌嬌這麼大的忙，她會不會幫著牽線讓自己也嫁進那戶人家，也當個什麼少奶奶。

她越想越興奮，立馬迫不及待開口。「我——」

「林彩鳳，妳可要仔仔細細地想清楚啊！」她剛張口，葉紅袖卻突然打斷了她的話。「有人不記恩情，得到的報應只是舊疾復發，不知道其他不記恩情的人得到的報應，會不會是和性命有關的？當年，妳爹不小心踩了生鏽的釘子，差點得七日風，那可是只有等死的病，是誰最先發現，又是誰救的？還有妳家窮得揭不開鍋，又是誰給你們送糧食，這些妳可都要仔細想清楚了再開口。」

林彩鳳立刻僵住了，心裡的竊喜也頓時消失了。

她記得這事，那次爹差點就沒了性命，還真是葉紅袖的爹把爹從鬼門關給拉了回來。那時爹因為傷了腳，幹不了活，地裡收成又不好，吃的全都是葉家接濟的。

彭蓮香被葉紅袖扎了幾針就歪嘴斜臉了，要是自己和葉紅袖作對，那自己的爹……林彩鳳嚇得一激靈，後面的不敢去想。

看到林彩鳳的臉都白了，葉紅袖知道自己的威脅有作用了。

她不緊不慢地把肩上的背簍給卸了下來，走到葉氏的身邊，扶著她在門口的石頭坐下。

「妳怎麼了？妳倒是說啊！難道妳這就被她嚇到了？妳有點膽子行不行？妳只要作證了，她就得立馬滾出赤門村，還有我哥哥給妳撐腰呢！妳有什麼好怕的！」見林彩鳳遲遲不開口，程嬌嬌急了，伸手推了她一把。

「我……」林彩鳳低下頭，結結巴巴的，更不知道該如何開口了。

「是啊！林彩鳳，妳有什麼好怕的，妳家裡還有好幾個小弟弟，以後都是妳們林家的頂梁柱，你們林家應該不怕遭報應的。不過，我還是要奉勸妳一句，人做事說話不能昧著良心，報應興許會來得遲，但是意外可沒人能保證不會隨時發生，不小心踩了釘子得個七日風也都是沒準兒的事。」

為免林彩鳳禁不住利誘，葉紅袖又這麼添了一句。

林彩鳳慌了，急忙開口。「我、我不知道，我當時什麼都沒看到！」

這個時候，她不知道有多後悔自己跟著程嬌嬌來這一趟了，要是沒來，就什麼事都沒有了。

「林彩鳳，妳——」程嬌嬌氣得渾身發抖。

「嬌嬌，要不這事就這麼算了吧！原本這事就是妳不對，妳要不推她下河，就什麼事都沒有了！」站在另一邊的李蘭芳也開了口。

她剛剛想到自己爺爺當年也接受過葉家的恩惠，要是自己和葉紅袖作對，她一翻臉，用什麼招數對付自己的爺爺可就完了。她爹娘死得早，現在就和爺奶相依為命呢。

李蘭芳的附和氣得程嬌嬌差點當場翻白眼。「妳們這兩個白眼狼！沒事的時候姊妹長姊妹短的，有事的時候翻臉一個要比一個快！滾，妳們都給我滾！我程嬌嬌這輩子都不想再見到妳們！」氣急敗壞的程嬌嬌當下就和她們翻了臉。

「嬌嬌！」林彩鳳和李蘭芳兩個人同時開口，臉上都紅一陣白一陣的。她這樣當著葉紅袖的面辱罵她們，也太不給她們面子了。

看到三人當眾翻臉，葉紅袖笑得更厲害了。

「妳們給我——」程嬌嬌原本還想繼續破口大罵，眼角的餘光卻在這個時候瞥到了葉紅袖的笑容。她猛然明白了過來，這是在給她下套呢！

「賤蹄子！竟然敢挑撥我們，妳看我不打死妳！」

程嬌嬌心裡的怒火又冒了起來，向前兩步，揚手就要朝葉紅袖的臉上甩去。

以往，只要她礙著自己的眼或者擋著自己的道了，她都會這樣對她動手。每次她被打了都不敢吭聲，好幾次，嘴角都被自己打破了，也都只是噙著眼淚瞪著她，不敢言語。

她覺得葉紅袖今天這樣大膽和自己作對，就是因為沒挨打。

但這次葉紅袖沒再像從前一樣站在原地挨打，而是後退了好幾步，在程嬌嬌的手揮過來的時候，輕巧躲過了。

程嬌嬌還想追過去，葉紅袖卻突然指著她的腳叫了起來。「程嬌嬌，妳要不想死就別動！」

「什麼？」程嬌嬌一下沒反應過來，被她嚇得趔趄了一下，差點摔跤。

「我是為妳好，妳要不想死，就別動。」

葉紅袖把剛才的話又重複了一遍，然後慢悠悠地在葉氏身邊坐下。

「葉紅袖，妳胡說八道什麼？妳是怕被我打死吧？今天我就是要打死妳這個賤胚子，省得妳活著礙了我們眼！」

站穩後，程嬌嬌望著葉紅袖的眼神越來越惡毒。

她之所以如此厭惡她，除了她有個叛徒大哥，更因為她長了一張十里八村出了名好看的臉。

那張嬌嫩明媚的面龐，無論何時何地，都能吸引所有後生們的目光。和她站在一起，相貌平平的自己就是朵毫不起眼的狗尾巴花，壓根兒沒有人會在意。

因為嫉妒，她時時刻刻都恨不得弄死葉紅袖。

「死？程嬌嬌，今天到底誰會死，還真不好說呢！」

葉紅袖突然笑著開口，把背簍裡的所有東西都給倒了出來。她還特地把那幾段蘄蛇堆在草藥的最上頭。烏黑烏黑的幾截斷身，嚇得程嬌嬌倒吸了一口涼氣，原本要向前邁開的腳步又退了兩步。

「程嬌嬌，妳已經走了四步了，再多邁一步，妳就會當場暴斃而亡。」

「什，什麼？」程嬌嬌傻眼，還以為是自己聽錯了。

林彩鳳和李蘭芳這個時候也都嚇到了，驚恐地看向葉紅袖。

「我可沒有胡說，知道這蛇叫什麼嗎？」葉紅袖雙手交叉放在胸前，挑眉看向臉色已經發白的程嬌嬌。

她也沒有想到差點傷了自己性命的兩條蘄蛇，竟然能幫自己這麼大的忙。

「什麼……什麼蛇？」程嬌嬌害怕地吞了一口口水。

她一想到自己剛才抓過那條蛇，就渾身血液倒流，心裡更是不住發寒。老天爺保佑，這可千萬不要是什麼毒蛇……

# 第五章

「五步蛇。」葉紅袖笑著從口中蹦出三個字。「妳剛剛抓著牠的時候，噴在妳臉上的正是牠的毒液。」

程嬌嬌唇臉發白，跳起來大叫。

「欸，妳可別亂動。妳剛剛已經走四步了，再多走一步可就是五步了，五步蛇麼，只要中了毒，邁開五步就必死無疑。」葉紅袖指著跳起來的程嬌嬌「好心」提醒。

程嬌嬌發白的臉又發青了，嚇得渾身僵硬，站在原地連眼珠子都不敢亂動。

「葉紅袖，妳好毒！我要讓我大哥給我報仇殺了妳！」

從嘴裡惡狠狠地蹦出這句話的時候，被驚嚇出的眼淚也撲簌簌掉了下來。那可是五步蛇啊！就是三歲的小娃娃也知道牠有劇毒，是摸不得碰不得的。

「程嬌嬌，妳可別亂說話，剛才五步蛇的毒液噴到妳臉上的時候，也不知道妳嘴裡有沒有沾著一點？要是沾著的話，妳可得小心了，別到時人沒事，舌頭中毒得割掉。」葉紅袖又「好心」提醒了一句。

程嬌嬌這下更慌了，急忙閉緊嘴巴。

看到程嬌嬌嚇成這副模樣，葉紅袖差點沒憋住笑了出來，心情不知道有多好。

可坐在石頭上的葉氏這個時候卻被嚇得渾身顫抖。這可開不得玩笑啊！這是人命關天的大事，要是程嬌嬌真有個什麼三長兩短，以程天順的個性，她們母女也別想活了。

「紅袖，紅袖。」她扯了扯葉紅袖的衣角，讓女兒適可而止。

葉紅袖沒回頭，只伸手輕輕拍了拍她的手背，示意她放心。

李蘭芳這個時候也慌了。她剛剛也摸過那條蛇，不知道自己會不會也中毒了。

「妳怕什麼？妳身上又沒被噴上毒液。」葉紅袖剜了李蘭芳一眼。「不想讓她現在就死在這兒，妳們趕緊把她抬回家去，這個時候坐車去縣城找大夫，應該還能救得回來，再晚一點，可就沒人敢保證了。」

最後，她還「好心」提醒了李蘭芳和林彩鳳。

她話音一落，兩人不敢耽擱，急忙合力把渾身僵硬的程嬌嬌抬著出了葉家院門。

她們三人一走，葉紅袖再也忍不住了，捂著肚子哈哈大笑了起來。

「紅袖！紅袖！」葉氏卻更慌了。

「娘放心，程嬌嬌她不會有事的。噴在她臉上的雖然是蛇毒，但是蛇毒需要由傷口混合血液進入體內才會造成傷害。程嬌嬌的臉平日護得跟什麼似的，壓根兒就沒有傷口，我只是嚇嚇她呢！」

葉紅袖解釋的時候，把嚇走程嬌嬌她們的蘄蛇又撿回了背簍裡。

「妳這樣說我就放心了。只是，咱們一再這樣和程家作對，等程天順回來了，只怕不會給咱們好果子吃啊！」想起現在幾乎可以呼風喚雨的程天順，葉氏忍不住憂心忡忡了起來。

「即便是他不來找，我都要找他把大哥的帳算個清楚！大哥是叛徒的流言就是他散播出來的。」

葉紅袖倒記得清楚，大哥是叛徒的流言就是程天順回村的第二天散播開的。

「先別說這些了，咱們進屋燒飯吧！我都餓壞了。」

連俊傑給的狼腿，葉紅袖只割了一小塊和菌子放在一起煮，其餘的都洗乾淨用鹽醃好掛在牆上，打算留著等二哥回來一家人一起吃。

有了油葷的菌子湯鮮美極了，葉紅袖和葉氏一人喝了兩大碗，還都另外多吃了一個土豆。

吃飽喝足了，葉紅袖開始動手處理蘄蛇。

剖腹除去內臟洗淨，然後用從山上採來的竹片撐開腹部，以頭居中盤成數圈，圈與圈之間用麻線連縫幾針，放在火上慢慢烘乾。

她原本是想處理好了拿去縣城賣給醫館，個頭這麼大的蘄蛇，能賣上相當好的價錢。

但是今天去了一趟連家後，她改了主意。連大娘半身不遂，用蘄蛇治療是最好不過的，而且這兩條蘄蛇都是連俊傑斬殺的，她不能賣。

蘄蛇架在火堆上慢慢烘烤的時候，坐在旁邊的葉氏從懷裡掏出了一個小錢袋子。

「紅袖，這是今天賣荷包帕子的錢，妳好好收著，等過兩天去縣城給妳二哥送去。只是這次的束脩，咱們又差一多半，妳二哥肯定又要遭白眼了。」想起因為窮，時常在學堂遭白眼的兒子，葉氏就心痛。

「娘，沒事的，今天我採了幾株品質上等的野生石斛，拿去醫館賣了，另一半錢能補上。但是娘，往後妳得聽我的話，針線活要少幹，妳的眼睛不能再這麼熬了。」

「不熬也沒法子啊！家裡處處都要錢。」葉氏神色黯淡。

「娘，妳要是把眼睛熬壞了，不是更麻煩了嗎？掙錢的事妳就不要操心了，我會想辦法的。還有，大哥二哥的親事都沒定下來，卻先定了我的婚事，不知情的人還以為我不知道有多恨嫁呢！」

怕葉氏起疑，葉紅袖沒敢直接說自己壓根兒不記得有個什麼未婚夫，只能旁敲側擊從別的話題上入手。

「沒人會笑話妳的，這事原本就沒幾個人知道，何況當初讓妳訂親，那是救妳的命啊！」葉氏輕輕撫了撫葉紅袖的頭。

救自己的命？

沒等她追問，葉氏主動開口，思緒也跟著一下子回到了五年前。

「當年妳從山上滾下來，摔傷了腦子還病得迷迷糊糊，妳爹又在那會兒出事，家裡天都要塌了……處理了妳爹的後事，妳的病總是不見好，後來還燒得全身抽搐，所有人都以為妳不行了。這個時候，隔壁村的靈姑說妳病成這樣只有沖喜才能有活路，妳表哥雲飛聽到後，二話不說抱著燒得渾身滾燙的妳拜了堂。第二天妳退燒了，但是身子虛得厲害，家裡又拿不出一文錢給妳補身子，妳雲飛表哥隔天卻突然拿來了好幾兩銀子。等我們把銀子用完了才知道那是他的賣身錢，為了妳，他賣了十年身給潛龍江的排場，也沒等到妳好了就和排場的人走了。

「雲飛真是個好孩子。姊姊姊夫死了後，他跟著我們沒兩年就遇著妳這事了。放排的日子可不是一般的苦，紅袖，等他回來了，咱們一定要好好待他，妳也一定要等他回來，知道嗎？」

為了救自己才和自己訂親，又為了救自己主動賣身，對這毫無印象的表哥未婚夫，葉紅袖的感覺更複雜了。

翌日清晨，葉紅袖特地比平常提早了一個時辰起床。

趁著鍋裡煮菌子湯的空隙，她把草藥全都清洗分類好，這些等曬乾了，全都要拿去連家，醫治連大娘身上的褥瘡。

吃過早飯，她便又上山。昨天和連俊傑約好了今天再去一趟牛鼻子深山的。

趕到的時候，山口空蕩蕩的，沒看到連俊傑的影子，她放下背簍，坐在樹蔭下的草地等待。

昨夜因為一直想著那個沒有印象的表哥，她很晚才入睡，早上又起得早，靠在樹底下的她，眼皮漸漸重了下來……

山風和煦，樹木青蔥茂密，風中還能聞到淡淡的花香，可十歲的葉紅袖卻哭得上氣不接下氣，背上揹著一個小包袱，打算翻過眼前這座大山。

村子裡的人告訴她，只要翻過眼前的大山就能找到她想要找的人。

「紅袖、紅袖！」

身後突然傳來了熟悉的呼喚，葉紅袖回頭看了一眼，急忙找了個隱蔽的地方躲起來。

她以為自己躲得很好，可那人卻直接就站到了她面前。她抬起頭，他逆光站在自己面前，陽光刺眼，她看不清他的長相。

「和我回去！」

他伸手，攤開的右手虎口處有道半寸長的傷疤。

「不要！」她倔強地搖頭。

「妳以為妳翻過這座大山就真能找到他嗎？他已經死了，妳找不到他了！」他的聲音裡有微微的惱意。

「不會！他才不會死，他答應過我一定會平安回來的，一定是傳消息的人弄錯了，我要去找他……」她哭得更厲害了，但同時更下定了決心要翻過這座山。

「妳不要任性了，和我回去！」他伸手抓過她的胳膊，打算硬把她拽下山。

「我不要回去！你放開我！我不回去！」

她用力掙扎，可力量相差太大，她掙脫不掉，最後，她張嘴銜他的手背大口咬了下去。

她幾乎是拚盡全力去咬的，咬得腮幫子痛，咬到嘴裡嘗到了淡淡的血腥味。

他吃痛，終於鬆手。

「對不起，我不是故意的……我要去找他！我一定要找到他！」滿心愧疚的她，嗚咽著轉身跑開。

正在做著的夢突然閃爍了好幾下，就像是正在放映的電影突然卡住了一樣。

隨後，畫面又突然清晰了，揹著包袱的葉紅袖還在往前跑，只是她停止了哭泣。奔跑的同時，她心裡竟充滿了前所未有的恐懼，突然，身後一個力道傳來，猝不及防的她直接滾下山。

葉紅袖一下子從睡夢中驚醒。

「怎麼了？」站在她身後幫她擋太陽的連俊傑低頭詢問。

他一上山就看到葉紅袖靠在樹下睡著了，見她睡得香甜，沒忍心打擾她。

聽到聲音的葉紅袖回頭，身形高大的連俊傑背著光站在自己面前，和夢中的情形不謀而合。

「沒事。」葉紅袖伸手擦了一把額頭上的冷汗，心裡疑惑剛才那個清晰得好像真的發生過的夢。

「要不妳再睡一會兒？進山不用急在一時。」在這樣的環境也能睡著，想來她是真的累。

「不用了，咱們早去早回，省得家裡人擔心。」

今天出門，她也沒告訴娘。為免程家今天又有人來鬧事，出門的時候，她特地讓娘去了隔壁的大山哥家。

大山哥家是赤門村唯一一家和自家感情還很好的人家，上次給自己通風報信的二妮就是他的女兒。

「這個我來拿，妳把這個吃了。」

連俊傑從葉紅袖的手裡把背簍拿了過去，往她手裡塞了幾個肉包子。包著包子的紙上面印著程家包子鋪的字樣。

「你在縣城買的包子？」

程家包子鋪是縣城最有名的鋪子，尤其他們賣的肉包子，皮薄餡多，一口咬下去滿嘴生香，湯汁香濃一點都不油膩，生意好得去晚了有錢都買不到。

「昨天我去把獵的另外兩頭狼扛了出來，借了村裡人的牛車去了縣城。狼肉賣給了酒樓，皮毛賣給了雜貨店，三頭狼掙了不少，回來的時候就順帶買了幾個肉包子。妳趕緊吃吧，還是熱的。」

久違的肉香味讓原本還想矜持推辭的葉紅袖顧不得了，拿著包子大快朵頤了起來。看著她吃得滿嘴是油，連俊傑笑了。

小時候的她便是這樣，只要自己上縣城賣了東西，她就會伸手找自己要吃的，最喜歡的便是程家包子鋪裡的肉包，總是一啃就吃得滿嘴滿臉都是油。

他伸手，和小時候一樣輕輕拿食指指腹擦了一下她嘴角的油漬，放進了自己的嘴裡。

啃包子啃得正歡的葉紅袖當場傻眼。他的這個舉動好像太過曖昧了……

她瞪大了眼睛看向連俊傑，連俊傑這時候也才意識到，眼前的她早已經不是從前那個小青梅了。她已經許人，有未婚夫了。

雖然他極力想要壓制自己的情感，可只要她站在面前，他就會不由自主想要靠近她，想要對她和從前一樣好。

「嗯哼！」連俊傑大手握拳抵在唇畔，以咳嗽掩飾自己的失態，隨後大跨步邁開，在前頭引路。

紅了臉的葉紅袖急忙吃完手裡的肉包子，跟上。

兩個人很快就進了山。

一進山，連俊傑身上的氣場就變了，臉部線條緊繃，明亮的眸子變得幽暗冰冷，緊緊攥在手裡的短刀閃著幽冷光芒。

「跟在我身後。」他一手拿著短刀在前頭開路，一手緊緊抓著葉紅袖的手腕。

原本有些不習慣的葉紅袖，因為深知這裡危險，不敢亂動，只能任由他抓著，乖乖跟在他身後。

走了大概有一盞茶的功夫，兩人最後來到了一片相對空曠，視線也比較好的高地。

「妳看看這裡有沒有妳需要的藥材。這裡視線開闊，有危險也能很快察覺。」

「有、有，很多很多！」

一到了這個地方，葉紅袖興奮得直接跳了起來。這裡雖然是真危險，卻哪裡都是寶！隨處可見的山參、天麻、何首烏、黃芪，這些沒人敢挖的藥材年分足、個頭大，要是挖上半筐，別說二哥一個月的束脩，就是一年的束脩也夠了。

她興奮地挖掘藥材的時候，連俊傑站在她身後，眼觀四面耳聽八方，時刻警惕著周邊的動靜。

這裡雖然地界高，鮮少會有牲畜來，但終歸危險。

一直低著頭的葉紅袖突然痛呼一聲。

「怎麼了？」連俊傑急忙蹲下，看到她左手食指上有個微腫的小紅包。他幾乎是本能地抓過她還沾著泥土的手，將她的食指放進了自己嘴裡。

溫熱的舌尖輕輕撫過紅腫的傷口，隨後便感覺到一股猛力吸吮著傷口處。葉紅袖的腦袋嗡的一聲，好似炸了，頭腦一片空白。

她愣愣地看著這般對自己好的連俊傑，心裡抽痛得更厲害了。

「還痛嗎？」直到耳邊響起了連俊傑低沈沙啞的聲音，她才回過神來。

「不、不痛了！」她紅著小臉搖頭，急忙低頭轉移話題。「我們得把這些蠍子都抓回去，連大娘的病正好用得著這些。」

「妳先等一下。」

連俊傑摸了摸她的頭後轉身，隨後砍了一根樹枝過來。短刀對著樹枝揮舞了好幾下後，便削出了兩雙長長的筷子。

「妳用這個，就傷不著自己的手。」連俊傑邊說邊把筷子遞給了葉紅袖。

蠍子喜歡躲在陰潮的地方，一般都藏在石塊下，連俊傑搬石塊，葉紅袖拿筷子挾，一盞茶的功夫後便收穫滿滿。

藥材採了有半簍，蠍子也抓了不少，儘管葉紅袖捨不得離開，但為了自己和連俊傑的安全，也不得不儘快撤離。

出山後，兩人再次來到小溪邊。

葉紅袖把草藥全都倒出來整理，連大娘的病需要用到的，她全都整理好留下。其餘用不到的，則都按輕重貴賤的順序重新擺放到背簍裡，打算等明天處理烘焙好了，拿去縣城的醫館賣。

連俊傑因為一大早就忙著進城賣貨，累出了一身汗，索性脫了褂子和上次一樣在溪邊擦洗。

整理好藥材，葉紅袖抬頭，再次看到了連俊傑滿身的傷疤。

「你身上的這些傷都是在戰場上留下的嗎？」

她想問他一些關於戰場上的事。大哥到現在還杳無音信，他也是從戰場上回來的，興許知道一點大哥的事情。

連俊傑低頭淡淡看了一眼身上的傷疤，點了點頭。「是。」

說起傷疤，葉紅袖猛然想起了自己在夢中看到的那個人的傷疤。

她的目光不由自主地移到了連俊傑的手上。他的身上傷疤數不勝數，可他那雙骨節分明、極為好看的手上，除了掌心的繭子外，沒有任何傷痕。

「那你知道我大哥的事嗎？」她問得小心翼翼。

儘管她心裡堅信從小就光明磊落的大哥不可能會做出背叛的事，可心裡還是緊張。

「怎麼？妳相信那些流言了？」連俊傑不答反問，隨後在她身旁席地而坐。

「那個是我大哥，我當然不信了。我不但不相信，還要想辦法讓村子裡的人都和我一樣不相信。」

連俊傑有些驚詫地看著說出這番話的葉紅袖。幾年沒見，她的轉變還真不是一般大。

他記得小時候有一次，葉常青見不慣程天順欺負總是流鼻涕、說話還有些結巴的楊土蛋，動手和他打了一架。葉常青沒事，程天順被揍得鼻青臉腫，小紅袖卻嚇得趴在自己懷裡哭了好半天，問自己該怎麼辦。

「妳大哥自己沒受傷不是很好嗎？妳哭成這樣做什麼？」他把懷裡的小人兒扶起來，邊給她擦淚邊一臉疑惑地問。

「可那程天順不是什麼好人，他壞招多著呢！大哥和他打架還把他打傷了，他一定會想辦法害我大哥的。我不想大哥有事，你說嘛！你說現在該怎麼辦嘛！」

她趴在自己懷裡又是撒嬌又是懇求的，最後他沒辦法，給她保證，說只要程天順敢傷她大哥一根毫毛，自己就和葉常青一起聯手狠狠教訓他。她這才撲閃著含淚的大眼，小手摟著他的脖子，說就知道自己最好了。

離開的這幾年，她到底經歷了什麼事，他不知道，但他明顯察覺到了她對自己的疏遠。他突然覺得眼前的葉紅袖，好似已經不是自己記憶中的紅袖了……

連俊傑幽深的眸子一直落在平靜的水面上。

「等妳大哥回來了，自然會真相大白。」

「你知道我大哥會回來？」葉紅袖一臉驚喜。

「很快就會回來的。」連俊傑只說了這幾個字，沒解釋太多。

# 第六章

兩人到山腳的時候，已經是晌午了。

這次進連家，葉紅袖發現屋子裡頭添了很多東西。連大娘身上的被子是新的，之前的被子已經洗乾淨晾在院子裡，牆角那個難聞的恭桶也換了有蓋子的蓋住味道。炕上的矮桌上不僅添了茶壺和茶碗，還多了一個白瓷花瓶，裡頭插著她昨天讓金寶摘的梔子花。

房裡此刻已經沒了異味，除了淡淡的花香，就是桌上肉包子的香味。連大娘的氣色比昨天也好了許多，雖然還是咳得厲害。

她看到葉紅袖來了，急忙伸手招呼她過去。「一大早就上山肯定餓壞了，趕緊吃個包子墊一下肚子。」

連大娘把包子給了葉紅袖後，壓抑著咳了好幾下。

葉紅袖放下手裡的包子，順著她的背輕輕摸了好幾下。

「大娘，妳先忍耐一下，我明天就去縣裡給妳買藥，喝了就能好受些。」連大娘的喘疾要用到的藥材很多，光靠她在山上採是不可能湊得齊的。

連大娘衝她擺了擺手，許久才慢慢開口。「不礙事，都是老毛病了。」

「奶奶說人逢喜事精神爽，她看我和爹回來了，病已經好了一大半，奶奶還說她要活到一百歲呢！」金寶和二妮一前一後進了屋，湊到了炕沿邊。

「可不是嘛，我還要活到看我們的金寶娶媳婦兒呢！也不知道金寶能娶到什麼樣的小媳婦兒！」連大娘伸手捏了捏金寶的小鼻子，逗得他咯咯笑了起來。

「金寶，你陪奶奶說話，阿姨去把藥給奶奶備好。」

「金寶得令！」嘴裡塞著包子的金寶，突然站得筆直，大聲回稟了一句。

葉紅袖笑得更厲害了，也忍不住伸手捏了捏他的小鼻子。

她把洗乾淨的草藥拿進廚房，連家沒有搗藥的缽，只能用家裡的搗蒜罐。搗蒜罐是新的，看樣子是才買回來。

不僅搗蒜罐是新的，葉紅袖還發現廚房添置了許多東西，櫥櫃裡添了新的碗筷，還有好幾罐貼著紅紙的調味罐。灶臺上的鐵鍋也是新的，牆壁上還掛著兩條已經醃好的狼腿，看樣子是打算留著以後慢慢吃的。

放在一旁的米缸裝得滿滿的，昨天還破破爛爛的廚房頂修葺好了，裡外都打掃得乾乾淨淨。

葉紅袖忙著抬頭四處打量的時候，連俊傑抱著一捆柴走了進來。「我現在就燒飯，等會兒咱們一起吃午飯。」

在山上跑上跑下奔波了大半天，葉紅袖還真餓了。

兩人正在廚房聊著，外頭突然傳來了一陣急促的腳步聲，隨後一個尖銳的女人聲響了起來。「慧姨，我來看妳了！」

葉紅袖剛要探腦袋出去看看這人是誰，啪，連俊傑手裡突然折斷的樹枝聲嚇得她急忙回頭。

一回頭，只見連俊傑的臉比木炭還要黑，他折斷的那根樹枝比自己的胳膊都要粗。

葉紅袖明顯察覺到他身上漸漸升騰起的冷冽怒意。他渾身冰冷，就連身上的怒氣都是冰冷的。

察覺到了葉紅袖落在自己身上的驚詫，連俊傑扔下手裡的樹枝，冰冷陰沈的眸子在對上她那張明媚的小臉時，瞬間化成了柔情。

「我出去把他們打發了。」

「慧姨，我帶常大夫來給妳看病了。」外頭又響起了那個女人的聲音。

常大夫？莫非是村子裡這兩年才搬來，治個頭疼腦熱都要獅子大開口的常走運？

「我和你一起去。」葉紅袖放下手裡的活兒，一起出了廚房。

果然在院子裡看到了穿著一身深藍長褂的常走運，他前面還站著一個顴骨很高、嘴唇很厚的婦人。

「俊傑，你可真是的，回來了這麼多天，都不去看看大姊我和你姊夫，還得大姊我親自來看你。」那婦人一看到連俊傑，張口便是對他的指責，但在看到連俊傑的黑臉和周身的怒氣後，又隨即態度稍好，遞補上了一句。「不過咱們是一家人，誰看誰都是一樣的。」

「誰和妳是一家人？妳姓岳，我姓連，咱們異父異母，哪裡來的家人關係？」

連俊傑冷眼看著不請自來的岳翠芬，怒氣升騰的同時，手上的拳頭也跟著攥緊了。

十年前，他和娘逃難到此，那年的冬天特別冷，他和娘差點凍死在山頭，是老獵戶岳叔把他們領回了家。為了報恩，娘嫁給了岳叔。

岳叔忠厚老實，對他們母子特別好，可他的兩個女兒岳翠芬、岳青鳳卻不知有多野蠻不講理，總是處處與他作對。他為免娘和岳叔夾在中間難做人，老早就一個人搬到了這裡住。

七年前，岳叔被岳翠芬逼著上山打獵，意外去世，他便把娘接了過來。房子雖小，日子雖清貧但總算溫馨，也有盼頭。那時候，他最大願望就是盼著自己的小紅袖快快長大，他努力掙錢蓋個更大的房子，等她及笄了就娶她回來。

然而這個願望，六年前被岳翠芬徹底攪碎了。

他早就想找她算帳了，是娘攔著不讓，只說自己現在已經這樣了，便是找她算帳也於事無補，還把關係鬧僵，讓村子裡的其他人看笑話。

岳翠芬愣了一下，沒想到連俊傑會當著外人的面這樣說話，雖然此刻院子裡只有常走運和葉紅袖兩個人，但她還是覺得臉面掛不住。

「連俊傑，你不能這麼喪良心啊！當年要不是我爹和我，你們娘兒倆還有命能活到今天嗎？」

岳翠芬當下跳了起來，繃著她那張大臉衝到連俊傑的面前，指著他的鼻子破口大罵。她原以為連俊傑會和從前一樣，面對自己的謾罵只會冷瞪一眼，毫不在意，但他這次的反應完全出乎意料。

他向她步步緊逼，盯著她的眼神越來越陰沈冰冷。

「連俊傑，你——」

「閉嘴！」

岳翠芬原本要繼續的謾罵停了下來。

「妳放心，你們一家對我們娘兒倆的好，我不但牢牢記著，有機會我還會加倍地奉還給你們！」

這句話一出口，再伴隨著連俊傑前所未有的凜冽眼神，已經走到面前的岳翠芬嚇得連連退了好幾步，臉上同時閃過一絲不可置信。

怎麼出門個幾年，他整個人都變得不一樣了？好像身上帶著殺氣似的……

「是翠芬來了？趕緊進屋吧！」

屋裡的連大娘透過窗戶看到院子裡的情形不對勁，趕緊開口把岳翠芬喊了進去，打算自己和她談談。

「慧姨，是我。我特地帶了常大夫來看妳！」

聽到連大娘的招呼聲，岳翠芬才回過神，狠狠剜了連俊傑一眼，領著身後的常走運進了屋。

葉紅袖對這個岳翠芬同樣沒什麼印象，但看她和連俊傑劍拔弩張的關係，再看剛才的態度就知道她不是個好相與的。

岳翠芬原是不想進屋的，屋裡有多難聞，她很清楚，可這次她來的目的是和常走運一同說服老婆子掏錢去縣城的百草廬看大夫。

百草廬的大夫是常走運的姊夫，他們這次和從前一樣說好了，老婆子掏錢看病的錢，除了最基本的藥錢，其餘的二一添作五，兩個人對半分。

今天一大早，岳翠芬看到連俊傑駕著借來的牛車去了一趟縣城，隨後買了很多東西回來，知道他手上有錢，立刻迫不及待拉著常走運一起過來了。

可岳翠芬進屋後，被屋裡的乾爽整潔嚇了一條，臉上原本掛著的嫌棄也沒了，還主動挨著炕沿坐了下來。

「慧姨，妳看常大夫多有心啊，特地拿了藥來看妳。」

尖嘴猴腮，蓄著一縷山羊鬍子的常走運急忙上前把拎在手裡的幾帖藥放下。「老嫂子，這藥的藥效妳是知道的，喝了也就能緩個半盞茶的功夫，要想治標治本還是得去百草廬找我姊夫。」

聽到常走運張口就要連大娘去百草廬，葉紅袖冷笑了一下，知道他這次來的目的了。拿最好的補藥吊著性命，百草廬裡大夫的醫德只怕早就掉進錢眼裡找都找不到了。

「是啊，慧姨，妳看如今俊傑都回來了，可得保重自己的身子啊，妳還得看著俊傑娶媳婦兒給妳生大胖孫子呢！」

岳翠芬也跟著附和了一句，眼睛不停在屋裡四處亂瞟著。

床上的被子是新的，炕上矮桌的茶壺茶碗也是新的，連老婆子的身上還穿了一件新褂子，可見這次連俊傑是真的帶了許多錢回來。

以往自己和常走運聯手以買藥看病的名義，就從老婆子的手上騙了不少錢，要是這次能把她弄去百草廬，那油水就更大了。

想著想著，她幾乎都要按捺不住內心的興奮了。

# 第七章

站在一旁吃完包子的金寶，吧唧吧唧把手指頭舔乾淨了以後，仰著小腦袋湊到岳翠芬面前。

「可我爹說了他不急著娶媳婦兒，而且奶奶已經有我這個孫子，也不急著抱孫子了。還有紅袖姨也說會把奶奶治好，所以用不著去看別的大夫。」

他的話猶如當頭一盆冷水澆在了岳翠芬的頭上。她和常走運愣了一下，都沒想到這中間會突然插個葉紅袖進來。

常走運轉頭看向站在門口的葉紅袖，陰陽怪氣地開了口。「妳給她看病？妳知道她得的都是什麼病嗎？妳別拿前天在彭蓮香身上趕巧的事來誆他們，想騙錢也不是這麼個騙法。」

他知道葉紅袖，也早就注意她許久了，不為別的，就為她有張十里八鄉最好看的臉。他知道她懂些草藥，卻不認為她會醫術，不然葉氏的夜盲症這麼長時間也不會不見好，所以堅定認為彭蓮香嘴歪臉斜只是她氣極了趕巧碰上的事。

「不管紅袖會不會看病，我們都不會去百草廬，我不想和你們廢話，趕緊都給我滾！」

未等葉紅袖開口，連俊傑就下了逐客令。

「連俊傑，你這人怎麼這麼不知好歹呢？我們大老遠過來不是為你，為了你娘好嗎？你不能掉進了錢眼子裡，連你娘的命都不要啊，你這樣沒良心就不怕天打雷劈嗎？」

岳翠芬張口就來的唾罵把葉紅袖嚇了一跳，急忙把屋裡的金寶和二妮拉了過來。「大人有事要談，你們出去玩吧。」

二妮很聽話，邁步出了屋子，金寶卻有些擔憂地朝自己的爹看了一眼。

他知道自己的爹打架是最厲害的，吵架卻是不在行，本來就話不多，又和女人吵，他就更不放心了。

「去玩吧，別出院子。」連俊傑回頭看向金寶的時候，神色稍緩了一些，衝他點頭之際還叮囑一句。金寶這才放心出了屋子。

兩孩子一走，屋裡的氣氛頓時又變了。

所有人都明顯察覺到連俊傑的變化，除了冰冷，還有惱怒和怨恨。他幽深陰鷙的眸子直直落在岳翠芬身上。

「岳翠芬，當初村子裡徵兵，原本要上戰場的應該是妳男人，而不是我這個一直被妳們排斥的外姓人。是妳當著全村人在我面前要死要活，逼著我代替他去的。我離家的時候，妳又是怎麼向我保證會好好待我娘的？誤傳我死在戰場上的消息，第二個月我就寫信回來澄清了，可妳為什麼不告訴我娘？害得我娘大雨天要去找我的屍首摔斷了腰！我每個月都寄軍餉回來，妳有幾文錢是用在我娘身上的？妳要拿了那些軍餉，早些醫治我娘，她也不會病成這樣。岳翠芬，我倒要好好問問了，掉進錢眼子裡的究竟是誰，要被天打雷劈的又會是誰?!」

這番質問岳翠芬的話一說完，葉紅袖全都明白了。這事不管擱誰的身上，都會對岳翠芬恨之入骨，她腆著一張老臉進來假裝關心，連俊傑沒直接對她動手都算是客氣的了。

但剛才連俊傑說到誤傳戰亡消息，連大娘摔斷了腰，讓她猛然想起了自己早上在山上做的那個夢。

夢裡的她說他沒死，說要去找他……她要去找的是不是從前對自己很好很好的連俊傑呢？那追逐自己、站在太陽下的又是誰呢？

還有，最後把自己推下山崖的又是誰呢？

葉紅袖越想，心裡的疑惑越多，可很快又甩了甩頭。那只是自己的一個夢，根本就當不得真。

面對連俊傑的指責，岳翠芬不但沒有一絲愧疚，反而破口大罵得更厲害。

「連俊傑，你個白眼狼！這樣的話你也說得出口，當年要不是我爹可憐你們娘兒倆，收留你們，你們早就在山上被猛獸吃得骨頭渣都沒有了，哪裡還能有命活到現在，你代我男人去戰場那是應該的！還有，你死了的消息，那是你娘摔傷了以後我們才收到的，怎麼變成是我故意瞞著不告訴她了？至於你說的軍餉，天地良心，這些年常大夫給她開的藥斷過沒有！你的錢全都拿來買藥了，有時候錢少了，我們都還得拿自己的錢出來倒貼！你個不知好歹的東西，竟然還敢空口白牙地說我占了你們的便宜，你這話要讓我老爹聽到了，肯定會氣得從棺材裡跳出來！」

岳翠芬旁的本事沒有，顛倒黑白、無理取鬧是最厲害的，便是因為這個，她在牛欄山得了個母夜叉的綽號，人人都怕她。

「俊傑，算了，算了！不要再吵了！咳咳，咳咳！」連大娘看到連俊傑的拳頭越攥越緊，嚇得急忙伸手拉住了他的胳膊。

岳翠芬的性子她知道，不怕把事情鬧大，最後鬧大吃虧的還會是從不對女人動手的連俊傑。

「咳，翠芬，妳趕緊走吧！以前的事就算了，以後妳也別來了，我的病用不著去縣城看，是死是活，全看老天爺安排。」

安撫連俊傑的時候，連大娘也沒好臉色地衝岳翠芬下了逐客令。

看到連大娘也趕人，常走運急了，連連衝岳翠芬使了好幾個眼色。岳翠芬會意，急忙改了態度和連大娘說話。

「慧姨，妳怎麼能這麼說呢？妳一輩子都不容易，如今好不容易能享著一點福了，怎麼能就這麼算了呢？妳看妳咳得多厲害。再說了，他又不是沒錢，他要是捨不得為妳花錢，妳就和我說，到時我把整個村子的人都喊來給妳評這個理，看他有臉沒臉。」岳翠芬一副苦口婆心，全是為連大娘好的樣子。

「翠芬，這是我們的家事，身子也是我自己的，這病治不治，我們自己能拿主意，用不著妳還有村子裡的那些人鹹吃蘿蔔淡操心。妳趕緊走吧！咳咳！」

岳翠芬一再趕不走，連大娘的臉色也不好看了。

她知道岳翠芬和常走運打的是什麼主意。從前她就是個躺在床上的廢人，沒有法子，不管是錢財還是人都只能任由他們拿捏，如今兒子回來了，自己要還被她拿捏，那不成傻子了？

「妳這人怎麼一點都不知好歹呢？以後妳病得要死要活的，可別哭著來求我！」岳翠芬的臉這下也掛不住了，只得生氣地撂下這句話轉身走人。

「老嫂子，這病不是我誆妳，真耽誤不得，要有錢的話，就趕緊去找我姊夫治，去晚了可是有錢想買命都難了。再說了，她一個什麼都不懂的丫頭片子知道什麼啊？她就是要誆妳的錢。」

常走運說話的時候，還滿臉不屑地瞥了葉紅袖一眼。

「我給大娘治病可是一文錢都不收的，你要也有這樣的慈悲心腸，你現在就把大娘接去你們的百草廬。」葉紅袖也不惱，冷淡地回了一句。

「就是不花一文錢，這樣拖著她，妳也是要她的命！妳這是草菅人命妳知道嗎？」

起初聽到葉紅袖說不收一文錢，常走運先是愣了一下，但隨後又想到，葉紅袖壓根兒就不會醫術，便用草菅人命這樣的詞來嚇唬她。

「我草菅人命？常走運，我倒想問問你了，從前你給大娘開的那些草藥，有一樣是真的對她的喘疾有用的嗎？山上一抓一大把的草藥，你也好意思找大娘要錢？」

想起上次在連大娘房裡看到的藥汁，葉紅袖就來氣。

常走運不是什麼好人，附近的村民有個頭疼腦熱的去找他看一下，張口的醫藥費都能嚇退好些家裡條件不好的。只是村民們能扛得過去的就扛，扛不過去還是得去找他，沒有法子，這方圓幾十里就他這一個赤腳大夫，不找他就只能去縣裡找大夫，百草廬在縣城一家獨大，那裡的大夫看病更貴。

「妳知道什麼?老嫂子她身子弱，得先拿那些草藥固本培元，她身子底子不好，再怎麼花費心思去醫治也沒用。」

「那我更要問問了，大娘現在的身子虛成這樣了，你們還要她買什麼珍貴的補藥吊著性命，這哪是救她的命，簡直是直接想要她的命！」

常走運以為葉紅袖不懂，卻沒想到她什麼都知道，當下被反駁得一個字都說不出來了。

「好心當成驢肝肺！你們好自為之吧！」最後，常走運也氣得甩袖子走人，還把剛剛放下的那幾帖藥也拿走了。

率先出去的岳翠芬並沒有急著離開，一直都在院子外頭等著，見常走運出來了，急忙湊了過去。

「怎麼樣了，死老婆子答應了會去百草廬嗎？」她還不死心。

「妳說呢？」常走運沒好氣地白了她一眼。原以為這趟來了，能把裡頭的老婆子騙去百草廬，自己可以從中狠賺一筆，沒想到最後吃了一肚子的癟。

「不成，不能就這麼算了，那白眼狼一大清早就買了那麼多東西，肯定拿了一大筆錢回來，我得想法子讓他把那些錢都拿出來！」

岳翠芬邊走邊算計著。不把連俊傑手裡的那些家底子全都掏出來，她抓心撓肝得難受。

吃過午飯，給連大娘的褥瘡搽了藥，葉紅袖領了二妮要回去。臨走的時候，連俊傑硬往她的背簍裡塞了幾個肉包子，還和她約好了明早一起去縣城。

葉紅袖先送了二妮回家。

二妮的家在村口，兩人到家的時候已經是傍晚了，出去幹活的村民們都陸陸續續回來了。如今村民們碰到葉紅袖，想起她上次的指責，不好意思的則把頭撇向一旁，老臉漲得通紅。

被罵醒了的，則會主動和她點點頭，當是緩和一下關係；冥頑不靈的則仍舊冷冷掃她一眼，當那天的事沒有發生過。

葉紅袖也都沒太在意。人吃五穀雜糧，哪有不生病的，她不信往後這些人不會主動來求自己。

「爹，娘，我回來了！」一進院子，二妮就歡快地喊了起來。

二妮家是典型的農家房子，竹籬笆圍成的圍牆，進院門正對著的是正房，左邊的西廂房是豆腐坊，右邊的東廂房是廚房也是雜物房。屋簷下擺著一個很大的石磨，能聞到很濃的豆香味。

聽到閨女的聲音，圍著圍裙的張大山率先躥了出來。

「閨女回來啦！」

「嗯，紅袖姨也來了！」二妮跑到張大山的身邊，拉著他的手指了指身後的葉紅袖。

「紅袖來啦！」

左邊廂房傳來一個爽朗的女人聲音，隨後，門口的簾子被挑開，走出一個身形高大的婦人。

張大山和李小蘭不只磨的豆腐遠近聞名，他們的身形差也是旁人茶餘飯後的話題。李小蘭將近一米七的個頭，大手大腳、大鼻子大眼睛，還有一副大嗓門，旁人還給她取了個綽號叫李大腳。

張大山則是完全相反，只有一米六的個子，長得瘦小乾枯，小鼻子小眼睛小嘴巴，說話輕聲細語的，渾身上下擠不出四兩勁。

兩人雖然站在一起外形極不匹配，卻是遠近聞名的恩愛夫妻，兩個人的感情好得不得了。

「紅袖，趕緊屋裡坐。」李小蘭走到葉紅袖的身邊，抓著她直接往屋裡拽。她的力氣大也是出了名的。

「是，是！趕緊屋裡去坐。」

張大山也跟著開口，還想拉著二妮一道跟著進屋，卻被李小蘭給攔住了。

「你就別進去了，先去把嬸子喊回來，今晚紅袖和嬸子就在咱家吃飯了。」

「成！我這就去。」在這個家，是女主外男主內的。

「大山哥，嫂子，不用這麼客氣，我娘呢？」葉紅袖把院子四處都打量了一遍，沒看到葉氏的影子。

「妳娘去我們後院摘菜去了。我在後院的空地上撒了把青菜種子，瘋了一樣長，吃都吃不完，我讓妳娘多摘些回去，好給我們空地方。」拉著葉紅袖進屋後，李小蘭給她倒了一杯茶，緊接著又開了口。「前幾天我們正好出去賣豆腐了，妳和彭蓮香鬧成那樣，我們也沒幫上什麼忙。紅袖，妳把她弄成那樣，不怕程天順來找麻煩嗎？」

自從知道葉紅袖把彭蓮香的嘴扎歪了後，李小蘭是既痛快又擔憂，今天和葉氏聊天，看她一說起這事就愁得不行。

「身正不怕影子斜，我大哥不是叛徒，我有什麼好怕的？他程天順想找我麻煩，我還想找他算帳呢！我大哥的名聲就是他敗壞的！他打小就和我大哥不和，如今好不容易逮著了這樣一個機會，還不把我大哥往死裡整。」

葉紅袖相信今天在山上連俊傑和自己說的話。他說大哥很快就會回來，她堅信只要大哥一回來，所有真相就會大白，家裡的日子也會好起來。

「我就想不明白了，程天順從前在咱們村子裡是出了名的無賴，那個時候，咱們村子裡的人哪個沒受過他的害，每次都是妳大哥看不過眼出手幫忙將他治得服服貼貼的。如今倒是掉轉了，竟然都信程天順的鬼話，依我看啊，這要真有人當叛徒的話，肯定是他程天順，除了他沒旁的人！」

李小蘭是張家的童養媳，打小就在赤門村長大，也可以說得上是看著程天順和葉常青長大的，這兩個是什麼樣的人，她心裡清楚。

兩人正說著話，提著籃子的葉氏進來了，沒多久，張大山也端著飯菜進屋了。

張大山的廚藝好，煎得兩面焦黃的豆腐又嫩又香，青菜擱了蒜頭，用豬油爆炒得又軟又脆爽；豆腐腦攪碎了用澱粉勾芡還擱了一個雞蛋，香滑可口，還有一碟五香味、麻辣味的豆乾。

都是常見的家常小菜，可葉紅袖吃著卻差點都要哭了。吃來吃去，還是米飯配菜最好吃啊！家裡的菌子湯和土豆，她都吃膩了。明天要是去集市賣了藥材，她一定要買上幾斤大米，好好吃上幾頓實打實的飯。

吃過飯，張大山收拾桌子的時候，李小蘭往葉氏裝滿了青菜的籃子裡又擱了兩個碗，一碗裝著新鮮的豆腐，一碗裝著滷好的豆乾。

「這怎麼好意思呢？又吃又拿的。」挎著菜籃子的葉氏很不好意思。

「嬸子，妳可別這麼說，當年我的命是大叔救的，這樣的大恩哪是幾把青菜幾塊豆腐就能報得了的？妳儘管吃，沒了再張口，只要我們夫婦有，管飽管夠。」

李小蘭為人豪爽，也因此，她在赤門村的人緣也一直很好。

「張大山，李大腳，你們給我滾出來！哎喲，我的老天爺喲！你們這兩個喪良心的，為什麼要害我的兒子啊！」

屋外，突然傳來一個女人囂張跋扈的哭鬧聲。

# 第八章

屋裡眾人彼此對看一眼後，急忙衝出屋子。

吃過晚飯的二妮一直都在家門口玩，被用門板抬著來的虎子，還有他呼天搶地的娘給嚇到了。「爹，娘！」

她轉身要往自己爹娘身邊跑，誰知道卻被虎子娘追了來，抬腳將她踹倒在地上。

「哇啊——」撲通一聲被踹翻在地的二妮，當場痛哭了起來。

虎子娘是赤門村身形唯一和李小蘭不相上下的，但因為她這個人心狠，蠻不講理，所以比李小蘭還要厲害些。

張大山急忙衝到二妮身邊，把她扶起來，才發現她的下巴磕破了，傷口雖然不大，可一看就疼得厲害。

張大山看著哭得上氣不接下氣的閨女，心都要碎了。他就這麼一個閨女，自己平常都捨不得動她一根手指頭，今天虎子娘竟不分青紅皂白對她下手，這口氣，他忍不了。

「虎子娘，妳幹什麼？」

「我幹什麼？我來找你償命！」說話的是虎子爹，抬著床板的他瞪著張大山，一副要將他給吃了的模樣。

隨後，虎子的奶奶衝進了院子，一屁股坐在地上，呼天搶地了起來。「天哪！我不活了！虎子要沒了，老太婆我也不活了！」

虎子一家這沒頭沒腦的行為，看得屋裡屋外的人還有湊熱鬧的村民們都是一頭霧水。

「虎子娘，胡說什麼呢？什麼我閨女害了妳家的虎子，把話都給我說清楚了！」

見情形不對，李小蘭急忙衝了過去。為免虎子家人又會動手傷人，她把張大山和二妮都拉到身後。

「就是你們家的這個死丫頭，就是她害了我家的虎子！妳看看，你們都看看我家的虎子被她害成什麼樣了！」虎子娘邊說邊拉著李小蘭走到躺在門板上的虎子面前。

葉紅袖也跟著走了過去。虎子雙手抓著自己的脖子，眼睛睜得老大，嘴巴也張得老大，臉色發青，嘴唇發紫，呼吸微弱。

「虎子！虎子？」

這個模樣把李小蘭嚇了一跳，衝虎子喊兩聲，虎子只瞥了她一眼，卻什麼都沒有表示，表情看起來更猙獰痛苦。

「妳看！你們家的死丫頭把我們的虎子害成什麼樣了？你們要償命！你們給我的虎子償命！」

看到自己的兒子這模樣，虎子娘的心都要碎了，對張大山一家更是恨得想要將他們都給咬碎了。

李小蘭一把將緊抓著自己胳膊的虎子娘給甩開。「你們家的虎子犯病和我家的二妮有什麼關係？有病就趕緊去縣裡治病，別找我們家麻煩！」

「不找你們麻煩？就是你們的二妮把我家的虎子害成這樣的！真是沒有想到，這個死丫頭年紀小小，心腸竟然這般的歹毒，竟然給我們家的虎子下毒，虎子是被她毒成這樣的啊！」

「下毒?!」所有人都震驚了。下毒這事，可是可大可小的。

「虎子娘，妳怕是搞錯了吧！二妮怎麼會給虎子下毒呢？妳家虎子的個頭都抵得過二妮兩個，何況平常我們看到二妮見到虎子嚇得掉頭就跑，她膽子那麼小，怎麼會給虎子下毒？」有村民提出疑問。

「誰說小就不知道會怎麼下毒了？心腸可是天生的，他們家二妮天生就長了一副黑心腸！」

「我沒有！我心地不黑，我沒有害虎子，我也沒有給他下毒！」

看到虎子娘當著這麼多人的面指責自己，二妮哭得更厲害，小身板也抖得更厲害了。中午她和金寶一起玩，金寶分了肉包子給她吃，是虎子看到了硬要搶她的，還把她推倒摔跤，連掉到地上的包子也要搶去吃，她才沒有害虎子！

葉紅袖也是越看越覺得不對勁，索性伸手摸了一下虎子的脈搏。

「死丫頭，妳做什麼？」原本坐在地上的虎子奶奶，見狀急忙爬了起來，惡狠狠地瞪了葉紅袖一眼，還把她的手給打掉了。

葉紅袖縮回手，沒理會她，但剛剛的那一摸，她已經搞清楚是怎麼回事了。真是可笑，中毒？也不知道是哪個瞎眼的在胡說八道。

她轉身走到一邊，眼角餘光卻在人群中掃到了一張熟悉的面孔。想起他的人品，葉紅袖斷定，這事他也有份。

她沒急著開口說虎子到底是怎麼回事，而是要看看他到底玩的是什麼把戲。

「虎子娘，妳不能空口白牙胡說八道誣衊我家二妮，我家二妮膽小，你們的虎子咳嗽一聲，她就會被嚇得小臉發白，哪裡來的歹毒心思給虎子下毒？再說了，虎子是什麼德行，你們自己不知道嗎？出了名的嘴饞無賴，他撿了又或者厚著臉皮搶了別人的東西吃，吃壞肚子或是遭了報應，也要賴到我們二妮的身上來嗎？我李小蘭活這麼一把年紀了，見過不要臉的，可還從來就沒有見過這麼不要臉的啊！」

李小蘭性子急，脾氣火爆，虎子一家這麼興師動眾地來自家鬧事，欺負自己的閨女，她當然不幹，於是說出口的話，裡裡外外都透著對虎子一家的譏諷。

「妳這話是什麼意思，什麼遭報應，什麼無賴，我們家虎子不知道有多招人喜歡，我們家又不是窮得吃不起東西，怎麼會搶別人的東西，更不會撿地上的東西吃！我家虎子就是被你們家二妮給害的，都有人親眼看到了，別想耍賴！我告訴你們，你們要不拿錢出來給我們去縣裡看大夫，我們就去告官，把你們家的死丫頭關進牢房去吃一輩子的牢飯！」

「哇啊……娘，我不要坐牢！我不要吃一輩子的牢飯！娘，我怕！」

虎子娘那些威脅話對李小蘭沒震懾作用，卻把膽子小，壓根兒就弄不明白到底是怎麼回事的二妮給嚇到了。

「二妮，別怕，紅袖姨在這兒呢，不會讓妳去坐牢吃牢飯的。」

葉紅袖走到二妮身邊，幫她擦了淚，然後笑著引導她。「二妮，紅袖姨明天要去縣城趕集，給妳買肉包子吃好不好？妳不是最喜歡吃程家包子鋪的肉包子嗎？」

「嗯，我要吃三個！」聽到有吃的，二妮立刻破涕為笑，經過葉紅袖有意提醒，也猛然想起了中午被虎子搶包子的事。「娘，虎子壞，中午他不但搶了我和金寶的肉包子，還打了我；最後走的時候，還撿了地上的髒包子吃，他生病和我沒有關係，就是撿了不乾淨的包子吃。」

「他搶了妳的肉包子，還打了妳?!」

一聽到這話，李小蘭心裡的怒火噌噌噌起來了。敢情自己的女兒被欺負，還被虎子他們一家倒打一耙了。

「虎子娘，都聽到了沒有，是你們虎子欺負我們家二妮，你們竟然還有臉說我家二妮害了你們家虎子，還要不要臉啊！」

「什麼是我們家虎子搶的，當時可是有人親眼看到，包子是你們家二妮主動給我們家虎子的。我家虎子就是吃了她給的包子回家鬧病的，常走運都說了，我們家的虎子是中毒了，要想活命只能去縣城的百草廬看大夫，他還說虎子的醫藥費至少得五兩銀子。這錢你們一定要給，不然我們就去報官！」

葉紅袖笑了。果然，常走運有目的。

「五兩銀子？妳怎麼不去搶！妳說有人親眼看到了，倒是說說是誰親眼看到的，我要和他當面說個清楚，到底是哪隻眼睛看到我家二妮主動給肉包子！」說自己閨女主動給虎子肉包子，就是天塌了李小蘭都不會相信這話的。

「不信是吧？招弟，妳說，把妳當時看到的情景都說出來！」虎子娘衝到圍觀的人群前，把自己的二閨女招弟給拽了出來。

「我親眼看到二妮把包子給了虎子，我當時還想這個死丫頭怎麼會那麼好心，結果沒想到到家沒多久，虎子就犯病了……爹，娘，奶奶，就是二妮害的虎子！」

「你們都聽到了沒？天殺的啊！我們家的虎子哪裡招惹你們了，你們要害他的性命，難不成你們張家要斷了香火，也要害我們家斷香火嗎？我老婆子和你們拚了！」

招弟的話剛說完，虎子的奶奶就哭鬧著衝了過來。李小蘭早就氣得想動手了，虎子奶一過來，就立刻伸手扭住了她領子，一把將她推搡在地上。

「妳敢動我老娘！」一旁的虎子爹見自己的娘吃了虧，立刻放下手上的門板，朝李小蘭衝了過來。

張大山見自己的媳婦兒要受欺負，不幹了，也衝了過去。圍觀的村民見狀，怕事情鬧大，也急忙衝了過來，勸架的勸架，拉扯的拉扯。一時間，張家的院門口吵翻了天。

知道李小蘭、張大山夫婦在村子裡的人緣，葉紅袖不怕他們夫婦會在這個時候吃虧。她拉著二妮站在人群外，心思再次落在常走運身上。

他眼裡的盤算越來越濃，嘴角狡詐的笑意也越來越濃。

葉紅袖冷笑了一下。

「有完沒完了?!」

就在院門口的眾人難解難分之際，一個洪亮又帶著幾分嚴厲的男人聲音驟然響起。眾人先是愣了一下，待赤門村的村長菊咬金撥開人群走了過來後，便鬆手散開了。

「村長，村長，你要給我們家的虎子作主啊！你可是虎子的大伯啊！你不能眼看著外人害我們家虎子的性命啊！」

虎子奶疾步衝到菊咬金的面前，一把鼻涕一把淚求他作主的同時，還暗暗在話裡和他套關係。

菊咬金看著披頭散髮的虎子奶，見她又是鼻涕又是眼淚，黝黑的臉上掛滿了嫌棄。其實他更厭惡她這樣攀關係的話，什麼大伯，都不同姓，他就是虎子剛出生的時候，礙著情面去他家喝了頓喜酒，被眾人迎合著認了虎子為大姪子；可虎子越長越大越討嫌，他也是一看到就腦袋疼。

「村長，你來得正好，他們誣衊我家二妮毒害虎子，說是招弟親眼看到的。這就好笑了，招弟是虎子的親姊姊，她說話哪裡有不向著虎子的？」

村長來了，李小蘭就更不怕了。

菊咬金長得膀大腰圓，皮膚黝黑，一臉絡腮鬍，眼睛一瞪就像是要吃人一般。但他模樣雖然看著凶惡，可心地好，為人熱忱，剛正不阿。

他犀利地看向目擊證人招弟。招弟原本就心虛，被菊咬金這麼一瞪眼威脅，臉色瞬間就白了，只能回頭求救地看向自己的娘。

「那就是二妮那個死丫頭和別人合夥害我家的虎子！」虎子娘仍舊一口咬定虎子是被害的。

「笑話！那我倒要問問妳了，金寶和他爹回來才兩、三天，和你們的虎子在此之前連面都沒有見過，他為什麼要聽二妮的話害你們家虎子？還有妳說他們毒了你們家虎子，照你們的說法，那毒應該是下在包子裡的，我倒想知道這下在包子裡的是什麼毒？」

說完，葉紅袖的目光從招弟的臉上移開，落在了站在人群中的常走運身上。

「常走運說他也不知道這到底是什麼毒，只說這毒要再拖就會要人性命，得趕緊送去百草廬！」

虎子娘說的是實話，虎子一不對勁，他們就立刻抬著去見了常走運，他當時就是這麼說的。

話音剛落，在場所有人的視線都齊刷刷落在了常走運的身上。常走運也不懼，索性走了出來。

「包子確實是不乾淨的，至於到底是中了什麼毒，就怨老夫我醫術淺薄無能了，只能去縣城的百草廬找我的姊夫醫治。其他的我也不多說，我只說虎子的病已經很嚴重，再晚可就有性命之憂了。」

常走運只說了這麼幾句，便又轉身走回原來的位置，在原位站定的時候，還朝葉紅袖狠狠瞪了一眼，嫌她多管閒事。

不過他不認為葉紅袖會醫術，所以也不怕她會壞自己的好事。

一聽到自己的孫兒會有性命之憂，虎子奶奶這下號哭得更厲害了，嚷著說要二妮抵命，幸虧旁邊的村民伸手將她給攔住了。

二妮嚇得瑟瑟發抖，躲在葉紅袖的身後哭得都不敢出聲。

「常大夫，你說虎子的病你是真的治不了了，對嗎？」葉紅袖忍笑追問。

常走運冷冷嗯了一聲，又急忙補了一句：「這病只有我姊夫才能治。」

「看來常大夫你和你姊夫的醫術，真的是無人能及啊！」葉紅袖「恭維」了一句，把二妮推到張大山的面前，然後走到虎子的身邊。

「死丫頭，妳要幹什麼？」虎子娘看到她要伸手碰兒子，滿臉警惕地用自己的身子擋住。

# 第九章

「妳兒子的臉已經憋紫了，再耽擱就是到了縣城找神仙都救不了他！」

葉紅袖一把將她給推開，虎子娘回頭，這才發現剛剛還只是有些發青的虎子，不知何時已經臉色發紫了。

「虎子！虎子啊！」她嚎叫著就要衝虎子撲過去，卻被葉紅袖伸手給推開了。

「別嚎了！村長，勞駕你幫個忙。」葉紅袖把菊咬金喊來幫忙。他人高馬大，抱虎子起來不是難事。

菊咬金捋起袖子，照葉紅袖的吩咐去做，兩手臂環繞在虎子的腰上，一手握空心拳，將拇指側頂住虎子腹部正中線、肚臍上方兩橫指處，另一隻拳頭快速向內向上擠壓，壓著虎子的腹部，一下接一下。

菊咬金做這些的時候，葉紅袖站在一旁不停拍著虎子的後背。

眾人看著眼前的情景都不明所以。不是中毒嗎？什麼時候有這樣的解毒方法了？剛剛還差點吵翻了天的院門口，突然只剩葉紅袖拍著虎子後背的聲音。

「呃——」

隨著虎子的一聲嘔吐響起，一個拇指大的黑色東西從他的嘴裡吐了出來。

「呃呃呃——」

隨後又連著吐出了好幾個。

東西一吐出來，虎子的臉色就緩了，不但好了許多，臉上痛苦的表情也沒了。

「這、這不是我在家煮的鵪鶉蛋嗎？我說怎麼少了一大半呢！」

站在外頭看了好半天熱鬧的徐長娟站了出來，她就住在虎子家的隔壁。

「這還用說嘛？你們看這些鵪鶉蛋咬都沒咬，可以想像他當時作賊心虛，吃得有多急了。」葉紅袖回頭看向虎子一家，譏笑道。

「虎子你——這，你怎麼能偷這些鵪鶉蛋呢！」看著散落了一地的鵪鶉蛋，徐長娟氣得臉都紅了。

做了賊的虎子急忙灰溜溜地躲到自己的奶奶身後。

看到大孫子噘著嘴，一副受了極大委屈的樣子，虎子奶奶不但沒先向葉紅袖表示感謝，還當眾數落起了徐長娟。

「不就是幾個鵪鶉蛋，瞧妳小氣的，趕明兒我還妳幾個雞蛋就是了，讓妳躲在屋裡慢慢吃，可別噎著了！」

說罷，她還狠狠剜了徐長娟兩眼。

「虎子奶奶，妳要這樣說話，我可就不高興了。我就住你們家隔壁，平常虎子在我那兒尋摸我家多少吃食，你們也心裡門兒清。我不說是我懶得和孩子計較，鄉里鄉親的我也不好去撕破臉。但今天這鵪鶉蛋我就要說說了，還真不是我心眼小不給虎子吃，實在是這蛋他吃不得。妳都看到這蛋是黑色的，那是拿藥泡的，這藥還是治女人生孩子的偏方，怎麼，妳也想要讓妳家虎子變女人生孩子嗎？」

徐長娟成親一年多沒懷孕，整個赤門村的人都知道她在到處找偏方要生孩子。這話一說，就更證實虎子是賊了，偷吃的還是他不能也不該吃的東西。

「還有我們二妮呢，不是說是我家二妮下毒要害死他的嗎？敢情是自己偷吃沒來得及咬噎著了，倒打一耙這麼不要臉的事，也就你們家能幹得出來了！呸──」站在一旁沒吭聲的李小蘭抱著二妮走了出來。

「是啊，明明是虎子嘴饞搶了二妮的包子後，偷吃長娟的鵪鶉蛋差點噎死，竟然還能這麼不要臉地來找二妮算帳，我活了這麼大把年紀，也算是長見識了。」

「臭小子，你看到了，虎子不是個好東西，以後不准和他瞎混，小心老子打斷你的腿！」

「我才不和小偷騙子一起玩呢！不要臉！」

虎子一家灰溜溜地被圍在正中間，想反駁都不知道該怎麼開口。

見眾人的聲討都沒落在重點上，葉紅袖打算再推一把。她笑著看向轉身正欲逃跑的常走運。

「常大夫，不是你說的嗎？虎子是中毒了，中的還是除了你姊夫就沒人能解的毒，如今你倒是好好說說這到底是怎麼回事啊！」

葉紅袖一開口，立刻給虎子一家提了個醒。這不是他們的錯，他常走運才是罪魁禍首，要不是他，自家壓根兒就不會來鬧這麼一齣啊！

「常走運，你站住！」虎子娘一個箭步衝到常走運的面前，伸手揪住了他的領子。她個頭大，常走運的身形也就比張大山要稍微高一點點，虎子娘又是帶氣的，拎著常走運就像是拎小雞仔一樣。「你說，這到底是怎麼回事？你不是說我家虎子中毒要死了嗎？你竟然騙我們！」

常走運訕訕地笑了笑，眼睛滴溜溜打著轉，心裡籌劃著該怎麼脫身。「你們虎子吃了女人藥，噎著了不早點弄出來，不就是差點中毒要死了嗎？再說你們別看他現在好好的像個沒事人一樣，說不定明兒就變聲長頭髮變女人了！所以為了安全起見，還是去看看我姊夫比較好。這次就算了，我讓我姊夫給你們個情面，不收你們的錢。」

常走運長了一張巧舌如簧的嘴，就是因為有這張嘴，壓根兒就不懂什麼醫術的他才能在赤門村混得下去。

他這麼一說，虎子娘和虎子奶還真有些信了，兩個人不約而同地回頭看向虎子，生怕他現在就變成了女人。

「要是這藥真有這麼好的藥效，我早就生孩子了，還用得著整天去找偏方，再說了，虎子不是沒吞下去嘛！」早就看不慣常走運的徐長娟冷不防地開了口。

徐長娟偷偷找常走運要過生孩子的偏方，可他獅子大開口，一張口一張偏方就要三兩銀子，還是不能保證一定有孩子的。她求了他很長時間讓他便宜些，他說價錢可以便宜，但得讓他占些身子上的便宜，徐長娟氣得當場和他翻了臉。

自那以後，她就是病得下不了床也不會去找他看病，都是讓自己的男人推了板車帶自己回娘家去看相熟的大夫。

「常走運，你真當我們是冤大頭啊！虎子只是嗑著了你就要訛五兩銀子，你乾脆改名字叫黑心腸好了！」

李小蘭這下也不幹了，這事就是他挑撥起來的，想就這麼算了不可能。

「好啊你個黑心腸的，竟然要錢不要命，虎子他是我們家的命根子啊！你為了錢竟然幹得出這樣的壞事來，我和你拚了！」虎子娘說著，直接上手朝常走運的臉上抓了去。

「哎喲！」常走運避閃不及，臉上就留下了幾道鮮血淋漓的血口子，全都是虎子娘用指甲抓的。

受傷了的常走運哪敢多逗留，趕緊灰溜溜地跑了，圍觀的村民們卻越想越覺得這事不對勁。

「從前咱們找他開的那些藥，不會都是誆我們的吧？」

不一會兒，跟著追去算帳的村民走了一大半。

「怎麼？還要找我家二妮抵命嗎？」人都走了，抱著二妮的李小蘭冷冷質問著虎子一家。

「我……」虎子娘訕訕地張了張嘴，卻實在不好意思說什麼。她是臉皮厚，但剛才鬧得這麼大，整個村子的人都看著，村長還在這兒，縱使她臉皮再厚也覺得臊得慌。

「唉呀，就是場誤會，這都怪常走運，不能賴我們！我們也是被騙了，我們就虎子這麼一個命根子，他要真有個三長兩短，我們家就完了。」

虎子奶開口了。她別的本事沒有，變臉卻很有一套，剛剛還坐在地上又哭又嚎要二妮抵命，這個時候卻能說不關他們的事。

「你們家的虎子金貴，我家的二妮就不金貴嗎？誤會？你們也不是什麼好東西，明明是虎子搶了我們家二妮的包子，竟然還反咬一口說二妮要毒害他！要不是紅袖在這兒，現在是不是你們還要揪著我們去衙門，要關我們家的二妮吃牢飯？睜眼說這樣的瞎話，你們就不怕閃了自己的舌頭！」張大山黑臉瞪著虎子奶奶。

「瞧你說的，不都說了這是場誤會嗎？要怪，你們找常走運去啊！」虎子奶奶還在和稀泥，打算就用一句誤會蒙混過關。

「你們別什麼事都賴常走運，虎子，我現在告訴你，以後我要再聽到我家二妮說你欺負她，搶了她的東西，我就拿鵪鶉蛋噎死你，你信不信！」

「不要！不要！」對鵪鶉蛋已經有了懼怕的虎子，被張大山的這句話嚇得雙腿發軟，差點癱倒在地上。

張大山是不發火還好，可但凡他要真怒了，梗著脖子瞪著人，一副隨時要拚命的樣子也著實駭人。

「娘，別跟他多說了，趕緊回去吧！虎子都被嚇壞了。」虎子娘拉過虎子奶奶，想要隨著散了的人群一起離開。

葉紅袖見他們要走，急忙站了出來攔住他們。「這就想走了？村長大老遠地來，可都還沒作主呢！」

她還真有些生氣，救了虎子的命，一句謝謝都沒有就想走，還有中午虎子欺負金寶和二妮的帳沒算呢！

「死丫頭，妳又想多事！」虎子奶對出來壞事的葉紅袖極為不滿。

「村長，你剛才看到了，虎子的命可是我救的。常走運都說了，找他的姊夫得要五兩銀子診金，我呢多的就不要，省得旁人罵我黑心，五十文吧，我只要五十文的診金就夠了。」

葉紅袖沒有理會虎子奶，看向一旁的菊咬金。

虎子奶除了臉皮厚出名，摳門兒也是遠近聞名的，從她手裡拿錢比登天還難，所以她把這個難題甩給了村長菊咬金。菊咬金的威望，會讓虎子一家不得不拿這個錢出來。

「五十文比看個傷寒還便宜，可以！你們趕緊給錢！」

事情鬧得這樣啼笑皆非，菊咬金也打算讓虎子一家長長記性，開口讓他們掏錢。

「可那只是嗑著了，哪裡要得了五十文啊？早知道我們自己拍出來成了，還用得著她一個死丫頭白掙這個錢嗎？」虎子奶不但覺得這個錢貴，更是不願掏。

「虎子可是紅袖把他從鬼門關給拽回來的！」菊咬金徹底惱了，瞪著虎子奶的眼睛像銅鈴一樣，手上的拳頭攥得緊緊，一副就要動手教訓人的模樣。

「我……我也沒有其他的意思，我就是覺得貴了些，鄉里鄉親的，便宜些就更好了。」看到鮮少發火的菊咬金被自己氣成這樣，虎子奶立刻慫了，卻還是不甘願掏這麼多錢。

「一文都沒得便宜。」葉紅袖忍笑道。

「別囉嗦，趕緊給錢！」菊咬金又呵斥了一句。

虎子奶沒有辦法，只能掏出一個黑不溜丟的錢袋子，抖著手從裡頭算出了五十文。把錢遞給葉紅袖的時候，還狠狠瞪了她兩眼。

「欸，還有呢！」看到虎子奶急著把錢袋子塞回褲腰帶，葉紅袖又開了口。

「還有？還有什麼？死丫頭，妳別沒完啊！」

虎子奶一臉警惕，好似她是會要了自己老命的洪水猛獸一般。

「我可沒有你們這麼厚的臉皮能幹出這樣的事，下午虎子推了二妮傷了她，剛剛虎子娘又踹了二妮一腳，把她的下巴都磕破了，這筆賠償有村長在這兒作主，你們一文都別想賴。還有我警告妳，妳要敢再罵我一句死丫頭，下一個要扎歪的就是妳的嘴！」

葉紅袖嘲諷了她一句後，把新帳舊帳都拿了出來和她算。

虎子奶想起彭蓮香被扎歪的嘴，嚇得老臉一白，連連後退了好幾步。

菊咬金看到二妮的下巴不但磕破了，眼睛紅紅的，小臉上到現在還掛著淚珠，只敢躲在自己娘的懷裡，顯然是被方才無理取鬧的一幕給嚇壞了。

「別廢話，趕緊拿錢。」

「可不就是傷了一點皮嘛，誰家的小孩沒有磕著碰著的時候，要我們賠錢這就——」

虎子奶的話都還沒說完，菊咬金氣得直接把她手裡的錢袋子搶了過去，二話不說從裡頭抓了一把銅板給葉紅袖。

「以後妳家要再這樣無理取鬧，小心我把你們趕出赤門村！」把錢袋子塞回虎子奶手裡的時候，菊咬金還凶神惡煞地威脅了一句。

虎子奶雖然心疼那一大把銅錢，卻再也不敢吭聲，急忙領著一家人灰溜溜地跑了。

「二妮，這些錢明天讓妳爹娘給妳買好吃的。」葉紅袖把診金的五十文留下後，其餘的錢全都給了二妮。

「好！我全都要買肉包子，金寶今天請我吃了肉包子，我明天也請他吃肉包子！」

臉上掛著淚珠的二妮破涕為笑，捧著銅板乖乖和張大山回屋數錢去了。

「村長，常走運這個人人品不行，要是可以的話，你還是出面把他趕走吧！騙錢事小，萬一哪天他真開錯藥，害了哪個村民的性命可就事大了，開藥治病可是馬虎不得的。今天你也看出來了，他就是個騙錢的神棍！」葉紅袖看向菊咬金，提議道。

「是啊村長，那個混蛋張口閉口就是會死，要五兩銀子，這兩年他在咱們村子吃香的喝辣的，日子過得不知道有多舒坦，現在看來，這錢全都是騙的。咱們莊戶人家一年到頭可掙不了幾個錢，鬧個頭疼腦熱的，最後全給他了。」李小蘭也跟著附和了一句。

菊咬金細想了一下，覺得她們的話有道理，但他同時又有些擔心。「可他走了，往後村民們看病就都得去縣城了，百草廬太貴，咱們都看不起啊！」

「現在不是有我嗎？村長放心，我不敢說我的醫術有多好，但比常走運還是要強一些的，看個頭疼腦熱的不是難事。」葉紅袖拍著胸膛向菊咬金下了保證。

把常走運趕走了正好，以後村民們看病都得來找她，她可以借此機會重新讓葉家在赤門村站穩腳跟。

「成！我現在就去把常走運趕走。」

菊咬金走了後，葉紅袖扶著眼睛犯病了的葉氏也回了家。

# 第十章

這天清早，天剛亮，葉紅袖就起床了，把整理好的藥材放進背簍，準備去縣城賣了。一出門就碰到了在自家院門口等著的連俊傑。

「早。」他笑著開口打了聲招呼。

「這麼早？」葉紅袖有些驚訝，還看到他身上揹著好幾隻野雞野兔，應該是昨天自己走了以後去山上獵的。

「早去早回。」

連俊傑伸手把她肩上的背簍給卸了下來，自己揹上。

從赤門村到縣城步行要一個多時辰，連俊傑身形高大，腿長步子大，但同行的時候，葉紅袖注意到他刻意放慢腳步遷就自己。

等到天色放亮，路上的行人漸漸多了起來，越靠近縣城便越熱鬧。街道兩邊商鋪林立，茶館酒館，布莊綢緞莊，當鋪麵店，胭脂水粉，應有盡有。青石板鋪成的馬路兩邊還擺了好些小貨攤，吃的玩的看的，各種小玩意兒五花八門。

街上熙熙攘攘，人聲鼎沸，今天還不是趕集的日子，要遇上了趕集的日子，城裡的集市會更熱鬧。

葉紅袖忙著看熱鬧的時候，連俊傑在路邊攤上買了幾個燒餅，將其中兩個肉餡的塞進她手裡。

他們一大早趕來什麼都沒吃，這會兒都餓了，葉紅袖也沒和他客氣，接過就吃了起來。

「連大哥，要不咱們就在這裡分開吧！」三岔路口前，葉紅袖停下腳步。百草廬在城東，張記雜貨鋪在城西，一來一回得好長時間。

「好，我們把東西賣完了在張記雜貨鋪門口碰面，不見不散。」

買賣東西都得花上不少時間，還得加上回去的路程，家裡就剩兩個老幼，連俊傑不放心，也想省點時間早些回去，於是兩人一東一西分頭走。

城裡有一條貫穿縣內縣外的小河，河水清澈見底，供人行走的石板橋也是隨處可見。過了這條河就是城東，百草廬的招牌抬頭就能看到。

其實葉紅袖是不大願意把藥材賣給百草廬的，百草廬不但壓價厲害，裡面大夫的醫德她也不敢恭維。但沒有辦法，縣城就只有他們這一家醫館，收購藥材的藥商也不是隨便就能碰到，她背簍裡的藥材還是只能賣給百草廬。

這邊，葉紅袖正想著百草廬有多可惡，那邊，百草廬的少東家馮川柏正好領著醫館的幾個小夥計迎面走了過來。

葉紅袖不想和他那樣的紈袴子弟糾纏而耽誤時間，正打算轉身走另一條小路，卻被他看到了。

「葉紅袖，站住！」馮川柏氣勢洶洶地衝到葉紅袖面前。

「幹什麼？」眼見躲不過，葉紅袖只能冷著臉看向他。

「妳為什麼要害我舅舅？他昨晚被趕出了赤門村，我舅舅說這一切都是妳在搞鬼！」

馮川柏質問時，那雙瞇起來就只剩一條線的小眼睛不停在她的臉上身上打轉著。

這個小丫頭怎麼就長得這麼好看呢？瓜子臉，肌膚白皙滑嫩，水汪汪的大眼睛，小嘴整日就和吃了蜜糖一樣紅潤，引人遐想。還有這身段，曲線玲瓏，凹凸有致，雖然身上是一身洗得發白的粗布衣裳，可就是好看。

「我搞鬼？馮川柏，常走運他是你親舅舅，他有沒有醫術，你應該比任何人都心裡有數吧？我那是為他好，萬一他真鬧出了什麼人命，不只是自己吃不了兜著走，就連你們百草廬也同樣脫不了干係。」

葉紅袖厲聲回應。他不停打量探索自己的舉動讓她嫌惡，說完便轉身要走。

「欸，妳別急著走啊！我知道妳是好心，只是做這事之前，為什麼不先和我打聲招呼呢？妳要是和我先打了招呼，我好好和我舅舅說，他也不會氣成那樣啊！妳也是，往後咱們都要成一家人了，妳惹他不高興不是惹咱們的娘不高興嗎？」馮川柏疾步將她攔住。

「馮川柏，你說話嘴巴放乾淨一點！誰和你是一家人，誰要讓你娘開心？你娘又不是小狗，需要別人逗她開心。」

葉紅袖原本是不想把話說得這麼刻薄的，可這馮川柏實在惹人厭煩，她只想趕緊把他甩了，然後找一個認識的人出面去百草廬幫自己把藥材給賣了。

「葉紅袖，妳怎麼罵人呢？本大爺能看得上妳，那是妳上輩子燒高香積來的福氣，妳別不知好歹！」馮川柏也怒了，翻臉衝她叫囂了起來。

「這樣的好福氣，你自己留著吧！我不稀罕！」葉紅袖狠狠瞪了他一眼。這個猥瑣的醜男人，她真想把他的眼珠子摳下來，再把他的嘴巴縫起來。

「妳——」馮川柏愣了一下。舅舅果然沒說錯，葉紅袖就像是一夜之間換了一個人一樣。「葉紅袖，妳這樣和我說話，就不怕我們百草廬不收妳的藥材，讓妳一家活活餓死嗎？」

面對他的威脅，葉紅袖只是冷冷瞥了他一眼，沒吭聲。常走運那樣的混帳都能在赤門村混得風生水起，她有一身高超的醫術，又怎麼可能會餓死？

她懶得和他多廢話，更不願和他在這裡浪費時間。

可就在她轉身之際，身後突然響起一個巨大的撲通聲。

「不好了！有人跳河了！」河邊有人大聲嚷叫了起來。

人群喧譁了起來，葉紅袖急忙隨著路邊的行人一同趕了過去。

「不得了，那個小丫頭我怎麼攔都攔不住，撲通一聲就跳下去了。」一個穿著藍色褂子的婦人邊說邊用手比劃著，在她的腳下，葉紅袖看到一雙小小的紅色舊繡花鞋，可見跳河的丫頭年紀不大。

「你們這群大老爺們乾看著做啥啊！趕緊跳下去救人啊！」婦人衝著最先跑到跟前的一群後生叫了起來。

看那幫人的穿著打扮和年紀，好像是後頭白鷺書院的學生。

「我……我不會泅水。」

「我今天有考試，可不能因為這事耽擱了。」

「我身上的衣裳可是最好的綢緞，不能下水。」

那幾個後生，各個都有不能下水的理由。其中葉紅袖還看到了一張熟悉的面孔，堂哥葉凌霄。

「馮川柏，你是大夫，你趕緊去救人啊！」她衝旁邊的馮川柏喊道。

「我吃飽了撐著才下水！再說了，妳聽到她說的了，她是有意尋死，有心想死就是不想讓旁人去救的，還是看熱鬧吧！」

馮川柏笑嘻嘻回頭，繼續湊熱鬧看向在河裡漸漸下沈的小身影。

葉紅袖只好朝葉凌霄走過去。「你不是會泅水嗎？怎麼還不趕緊下水救人！」

「我今早還有幾場重要的考試，耽誤不得。再說了，我要是救她傷寒生病了怎麼辦？馬上就要秋闈了，耽誤了我的前程，她賠得起嗎？」

葉凌霄不屑地瞥了葉紅袖一眼。他一向不喜歡他們兄妹幾個，覺得他們寒酸，尤其葉常青傳出了是叛徒的流言後，更是讓他覺得自己和他們有親戚關係都是丟臉羞恥的事。

「枉你是讀書人，讀了這麼多年的聖賢書！」葉紅袖氣得想要罵人。她是不會泅水，要是會，壓根兒就不會開口找任何人幫忙。

就在這時，撲通一聲，有人跳下了河。下水的後生鑽進水裡尋摸了好一會兒，才將小姑娘拉了起來，岸邊的人急忙上前搭手幫忙，葉紅袖和那婦人也急忙奔了過去。

費了很大勁才擠到人前的葉紅袖，一臉驚詫地看著跳河救人的後生。

「二哥?!」

葉黎剛摸了摸小姑娘的脈搏，臉色一凝，抱著她急忙起身。「她好像還服食了毒，得趕緊送醫館。」

「葉黎剛，既然人已經救上岸了，你就不要多管閒事了，還是趕緊和我們一起回書院吧！昨天先生說了今早有考試，你知道這次的考試有多重要。」站在一旁的葉淩霄「好心」提醒了他一句。

已經起身的葉黎剛冷冷瞥了他們一眼，沒開口。他這人一向不喜歡廢話。

看到葉黎剛完全無視自己的冷漠態度，還是當著這麼多外人的面，一向好面子的葉淩霄臉上有些掛不住了。

「葉黎剛，你別不識好人心。你自己飯都吃不飽，有能力救得了她嗎？先不說她是有心想尋死，就是你送去了百草廬，你不掏出個幾兩銀子，他們會收治她嗎？」

葉淩霄這麼一說，眾人的視線立刻都落在了葉黎剛身上。

他身上的衣裳洗得發白，肩上還有塊補丁，一看就是窮人家的孩子。誰都知道百草廬不是窮苦人家能進得去的。

葉淩霄冷漠的指責讓葉紅袖氣不打一處來。「就是掏不出錢也得試試，難道你們要眼睜睜看著她死見死不救嗎？你們的書都讀到哪裡去了？」

「葉紅袖，你們要是掏不出錢，可別送去我們百草廬。她是自盡的，這樣的人死了晦氣，我們百草廬可不想沾這樣的晦氣！」

讓人沒有想到的是，馮川柏卻在這個時候落井下石。

「你瞧這說的是人話嗎？人要不是被逼到沒活路，誰會尋死路啊？」

「是啊，你們百草廬就是掉錢眼子裡去了，一點醫德都沒有！早晚會遭報應的！」

旁人看不過去了，紛紛開口指責馮川柏，還有好心人拉著葉紅袖提醒了她一句。「姑娘，妳別和他吵架耽誤時間了，百草廬的斜對面今天新開了一間醫館叫濟世堂，我剛聽人說裡頭的大夫心腸特別好，你們趕緊去那裡看看。」

「濟世堂？」葉紅袖和葉黎剛面面相覷，驚詫於這間醫館的名字。

他們的爹生前最大的願望是開間醫館，名字就叫濟世堂，可是，這個願望直到他去世都未能實現。

聽到這個名字，馮川柏不屑地冷哼了一聲。「我就看它能開幾天！」

縣城裡從前不是沒有開過醫館，但最後都被他們百草廬鬥得灰溜溜地走了，也因此，他們百草廬才會在臨水縣一家獨大，一直混得風生水起。

葉黎剛、葉紅袖兄妹沒敢耽擱，抱著小姑娘朝那人指點的方向奔了去，果然在百草廬斜對面不起眼的角落裡找到一間掛著濟世堂牌匾的小醫館。

醫館的門面很小，不足百草廬的三分之一，也許是因為今天剛開張，醫館裡一個病人都沒有。

葉黎剛和葉紅袖抱著小姑娘進門的時候，站在櫃檯後面收拾藥材的藥童急忙奔了過來。他看了雙眼緊閉的小姑娘一眼。「我去把師傅喊來。」說罷，轉身朝裡頭跑了去。

葉黎剛把小姑娘放在醫館內裡的床上，葉紅袖立刻捋起袖子，把醫館裡的銀針拿了過來。

匆匆跟著藥童出來的紀元參，一到前頭就看到葉紅袖給躺在床上的小姑娘忙著扎針。幾針下去，陷入昏迷的小姑娘動了動，突然翻身，嘩啦啦地吐出了好多水。

「把水都吐出來就好了，幸虧妳服食的毒藥不多，剛才又灌了很多水進去，不然現在已經沒命了。」葉紅袖輕柔地拍了拍小姑娘瘦到能摸到脊骨的背。

紀元參走過去，把了下小姑娘的手腕。逐漸變得平穩的脈搏讓他忍不住對葉紅袖多看了兩眼。沒想到這個姑娘年紀輕輕，醫術卻是相當了得。

「景天，去煎服解毒茶來。」

藥童離開後，趴在床上吐水的小姑娘慢慢緩了過來，她抬起沒有一點血色的小臉，將站在旁邊的葉紅袖、葉黎剛等人打量了一遍，大大的眼睛裡雖然有感激，但葉紅袖在她滿含淚水的眼裡看到更多的絕望。

「哥哥，姊姊……你們為什麼要救我！為什麼不讓我死了一了百了！」說罷，她趴在床上大聲痛哭了起來。

「妳能告訴姊姊為什麼要尋死嗎？」葉紅袖蹲在她面前，摸著她的小腦袋輕聲誘哄著。

先是服食毒藥，隨後跳河，看得出來這個小姑娘是一心想要尋死。可看她的模樣頂多也就十歲，這麼丁點兒大的小姑娘能有什麼事想不開要尋死？

小姑娘抬起臉，葉紅袖伸手幫她擦了臉上的淚珠，也得空看清楚了她的容貌。白嫩嫩的小圓臉，眼睛又大又亮，紅唇微翹，模樣十分可愛甜美。再看她身上的衣著，雖然衣裳布料有些褪色了，但剪裁合身，看得出是花心思去做的。

這個樣子，好像是哪個落魄人家的小小姐，難不成是因為家裡落魄了，吃不了窮困的苦想要尋死的？

這個念頭剛從葉紅袖的腦海裡滑過，外頭就突然響起了一個婦人潑辣跋扈的辱罵聲。

「死丫頭，妳趕緊給我滾出來！老娘花錢買妳是拿來掙錢的，不是給自己找晦氣給妳送終的！」

「姊姊，我怕！」小姑娘嚇得急忙縮進了葉紅袖的懷裡，小手緊緊抓著她的胳膊，瘦弱的身子不停瑟瑟發抖。

「我去看看怎麼回事。」

葉黎剛轉身，誰知道他剛到醫館門口，就被一個打扮得花枝招展，渾身散發著嗆鼻脂粉味的老女人指著鼻子大罵了起來。

「你趕緊賠錢！老娘剛收進的雛子就被你這個窮光蛋給摸了，現在滿縣城的人都知道你摸了她的身子，你趕緊賠錢！」

「妳胡說八道什麼！」葉黎剛被她的這些話氣得臉當場就青了。

「我哪裡胡說八道了？剛才你把那個死丫頭從水裡撈上來的時候，所有人都看到你摸了她的身子，你趕緊賠錢！」老女人仍舊不依不饒，還將手伸到了他面前。

「我是救人不是占便宜，而且我是讀書人，沒妳說得那麼齷齪！」葉黎剛濃眉緊蹙，沒想到自己好心救人竟然惹來了麻煩。

「讀書人怎麼了？你也是男人，是男人就會想要占便宜！你趕緊拿錢出來賠，那個死丫頭可是我花了十兩買的，還沒人碰過呢！」

「老鴇子，那麼小的丫頭妳買進窯子掙錢，這麼喪天良的事也幹得出來！還有，人家後生是救那個丫頭，妳空口白牙誣衊他摸了人家丫頭的身子，說這麼喪天良的話，不怕天打雷劈嗎？」

圍觀的人裡，有人認出了這個老女人是縣城青樓麗春院的老鴇子，她是方圓百里出了名的心狠手辣，眼裡就只有錢。

「老娘開窯子不為掙錢，難道還為了揚名立萬？我買她怎麼了？她家人賣她，我買她，這是一手交錢一手交人，拿到衙門去我都是有理的正經買賣，你們要怪就怪賣死丫頭的家人去啊！圍著我罵算個什麼事？」

老鴇子的氣焰並沒有收斂，還理直氣壯地為自己辯解了起來。

聽到這裡，葉紅袖明白懷裡的小姑娘為什麼要尋死了。

# 第十一章

「我叫阮覓兒，是從京城過來的，我爹娘去年生病死了，照顧我的老媽子帶著我來這裡尋親。但我沒想到，她會和她的兒子用十兩銀子就把我賣了……姊姊，我不要回青樓，我不要回去……」阮覓兒解釋了一句，又縮進了葉紅袖的懷裡。

葉紅袖這下為難了。老鴇子剛才的話是一點都沒錯，她拿錢買了這個小姑娘，賣身契在她的手裡，這事就是鬧到衙門了也是她有理。她要想幫這個阮覓兒贖身，不拿出個二、三十兩來，想都不要想。

可她哪裡有那麼多錢，背簍裡的那些藥材全部加一起，最多也就值個四、五兩。

「死丫頭，妳趕緊給我滾出來！看我不打斷妳的腿，竟然還敢跑！」

「姊姊，我怕……」

外頭老鴇子的叫囂越大，懷裡的阮覓兒就抖得越厲害。

葉紅袖知道，阮覓兒要是就這樣和老鴇子回去了，斷腿興許不會，但肯定要受皮肉之苦。何況那樣骯髒的地方，阮覓兒要是待下去，這輩子就真的完了。

「別怕，別怕，姊姊幫妳想辦法。」

葉紅袖一邊冷靜地安慰懷裡的人，一邊將醫館仔細打量了一遍，目光最後落在了對面的藥櫃上。

「掌櫃的，能幫個忙嗎？」

「妳說。」

「我要一碗新鮮的雞血，幾樣藥材，還想請掌櫃的幫忙開個尊口，希望能保住這姑娘的性命和清白。」

「老夫開醫館就是救人的，姑娘有計策儘管說便是。」

醫館門口，老鴇子還在大聲叫囂著。

「老娘好吃好喝地供著妳，妳倒好，翻臉不認人，還唱這麼一齣苦情戲！天下苦命的人多了，老娘我還苦了，花錢買妳，在妳身上沒掙到一文錢，還要給妳倒貼棺材錢！」

她原是打算衝進去搶人的，但細想了一下，覺得自己不能那麼衝動。死丫頭要是還活著還好說，可要是死了，這事可就麻煩了。所以她故意大聲叫囂，想讓在場所有人都知道她那是合法買賣，死丫頭跑出去尋死，就算真死了也礙不著她什麼事。

這個時候，圍觀的人越來越多，老鴇子一看到葉紅袖攙著阮覓兒出來了，立刻衝了過來，正要破口大罵，葉紅袖卻直接將身形瘦弱的阮覓兒推進她的懷裡。

「這次妳的買賣可真要虧本了，她最多也就只能活兩個月，妳要不怕她的癆病會害你們麗春院，就趕緊把她扔了。」

「什、什麼?!癆病?」老鴇子被葉紅袖的話嚇得差點眼珠子都掉了出來，如扔燙手山芋般地將阮覓兒推開了。

站在旁邊圍觀的眾人也都被葉紅袖的話嚇到，白著臉連連後退了好幾步。那可是癆病啊！是會傳染的，還是一染上就會死的！

「哥，你也真是的，下河救人之前也不弄清楚，你要被染上了可怎麼辦？」

老鴇子的反應讓葉紅袖想笑，但為了讓自己的話更有說服力，便衝自己的二哥當眾抱怨了起來。

葉黎剛被葉紅袖的話弄得有些摸不著頭腦。他當年跟著爹學過一點醫術，也給那個小姑娘把過脈，她壓根兒就沒有什麼癆病啊？

「你還愣著做什麼，趕緊進去找裡面的大夫開些藥。這癆病可大可小，剛剛裡頭的大夫說了，這姑娘的癆病重著呢，最多也就只能活兩個月，你現在是咱們家的頂梁柱，可不得有一點差池。」

葉紅袖拉著葉黎剛往裡走的時候，低頭悄悄衝阮覓兒使了個眼色。阮覓兒會意，立刻當眾猛烈地咳了起來，大概咳了三、四聲，竟噴出了一大口鮮血，濺得到處都是。

尤其是站在最前面看熱鬧的馮川柏，身上是濺得斑駁的血跡。他伸手摸了臉上一把，待看到手上真的是血，嚇得當場跳了起來。

「啊——啊——」

他這麼大反應，讓旁邊圍觀的眾人濺到沒濺到的都跟著跳了起來。

百草廬的少東家都被嚇成這樣，足見葉紅袖剛才說的話不是誆人的，這個小姑娘真的得了快要死的癆病。

旁邊的老鴇子更是嚇得唇臉發白，雙腿發軟，可她卻有些不相信。死丫頭白白淨淨，看起來一點毛病都沒有，昨天前天都還好好的，怎麼今天突然就發病了，還得的是會傳染的癆病。她覺得這其中有詐。

「死丫頭，誆我的是吧？老娘出來混的時候，妳還不知道在哪個犄角旮旯兒呢！要等我發現妳是誆我的，我晚上就找個人把妳搓磨死！」

老鴇子咬牙切齒地抓過阮覓兒的胳膊，想將她拖到對面的百草廬去看個究竟。她不信葉紅袖，更不信濟世堂。

紀元參掐著葉紅袖給的時機，慢悠悠地走了出來。

「那妳就試試。碰過她的人，要有命能比她多活三天，都算他命大。馮川柏，你是百草廬的少東家，跟著你爹學了這麼多年醫術，她是不是癆病你應該把得出來的，你去給她把把脈，看看這裡有沒有人在說謊。」

葉紅袖憋著笑，把正要轉身逃跑的馮川柏當眾給叫住。這個不學無術還想占自己便宜的敗家子，就該乘機嚇破他的膽。

「這還要把脈嗎？血都咳出來了！老子還想多活幾年呢！都趕緊給我滾開，我要回去煎藥喝！」

惜命如金的馮川柏氣急敗壞地撂下了這句話後，撥開人群跑了。

「諸位莫慌，我們濟世堂知道癆病會傳染，剛剛診出這個姑娘有此重疾之後，便立刻讓藥童去熬藥了，大夥兒少安勿躁，等會兒你們一人一碗喝下去就無礙了。」

「那……那多少錢一碗啊？太貴的話，我們喝不起。」人群中響起了一個小小的詢問聲。

「濟世堂懸壺濟世，不用你們掏一文錢，只要你們身子無礙就行了。」紀元參笑呵呵地捋了捋自己的花白鬍子。這樣打響招牌的方式還真是特別。

聽到不用錢，擠在醫館門口的人立刻都跟著葉紅袖一起進了醫館，待親眼看到她和葉黎剛都喝下了一大碗黑乎乎的藥汁，立刻都跟著大口猛灌了起來。

喝完了藥，已經嚇破膽的眾人哪裡還敢多逗留，立刻都散了。

散去的人群中，葉紅袖還聽到好些人說濟世堂的大夫不錯，往後生病了就來這兒看病。

醫館門口最後就剩老鴇子和阮覓兒兩個人。

「不成，我要去退貨！不能就這麼算了！」老鴇子不甘心，用袖子包著手，拽住阮覓兒的胳膊連拖帶拽地走了。

姊姊只能幫妳到這裡了，希望妳能碰到更多的好人吧……葉紅袖看著阮覓兒離去的背影，有些傷感地想著。

「她能碰到妳幫了這麼多，已經是她的福氣了，剩下的就全看她自己的造化。姑娘，妳是來賣藥材的嗎？」紀元參一句話拉回了葉紅袖的思緒。

「是啊，你們收嗎？」

「收！衝著姑娘的人品，幫我一炮打響濟世堂招牌的這一招，我給妳最好的價錢！景天。」

紀元參把藥童喊了出來，讓他把背簍裡的藥材一樣一樣撿出來拿藥秤秤了。藥童這邊計量，紀元參那邊算盤打得啪啪響，沒一會兒就把價錢算出來了，總共四兩三。

騙小姑娘得癆病熬了一大鍋涼茶給圍觀的人喝，還殺了醫館一隻雞，撇去這些，葉紅袖只要了四兩，把其中三兩給了渾身濕透的葉黎剛。

「二哥，你趕緊回學堂換衣裳，省得著涼傷寒了。」

「紅袖，這錢我不能要，妳拿著給咱們的娘好好治眼疾。」

葉黎剛抓著葉紅袖的手推辭不要。他是讀書人，手心卻有粗粗的繭子，這些都是他在學堂做粗活留下的。

「二哥，這錢儘管拿著，娘的眼疾我會給她治好，你馬上就要秋闈了，處處都要用錢。」葉紅袖硬把錢袋子塞進葉黎剛的懷裡。「趕緊回去吧，省得著涼生病，我和娘又要擔心了。」

他身上的衣裳全都濕透了，雖然現在天氣不涼，但還是小心些的好。

「我只拿一兩，其餘的妳都拿回去，好好攢著。」

葉黎剛的性子就和名字一樣剛硬，決定了的事情，不管誰都改變不了。葉紅袖沒有法子，只能依了他，把剩餘的錢都拿回去。

看著漸漸離去的挺拔身影，她心裡突然閃過一絲抽痛。

十七、八歲正是少年最飛揚跳脫的年紀，可葉黎剛清俊的臉上卻總是神情凝重，眉頭常常緊蹙，好似心裡承受著萬般旁人捉摸不透的心事一樣。

今天從碰面到現在，她都沒看到二哥的神情有過一絲輕鬆。

她疾步追了過去。「二哥！」

葉黎剛回頭。「什麼事？」

「二哥，你好好念書，等你考取了功名，妹妹我就給你尋個這個世上最好的好姑娘。」

葉紅袖湊到他面前，笑著與他打趣。

「小丫頭，二哥的終身大事不需要妳操心。」

葉黎剛伸手揉了揉她的腦袋，一直緊繃的面部線條終於柔和了幾分，微微上揚的唇畔能看出有幾分笑意，原本就面如冠玉的他更好看了。

「二哥心裡有人了？」葉紅袖追問。她還是喜歡這樣的二哥，比較親切。

「小丫頭，不說了，二哥走了，不然生了病妳和娘真要擔心了。」葉黎剛又揉了一下她的腦袋，沒多說就走了。

葉紅袖回到醫館，把自己昨晚寫好的藥方給了紀元參，讓他幫忙抓藥。

「葉姑娘，這是治半身不遂、喘疾和夜盲症的？」接過藥方的紀元參驚詫於上面精確無誤的數量和分量。

他行醫幾十年才能有這樣的經驗和功力，可眼前的這個姑娘年紀小小，抓藥竟然如此精準，這不得不讓他另眼相看。

「嗯，掌櫃的，你這裡有銀針嗎？我想買一套。」

「有，妳等一下。」

藥櫃上是有好幾套銀針，但紀元參看葉紅袖是內行人，沒把那兩套不是最好的銀針介紹給她。

他從藥櫃下最裡邊的抽屜裡拿出了一個紅色錦盒，一打開，裡面的銀針便泛著銀光，一看就是好貨。

「掌櫃的，這個不用了，我只要那套就成。」葉紅袖指了指藥櫃上最廉價的。她手裡的錢，抓上幾劑藥就剩不了多少，掌櫃拿出的那套銀針，她最多也就看得起，壓根兒就買不起。

「葉姑娘，這銀針不要錢，是我送給妳的。」

「什麼？送給我的？」葉紅袖嚇了一跳。

這套銀針可不便宜，最起碼要七、八兩，白送給自己，這世上有這麼白撿的好事？

「是啊！我這裡是濟世堂，寓意懸壺濟世，開這間醫館可不是為了掙錢。葉姑娘不但醫術超群，還有仁者之心，這是千金難買的。還有，今天妳借那個小姑娘的事幫我打響了招牌，這套銀針，妳收下當之無愧。」

聽到紀元參說出懸壺濟世這四個字，葉紅袖的心裡突然覺得異常親切。

「掌櫃的，不瞞你說，我爹生前最大的願望便是開間醫館，名字就叫濟世堂，沒想到今天竟然會這麼有緣分。既然你這麼說了，那這套銀針我就收下了，我會像我爹一樣，以醫術普渡眾生的。」

拿了銀針和藥從醫館出來，葉紅袖急匆匆地朝張記雜貨鋪奔去。她遲到太久了。

路上，她還在心裡盤算著剩下的錢等會兒要怎麼花，該買些什麼。賣藥材的四兩銀子，二哥只拿了一兩，抓連大娘和娘的藥去了五百文，那套銀針她最後還是硬塞給了紀元參二兩。

手裡還有賣藥材剩下的半兩、昨天從虎子奶那裡得來的五十文診金和娘賣帕子荷包的兩百文，買點米，買點油葷，其餘的都好好攢著。

她剛從城東的石板橋上下來，就看到迎面走來的連俊傑。

「怎麼這麼遲？」

滿臉著急的他盯著她前前後後左左右右都仔細打量了一遍，確定她真的無礙後，一直緊繃著的心才算是放了下來。

「碰到我二哥，多聊了幾句。」葉紅袖沒解釋太多。

兩人轉身去了張記雜貨鋪。

天氣漸涼，葉紅袖幫連俊傑選了十幾斤好棉花，然後又去隔壁的布莊選了幾疋一般的布。

「這個淺藍色的布是給你和金寶做秋衣的，青色是給你們做冬衣的，大娘就用這個墨綠色做一身秋衣和冬衣，做被套的布就選這個有印花的深藍色，這些顏色都是耐髒的。」

「妳不用想著幫我省錢，咱們可以買現成的。這些買回去了要自己動手做，娘的身子不方便，做不來的。」

連俊傑有些疑惑，家裡現在幹活的就只有他一個大男人，這些做衣裳棉被的針線活他就是有心想做也無能為力。

「不用大娘做，讓我娘來做。」

「妳娘？」

「其實這是幫我娘。她的夜盲症容不得她像從前一樣熬，做衣裳棉被可比繡花繡荷包不知道要省多少眼睛。以後我就讓我娘天天去你家和大娘一起做衣裳棉被，兩人幹些針線活，說說笑笑，心情舒暢了，病才能養得快。」

「這個主意好，妳再幫忙看看還有沒有別的要買。」

葉紅袖轉身去挑選別的東西，連俊傑和布莊老闆結帳的時候，衝他伸手指了指掛在牆上，他一進門就看中的一疋淺黃色布料。「把那疋也算進來。」

「這個嗎？可是這個要三十文一疋，不如客官看看其他的。」

布莊老闆看連俊傑的穿著打扮不像是有錢人，好心想要給他介紹其他的。

連俊傑搖了搖頭，回頭看了一眼正在挑選布料的葉紅袖。

「不用，我就要這個，你一起算吧。」

扛著棉花和布料，兩人出了布莊，去了正熱鬧的集市。

葉紅袖買了半袋米，三斤肥油。連家還有一大缸的米，葉紅袖就建議連俊傑買了一袋白麵和五斤肥油。連大娘胃口不大好，金寶又小，白麵不管是烙餅還是包餃子、做麵條都比米要容易消化，只要擱點豬油，不管怎麼做都很香。

連俊傑還讓肉鋪老闆割了三斤排骨和兩斤五花肉。

「你再等我一下，我很快就來。」葉紅袖說完轉身就跑了。

連俊傑循著她的身影看去，見她在前面不遠處的一個路邊攤停下了。和攤主討價還價了半天後，她用十文錢買了兩小包芝麻糖。

「這是買給金寶和二妮的。」葉紅袖邊說邊小心翼翼地把糖包好放進背簍裡。

雖然金寶上次和她說了什麼他是小小男子漢，不大喜歡吃零食，但就那麼大點的小孩子，哪裡有不喜歡吃零嘴的。

兩人回去的時候，因為拿的東西多，就搭了順路的牛車。趕車的是牛欄村的王老實，今年五十多歲，人品就和名字一樣，是個忠厚老實的，之前連俊傑借的牛車就是他的，作為感謝，還送了他一對狼前腿。因為今天不是趕集的日子，回去的人少，坐車的人就更少，車上就他和連俊傑、葉紅袖三個人。

他甩了拉車的老牛一鞭子，回頭看了看坐在身後的連俊傑和葉紅袖，男的帥，女的美，越看越覺得兩個人好看。

「時間過得還真是快啊！當年你們一個小丫頭、一個毛頭小夥子，轉眼的功夫都成大小夥和大姑娘了。以往你們可沒少坐我的牛車來縣城趕集，那個時候我看你們好，就知道你們肯定有戲。我果然沒看錯，如今長大了，感情還是好得很，你們什麼時候成親啊？成親的時候，可得請我喝杯喜酒啊！」

王老實冷不防地冒出這麼一句話，葉紅袖當場紅著臉，心虛地把頭轉向一邊。他說的小時候，她可是一件都不記得了。

看到葉紅袖轉頭不說話，好像不願舊事重提的樣子，連俊傑的眸子瞬間黯了下來。「老實叔，以後切莫開這樣的玩笑了，紅袖……她已經許人了。」

「啊？紅袖已經許人了？」王老實驚得抓著牛繩一拉，回頭看向葉紅袖。「紅袖，妳……妳怎麼會？你們當初多好啊，日日形影不離，所有人都知道你們好，這怎麼俊傑出門一趟，妳就等不及許人了呢？妳應該等俊傑回來的啊！」

王老實問葉紅袖的時候，連俊傑也抬頭，定定盯著她。王老實問的正是他這些天一直盤旋在心頭想要知道的。

很多次他都想問，可是又沒有勇氣張口。他怕問出的答案是自己最不想聽到也最無法接受的。

葉紅袖深吸了一口氣，回頭看向連俊傑。

「五年前，我從山上摔下來，摔壞了腦袋。爹爹為了救我去牛鼻子深山採藥，被猛獸咬死了，我當時病得神智不清，隔壁村的靈姑說只有沖喜才能活下來。雲飛表哥為了救我，不但和我拜了堂，還主動賣了十年身給潛龍江的排場。我雖然後來好了，可是有很多事、很多人我都忘了……我不記得你，不記得雲飛表哥。」

「紅袖，妳……忘了我?!」連俊傑不可思議地看著葉紅袖，震驚的聲音裡有一絲受傷。

「我……我最開始就想告訴你的，可我不知道該怎麼開口。」葉紅袖心虛地低頭。

連俊傑面色深沈地看著眼前已經長大，記憶裡卻不再有自己的葉紅袖，好半天說不出一個字來，眼裡的受傷掩藏不住。

他是為了她，才回來的啊！

牛車行駛，路上安靜得只有車轂轆輾壓在路上發出的嘎吱聲。

# 第十二章

晚上，葉紅袖把切好的肥肉煉了油，油渣和菌子煮了湯，爆炒了一個青菜，還煮了白米飯。

可不知道為什麼，吃著這些期盼已久的菜餚，她卻味同嚼蠟，腦子裡總是一遍遍閃過連俊傑聽到自己忘了他時的受傷表情。

「紅袖，怎麼了？怎麼今天吃飯這麼安靜？」葉氏察覺到了女兒的不對勁。

因為眼睛不好，每次吃晚飯的時候，她都會和自己聊天，尤其去了縣城回來後，更是會滔滔不絕說著在城裡碰到的稀奇事，可今天卻格外安靜。

「我在想怎麼掙錢。」葉紅袖沒說自己的心事。「娘，我打算在咱們的後山規整出一塊地，拿來種些難得珍貴的藥材，還想和爹一樣出診。」

「種地和出診？妳成嗎？吃得消嗎？」

葉紅袖的提議是好，但葉氏卻很擔心，這些事以前她男人幹的時候，自己幫著打下手，兩個人有時候都忙不過來；如今自己眼睛不行，裡裡外外都得紅袖一個人，她怕女兒吃不消。

「成不成也得試試才知道，我明天去山裡找找看，看有沒有適合種藥的地方。對了，娘，妳明天去連大娘那兒幫忙吧，我和連大哥說好了，他家的秋衣冬被妳會幫著都做好。」

「俊傑救了妳的命，我幫他做些針線活是應當的，妳去山裡小心著點，別逞強。」

「放心吧，我心裡有數。」

隔日清早，葉紅袖母女就一同出了門。

到了山腳的岔路口，葉紅袖把手裡的藥包給葉氏時，和她叮囑了一遍又一遍。

「娘，記住了，小的是治連大娘的喘疾，等會兒到了連家就放爐子上熬，三碗水煎成一碗。大的是治半身不遂的，這藥先放著，等我回來的時候親自弄，還有這包糖，是給金寶的。」

「紅袖，要不妳現在就和我一道過去吧，反正也就幾步路。這……我還真怕弄錯了，妳知道藥弄錯了可大可小的。」葉氏看著手上一籃子的藥，有些擔心。

葉紅袖抬頭看了一下她身後的連家，走過去確實也就幾步路的事，可她不知道該怎麼面對連俊傑。

昨天晚上一夜沒睡，一閉上眼睛，眼前閃過的都是連俊傑的表情。

她正想著，連家空蕩蕩的院門口突然閃出了一個頎長高大的身影。葉紅袖急忙收回目光。

「妳要怕弄錯那就別動，等我回來再弄。我趕早上山，趕早回來。」說完轉身就走了。

上山後，葉紅袖兜兜轉轉了大半天，憑著印象翻過一個險峻的山坳後，找到了從前的那塊地方。這裡雖然遠了些，到處都是雜草，甚至旁邊就是望不到底的深淵，稍不小心就會粉身碎骨，但這裡空氣濕潤陽光好，地也肥沃，是種藥材最好的地方。

她伸手撥開旁邊被雜草覆蓋的一塊大石頭，上面還是能依稀看到「葉家藥田」四個字。以前爹也在這裡種過藥材，那時候，赤門村還有附近好些村子的村民都知道，他們路過的時候，沒經過爹的允許都很自覺地避開。

爹去世後，這塊地就荒廢了，她一定要重新把這裡規整起來。

放下背簍，葉紅袖看著眼前的地方，滿腦子想著該怎麼規整，該種些什麼，完全沒有注意到身後從她一上山就跟著的黑影。

黑影在她身後徘徊了好半天，最後趁她蹲下不注意時，一躍而起，從她背後箍住了她的脖子。

葉紅袖猝不及防，被黑影一壓，整個人倒在了地上，還沒反應過來，自己的脖子就被那人死死掐住了。

「掐死妳！掐死妳！我要掐死妳給我家的土蛋陪葬！」

土蛋娘面目猙獰地衝壓在身下的葉紅袖吼著，手上的力量越來越大。

葉紅袖想和上次一樣反抗，但她這次好像有防備，兩隻手的大拇指緊緊交扣在一起，不讓她有機可乘。

葉紅袖痛苦地皺眉。這個瘋子真是打算要掐死她，她覺得自己的脖子都要被掐斷了。

她憑著最後一點神智，伸手摸下了髮髻上的桃木簪子，對著土蛋娘手肘處的麻穴扎了過去。

「哎喲！」桃木簪子折斷的聲音伴隨著土蛋娘吃痛的喊叫一道響起。

土蛋娘掐在葉紅袖脖子上的手突然沒了力氣，葉紅袖急忙乘機將她推開，爬起來的時候還抬腿對著她的小腹狠狠踹了過去。

誰知道，她用力過猛，土蛋娘又毫無防備，被她踹翻倒地的時候，身子連滾了好幾下。

「小心！」葉紅袖尖叫，撲過去抓住她的手，嚇得魂都差點沒了。

只要再往前一步就要掉進萬丈深淵。

「陪葬、陪葬！我要妳給我家土蛋陪葬當媳婦兒！」

誰知道，就在葉紅袖死死抓著她的手想要將她給拽回來之際，土蛋娘卻發狂用力抓著她往前拉。

看她猙獰的樣子，好像是要抱著自己同歸於盡，葉紅袖嚇得全身冰冷，冷汗直冒，想撒手，土蛋娘卻死抓著不放手。

「土蛋哥不是我大哥害死的！妳不能找我陪葬！」沒辦法掙脫，葉紅袖只能開口想辦法拖住她。

「陪葬、陪葬！我要妳給我家土蛋當媳婦兒！」可已經瘋了的土蛋娘哪裡聽得進去，只是不停重複著這句話。

土蛋娘沒瘋之前是幹慣了農活的婦人，葉紅袖的力氣哪裡抵得過她，只能被她拉著一同往前，眼看著兩人就要一起掉下深淵。

「紅袖，小心！」

就在她以為自己要這麼香消玉殞之際，旁邊突然撲出了一個高大身影。

連俊傑抱著她翻滾的時候，也順手把已經蹭到了懸崖邊的土蛋娘一同拽了上來。

葉紅袖被他護著在懷裡翻滾了好幾圈，聞著他身上淡淡的汗味，她剛才驚恐到差點停止跳動的心臟，好似又慢慢活了過來。

在他的懷裡，她突然感覺到了前所未有的安心，好像只要有他在，她就不用擔心和害怕了。

「怎麼樣，妳傷著哪裡了沒有？讓我看看。」

到了安全地方，連俊傑先把懷裡的人兒拉出來，將她前後都仔細打量了一遍，最後焦急擔憂的目光落在她布滿紅痕的脖子上。

紅痕清晰可見，足見土蛋娘是下了死手的，是真打算把她掐死。

連俊傑身上的氣場瞬間變了，因為憤怒，眸子瞬間變得猩紅，還有深深的殺氣，周身氣場也在瞬間寒了下來。

「敢傷我的紅袖，我殺了妳！」

他伸手衝她劈了過去，土蛋娘被嚇得連連後退和衝他搖手。

「不要……不要！不要殺我！我還沒給我家土蛋娶媳婦兒呢！你不要殺我！」她拚命搖著頭，剛才的猙獰瘋狂全都不見了，只剩驚恐畏懼。

葉紅袖怕連俊傑真把土蛋娘給傷了，急忙拉住他的手。「連大哥，我沒事。」

「她差點就殺了妳！」

連俊傑眼裡的殺戮之意還是未消。他不敢想，要是自己沒跟著上來，沒及時趕到會怎樣……

「我現在不是好好的嗎？」葉紅袖勉強衝他擠出一絲笑意。

「妳哪裡好了？嚇得小身子還在抖，臉上一點血色都沒有。」

連俊傑一語戳破她的謊言。他是看著她長大的，她原本就不擅長說謊，在他的面前更別想說謊。

「就算我被嚇到，你也不能真的要了她的命啊！她是思子心切，受不了土蛋哥的死才成這個樣子的，咱們要是真乘機把她怎麼樣被旁人知道了，不是更坐實了我大哥是叛徒嗎？」

這些天，葉紅袖一直都在想要如何幫大哥洗清叛徒這個污名。解鈴還須繫鈴人，只要楊土蛋一家不認為大哥是叛徒，其他人自然沒資格指責大哥是叛徒了。

「不能就這麼算了，要是我沒及時趕到，妳想過後果嗎？」連俊傑還是心有餘悸，這個後果他壓根兒就不敢想。

「我現在不是好好的嗎？再說她是瘋子，你和一個瘋子計較，讓旁人怎麼看你？」

「旁人怎麼看我管不著，我也不在意，只要有人敢傷妳，不管是誰，我就會要了他的性命。」

連俊傑如此堅持，葉紅袖的心裡還是挺感動的，可同時又極不是滋味。她已經有未婚夫了，承受不起他的好。

她低頭，不敢看他的眼睛，好一會兒才又抬頭，臉上恢復了一點血色。

「其實土蛋娘並不可惡，她是聽信了謠言才會做這麼不理智的事情。最可惡可恨的是散播這個謠言的人，要是我把土蛋娘治好了，等大哥回來再和她解釋清楚，不就什麼事都沒了？」

「妳還想把她治好？要是她再乘機傷害妳怎麼辦？不行！」連俊傑不同意。他承受不起再來一次剛才那樣的驚嚇。

「可這是幫大哥洗清污名的最好法子，把她治好了也算是功德一件。我是大夫，我爹從小教我的就是不管什麼人，只要生病了，把她醫好都是當大夫的職責。」

「既然妳這麼堅持，那咱們先說好，以後妳要給她醫治的時候，不管何時何地，我都必須在場；我不在，妳不准單獨見她。還有，她要是還敢做出這樣傷害妳的事情，我絕不會放過她。」

葉紅袖堅持，連俊傑也沒有法子，從小他就不勉強她，但凡她決心要做的事，他也是舉雙手支持的。

「謝謝連大哥。」葉紅袖急忙點頭道謝。

「傻丫頭，和我還說什麼謝謝。」

連俊傑伸手揉了揉她的腦袋，唇畔剛扯出一個淺淺的笑意，又想起她昨天說的話，立刻凝結了。

「妳早上是在故意躲我嗎？」

早上在家門口，他剛走出來就看到她轉身走了，連看都沒敢看自己一眼。

「我把你忘了，還和表哥拜了堂，我不該和你這麼親近的。」

葉紅袖低頭，心裡亂亂的。

「妳喜歡陳雲飛嗎？」連俊傑低聲問。他最在意的是她的喜歡。

陳雲飛他認識，和自己一樣大，是葉紅袖大姨的兒子，他爹娘死了以後就來了葉家。他們打過幾次照面，但對他的印象不是特別深。

「我不知道，我現在對他也沒有印象。」

葉紅袖如實地搖了搖頭。陳雲飛在現在的記憶裡，就只是一個名字。

「只要妳不喜歡他就行了。」連俊傑笑了，他最怕的是葉紅袖心裡已經有了別人，如今發現沒有，他立刻鬆了一口氣。「走吧，咱們把她送下山，她瘋瘋癲癲跑上山，家人找不到肯定會著急的。」

連俊傑朝土蛋娘走過去的時候，嚇得她渾身瑟瑟發抖，連連衝他擺手。「不要殺我！不要殺我！我們的土蛋還沒娶媳婦兒呢！」

葉紅袖見狀，急忙搶先一步向前，把連俊傑攔住，蹲在了土蛋娘面前。

「五嬸，別怕，他不殺妳，我們送妳回家好嗎？」

「回家！我要回家！我要回家！」一聽到回家二字，土蛋娘立刻嗚咽著哭叫了起來。

看到她這副樣子，葉紅袖的心裡也跟著酸酸的，不好受。

她摘了些止血的草藥搗碎後，拿自己的帕子將她額頭上的傷口包紮了。

楊五嬸其實和葉氏年紀差不多，楊土蛋沒出事之前，兩家人的關係特別好，楊五嬸做得一手好鹹菜，家裡以前的鹹菜就沒斷過，全都是她送的。

可自從大哥是叛徒，害死了楊土蛋的流言傳出來後，楊五嬸一夜白頭，隨後就瘋瘋癲癲了。楊家為了給她治病，傾其所有，田地全都賣了，現在也是一窮二白。

為免土蛋娘會再傷了葉紅袖，下山的時候，連俊傑拽著她的胳膊走在葉紅袖的後頭。

三人剛到山腳下，就碰到了要上山找娘的楊月紅。楊月紅是楊家的大閨女，楊土蛋的姊姊。

「月紅姊。」葉紅袖先衝她開口。

可楊月紅只冷冷瞪了她一眼，直接略過她，走到連俊傑面前。

土蛋娘一看到自己閨女，立刻躥了過去拉著她的胳膊，她指了指自己受傷的額頭。「月紅，疼！」

「葉紅袖，是妳幹的嗎？」

看到娘的額頭受傷了，楊月紅心裡的怒火和恨意騰地起來了。

「是她自己摔傷的。」

未等葉紅袖開口，連俊傑便衝了過來，將葉紅袖護在身後。

「不可能，我娘又不是沒有獨自上過山，以前她就沒受過傷，怎麼今天和你們一起下來，她就受傷了？葉紅袖，是妳！肯定是妳傷了我娘！」

楊月紅根本不信。她恨葉家的每一個人，尤其是葉紅袖，她巴不得她死，給自己的弟弟陪葬。

面對楊玉紅咄咄逼人的態度，葉紅袖並不惱。楊家人聽信了流言對自家有怨恨，她能理解。

「月紅姊，要是我故意打傷了五嬸，我為什麼要幫她包紮，還要帶著她一起下山？五嬸神智不清話都說不清楚，我躲著藏著裝什麼都沒發生不是更好嗎？」

「那妳為什麼會這麼好心？」楊月紅盯著葉紅袖的眼睛裡充滿了防備。

「我是大夫，我想把五嬸的病治好。我剛剛給她把過脈了，五嬸是急火攻心導致血氣瘀堵在胸口不散才會癡傻的，只要把這股氣疏散了，五嬸馬上就會好。」

「妳治我娘？百草廬的大夫都治不好我娘，妳能治好我娘？」

楊月紅不相信葉紅袖的醫術，彭蓮香的事情她聽說，虎子的事她也聽說了，可她都只覺得那是趕巧，葉紅袖和她同村長大，她會什麼、不會什麼，她全都知道。

「葉紅袖，我知道妳心裡在盤算什麼，別以為妳假裝好心關心我娘，妳大哥害死土蛋的仇就能這麼算了！我告訴妳，殺人償命，總有一日，我們楊家會要你們葉家償命的！娘，我們走。」撂下狠話後，楊月紅就拽著自個兒的娘走了。

看著二人憤恨離去的背影，葉紅袖的心裡更不是滋味了。

「好心被當成驢肝肺，難過了？」連俊傑看她的神色有些黯淡，柔聲問道。

「不是為這個難過，只是覺得事情變成了這樣而難過。以前月紅姊對我很好的，五嬸和我娘也很好，就因為這個流言，弄得我們兩家成了仇人。」

事情變成這樣，這讓葉紅袖更恨那個有意散播流言的人了。

「慢慢來吧！這事牽扯太大，不是一下兩下就能弄明白的。」

連俊傑伸手摸了摸她的腦袋。他喜歡這樣，感覺又像回到了小時候一樣。

但葉紅袖卻敏銳地從他剛才的那句話裡察覺到了一絲不對勁。

「牽扯太大？連大哥，你這話是什麼意思？」

「以後妳會知道的。先回家吧！妳不是還要給我娘熬藥施針嗎？把我娘治好了，到時不用妳說什麼，大夥兒就都會相信妳的醫術了。」連俊傑沒說太多，而是主動把話題給轉移了。

他娘的病附近幾個村子的人都知道，把娘治好就是對她最好的肯定。

# 第十三章

葉紅袖跟著連俊傑一進院門，金寶就朝她躥了過來。

「紅袖姨！」他揚起小腦袋甜甜喊了一聲。

葉紅袖注意到他嘴角的芝麻，許是剛剛吃的時候黏上的。

「吃糖了？」連俊傑也注意到了，眉頭微微蹙了蹙，好像有些不悅。

「我……我起先沒打算吃的，是奶奶硬塞給我的。」金寶低頭，說話有些結巴。

「那糖原本就是我買給他的，你發火做什麼？」葉紅袖蹲下，伸手把金寶嘴角的芝麻給擦了。

「早上我就和他說好了，只能吃三塊，其餘的留著，他是點頭答應我的。金寶，你自己說哪裡錯了。」

連俊傑的神情並未因為葉紅袖的護短責備而緩解，俊眉反而蹙得更緊了。

知道自己犯了錯的金寶只得抖抖擻擻地朝連俊傑走過去。

「君子一言駟馬難追，爹說既然做了承諾和保證就必須做到，金寶沒做到，是金寶錯了。」低頭認錯的金寶，小臉漲得通紅，不敢看連俊傑。

「錯了怎麼罰？」連俊傑繼續問。

金寶低著頭，在葉紅袖的注視下走到院子中央，然後小手小腳打開，紮了一個不大穩的馬步。

葉紅袖被他們父子這樣的互動逗得噗哧一聲笑了出來。

「就是幾塊糖而已，你用得著這麼較真嗎？還規定只能吃三塊，這麼小的孩子，哪個受得了誘惑。」

「我像他這麼大的時候，就從未食言過，他是我連俊傑的兒子，自然要和我一樣。」

聽到他口中的兒子，葉紅袖的心突然沒來由地狠狠抽痛了一下。

能給他生一個這麼可愛的兒子，金寶的娘肯定也很優秀。連俊傑願意她給他生兒子，當初肯定也是很喜歡她的……

想著想著，葉紅袖的神色漸漸黯淡了下來。

「怎麼了？」

看到剛剛還笑著的葉紅袖突然神色黯淡，連俊傑低頭追問。他不喜歡她心裡藏事。

「沒事，進去吧！」葉紅袖只搖了搖頭，隨後就進了屋。

屋裡，葉氏正在鋪著席子的地上攤棉花做被子，自己身上也沾了好多白色的棉花屑。

躺在炕上正給金寶做秋衣的連大娘，見葉紅袖進來了，急忙伸手把她招呼了過去。「咳咳……紅袖，聽說妳要在山裡種藥？」這是她剛才和葉氏閒聊的時候知道的。

「嗯！我剛剛去我爹從前種過的藥田看過了，只要好好規整一下就能重新種。」

「妳一個姑娘家的怎麼能種田呢？這樣吧，打今兒開始，我家俊傑就給妳使喚了，想怎麼用就怎麼用，不管是鋤地扛石頭，只要妳有活兒，就儘管張口讓他去做。」

「這怎麼好意思？不成！不成！」

葉紅袖剛要張口，坐在棉花堆裡的葉氏就情緒激動地站起來，衝連大娘連連揮手說不行。

「大妹子，這有什麼不好意思的？紅袖給我治病，妳給我們做衣裳，讓俊傑給你們幹點粗活不是應當的嗎？再說了，山高路遠的，紅袖一個姑娘家的進進出出，妳放心啊？」

「可……」葉氏看了看站在一起的葉紅袖和連俊傑，心裡的憂慮更深了。

「沒有什麼可是不可是的，兩孩子從小感情就好，現在和從前一樣好不是更好嗎？」連大娘咳了兩聲後又開了口。「再說了，紅袖現在正是需要人搭把手的時候，這個時候千里之外的人就是想搭把手也搭不上啊！先顧好眼前的日子，以後的事以後再說吧。」

她知道葉氏心裡擔憂的是什麼，葉紅袖和陳雲飛有婚約，她不想女兒做對不起陳雲飛的事。可自己兒子心裡是怎麼想的，她比誰都清楚，要不是有紅袖，這個窮山疙瘩根本就留不住他。

葉氏的心裡縱使有千言萬語，但在想到家裡如今的困境後，也只得乖乖閉嘴什麼都不說了。家裡現在裡外全都靠閨女一個人，她也心疼啊！

「大娘，我去把妳的藥熬好。」

葉氏和連大娘說話的時候，葉紅袖正低著頭在籃子裡翻找藥包，她們的話她沒接，只是淡淡說了一句後拿著藥包出門了。

院子裡，小臉憋得通紅、滿頭大汗的金寶還在紮馬步。

三碗水熬成了一碗後，葉紅袖端著藥出來時，紮馬步的金寶已經在小腿打顫了。連俊傑這個時候脫了褂子正在院子裡砍柴，一大一小都滿身是汗。

「好了，這麼大點的小孩，記住教訓就成了。」

葉紅袖不好攔著連俊傑教訓兒子，但看到金寶這樣又心疼得緊，最後還是開口替他求情。

把豎著的木柴劈開後，連俊傑轉身看了一下身後的金寶——小嘴緊緊咬著不吭聲，雙腿不停打顫，看著著實是堅持得辛苦。

「罷了。」

「呼——」

連俊傑一開口，金寶立刻一屁股坐在了地上，狠狠鬆了一口氣。「謝謝紅袖姨！」伸手摸了一把額頭的汗水後，他還回頭衝替自己求情的葉紅袖笑了笑。

「要記得這個教訓啊！下次要再犯，我非但不求情，還會讓你爹罰得更重些。」

「記住了！記住了！」

金寶小腦袋點得就像是小雞啄米樣的可愛舉動把葉紅袖逗笑了。

等她把藥給連大娘喝下，出了屋子，看到金寶正跟在連俊傑的身後幫他撿柴，小臉上全是笑意，並未因為剛才的嚴懲而生氣或是賭氣。

因為下午還要幫連大娘施針，熬製半身不遂的藥，所以午飯就和葉氏一起在連家吃了。午飯是連俊傑和葉紅袖一起燒的，是排骨菌子湯打底澆的手擀麵。

吃飯時，所有人都聚在屋裡。

金寶估計是真餓壞了，靠在矮桌上呼呼啦啦地喝著碗裡的麵片子，看著就吃得香。蹲在房門口的連俊傑卻不一樣，雖然也是大口，卻一點動靜都沒有，低頭埋在碗裡吃飯的時候，還不時抬頭朝坐在炕上挨著金寶的葉紅袖看一眼。

興許是長大了，她吃飯的舉動文靜了許多。以前她吃東西的動靜不比金寶要小，往往吃完後，小嘴到處都是油漬，總要他幫忙清理。食指揩了她的小嘴後放進自己嘴裡舔一下的舉動，便是在那個時候無意中養成的習慣。

「連大哥，得空你還是把後院那塊荒地給規整出來吧，隨手種些日常吃的蔬菜，這樣既方便也能省不少錢。」

剛才去後院拿柴的時候，葉紅袖注意到一塊不小的荒地，從野草的長勢來看，應該也挺肥沃的。

「是有這個打算，這兩天手上的事多，先忙完再說吧！」

連俊傑吃得快，碗裡已經見底了，他起身，把特地留下的兩塊排骨往葉紅袖和金寶的碗裡一人放了一塊。

「連大哥，你自己吃吧！我的已經多得吃不完了！」紅了小臉的葉紅袖急忙用筷子攔著。

麵是連俊傑盛出來分給大家的，誰都能看得出端給她的那碗，排骨比麵條還要多。她已經吃得有些膩味了，他卻還要把排骨往她碗裡塞，她哪裡有那麼好的胃口。

「妳多吃些，太瘦了。」連俊傑堅持。

今天在山上，他抱著她在地上滾了好幾圈，大掌再次隔著衣裳摸到了她的身子，她瘦得他心疼。

「可我已經吃飽，吃不下了！再說了，一口也吃不成個大胖子啊。」

葉紅袖說話的時候，還打了一個不怎麼響的飽嗝。

「真吃飽了？」連俊傑盯著她的眼睛問。

「嗯，真吃飽了！」葉紅袖很誠實地衝他點了點頭，還把手裡的筷子放下。

「那算了，不強求妳。」

連俊傑笑了，伸手剛想摸她沾著油漬的嘴角，最後硬是忍住，變成了去摸她的頭，然後把她吃剩了一半的麵條給端了起來，把碗裡兩塊大排骨給了金寶後，自己把剩下的全部都吃了。

看到眼前的這一幕，因為吃過藥、身子舒坦了不少的連大娘是越看越歡喜。

可就託付給妳了。」
「紅袖，以後得空妳就來啊！妳心思細，知道該添置什麼幹什麼，往後這個家，大娘我

連大娘一句話，讓葉紅袖的小臉紅得更厲害了。

「瞧大姊妳這話說的，妳這身子不是正漸好嗎？這個家有妳把持著就行了，用不著我家紅袖來橫插一手。再說了，我家那兒也有一大攤子事等著紅袖管呢！」

看到閨女小臉紅紅一副嬌羞的模樣，葉氏這下更坐不住了。

連大娘的話她是越聽心裡越像是扎刺一般，要只是鄰里鄰居的互相幫忙倒也算了，可她這話裡的意思，是真打算要把紅袖當兒媳婦了；且連俊傑剛才的那些曖昧舉動，也證明他對紅袖還是念著舊情的。

他們對紅袖這麼好，她心裡是應該高興，可雲飛是她的親外甥，她答應過自己姊姊一定會把他照顧好的。為了救紅袖，他不但和她有婚約還賣身排場，人沒回來，紅袖卻被別人惦記和別人好上，雲飛要是知道了，得多記恨她們啊！

葉氏這話一說，屋裡的氣氛立刻凝結了。

「紅袖，既然妳飯都吃好了，趕緊給大娘施針吧！咱們也早些回去，家裡一大攤子事都等著呢！」

葉氏碗裡的麵條都沒吃完就放下了。

屋裡沒人再吭聲，葉紅袖把銀針拿了出來給連大娘施針。

大概半刻鐘後，屋裡只剩她和連大娘兩個人了。葉紅袖抬頭往窗外看了下，正好看到了站在院子中說話的葉氏和連俊傑。

因為隔得遠，也聽不到他們說什麼，但兩人的臉色都很凝重。

「俊傑，你該知道，我家紅袖已經和雲飛拜堂了，你這樣不好。」

「伯母，既然都把話說開了，那我也就把話說個敞亮吧。我喜歡紅袖，打小就喜歡，這妳是知道的，雖然我們分開了好幾年，但對她的感情一點都沒有變。雲飛和她拜堂，為她賣身排場，我沒嫉妒吃醋，反而覺得安慰和感激。當初若不是他為紅袖挺身而出，紅袖不知道要多受多少苦，受多少罪，那是我最不願看到的。我只是心疼自己不在的這些年，她吃了這麼多苦，想加倍補償她而已。所以伯母，妳不必抗拒我對紅袖的好。」

連俊傑這樣掏心窩子的話，讓葉氏的臉色好了許多。閨女這樣被人疼著寵著，她自然是欣慰的，可她心裡還是有擔憂。

連俊傑看出了她的擔心，繼續道：「我知道伯母擔心什麼，妳放心，我會和紅袖一起等雲飛回來的。在雲飛回來之前，我們不會做越軌之事。這輩子，無論她有沒有選我，我都會一直這麼對她好。」

連俊傑都把話說到這個分兒上了，葉氏也無話可說了。

回到家後，葉紅袖追問葉氏到底和連俊傑說了什麼，兩人後面的態度緩和了不少。可葉氏卻嘴巴緊閉，一個字都不提。

「紅袖在家嗎？」

屋外突然傳來的聲音給不想說的葉氏解了圍。

「在呢！」

葉紅袖起身往外走，徐長娟已經挎著籃子進來了。「我家後院爬了兩棵南瓜藤，掛的果到處都是，給妳們送兩個來。」

她把籃子放下的時候，將葉家已經塌了一半的祖屋打量了一遍。她是去年才嫁進赤門村的，剛嫁來就聽說了葉常青是叛徒的流言，村子裡的人都避著葉家，她不明所以，也就跟著大夥兒沒進過葉家的大門，今天還是頭一次來。

「嫂子這麼客氣，坐吧！」

葉紅袖和徐長娟也不是很熟，但正所謂無事不登三寶殿，她又是拿著東西過來的，想來是有事要找自己幫忙。

「紅袖，妳這屋子危險啊！妳看這邊房梁都折了，要是颳場大風、下場大雪就有可能全都塌了啊！」

徐長娟的男人是木匠，她爹也是木匠，比常人要懂一些，一眼就看出葉家現在的房子是危房。

「我們也知道危險，但是沒辦法，我們也沒有別的地方可以去，先將就著住吧，等以後再想辦法看看能不能修。」

給徐長娟倒了一杯水後，葉紅袖也跟著抬頭看了一下岌岌可危的房頂。

「這樣吧，等哪天我男人得空了，讓他幫妳修一修，看能不能扛過這一陣。這看著心裡就瘮得慌，別哪天妳們睡覺的時候真塌了。」

「這怎麼好意思呢！」都把話說到這個分兒上了，葉紅袖更知道她找自己是有事了。

「這有什麼不好意思的，一個村子住著的，互相幫忙不是應該的嗎？」話說到這裡，徐長娟突然有些不知道該怎麼開口繼續往下說了。

其實她心裡也忐忑，不知道來找葉紅袖是對還是錯，畢竟沒有誰真的見識過葉紅袖的醫術。

「嫂子找我是想要藥方生孩子的吧？」徐長娟不好開口，葉紅袖索性開門見山。

「既然紅袖妹子是個爽快人，我也就直說了。是！我就是來找妳想想辦法的。妳看我都成親一年多了，人人都在背後戳我的脊梁骨，說我是不會生蛋的母雞，在婆家也不知道為這事受了多少氣，前兒還因為一點小事吵架，我婆婆還說要休了我呢！紅袖，妳要真行的話，就幫幫我吧！」

徐長娟說起這事，剛剛還掛著笑意的臉上立刻愁雲密布。

「長娟嫂子，妳把手給我。」

徐長娟照葉紅袖的話把手伸了出來。

葉紅袖的神色也漸漸凝重了起來。

「怎麼了，紅袖，我這是沒得治了嗎？」

徐長娟這一年因為沒有懷孕，變得極敏感，很會察言觀色，見葉紅袖的神情不對勁，心裡立刻急了。

「嫂子，妳放心，沒什麼大礙，只需要吃些益氣補血的藥加強身子底子就行了。這樣吧，我等會兒給妳開張藥方，妳得空了去縣城的濟世堂抓上兩服，好好喝著就行了。」

葉紅袖起身把屋裡的火生了起來，開口的時候，揀了些讓徐長娟心寬的話和她說。

「紅袖，怎麼妳說得和其他大夫都一樣呢？可我這藥淨喝也沒見肚子有動靜啊！妳和我說實話，是不是我真沒得生了？」

徐長娟拉著葉紅袖的手，不相信她的話。她注意到她剛才神色的變化，直覺告訴她，葉紅袖有事瞞著自己。

「說得一樣就證明妳沒有事，嫂子放心吧！我不會誆妳的，妳照我說的去做就是了。不過，妳回去最好和懷山哥說一聲，讓他過來給我看看他是熱底子還是冷底子，我也好幫他開些溫補的滋補藥。你們兩個人的身子底子都好了，想要孩子就容易了。」

葉紅袖故意說得輕描淡寫。徐長娟的身子好得很，一點毛病都沒有，她沒有毛病卻一直要不上孩子，那有問題的只能是她的男人王懷山了。

這是落後封建的男尊女卑社會，要說生不出孩子是男人有問題，旁人腦子裡蹦出來的第一個念頭就是他那方面不行。沒有男人會覺得自己那方面要比別人差，更不會承認自己有問題，即便親密如夫妻，也不會承認。為了顧及王懷山的顏面，她只能這麼說了。

「成，成！我回去就和他說！不過紅袖，這個妳看，嫂子我的手頭也不寬裕，這診金我……」

徐長娟結結巴巴，很是不好意思，好半天才把攥在手裡的一個帕子給掀開了，露出了裡頭幾十個銅板。

她這一年為了看大夫吃藥，幾乎把所有嫁妝都給搭進去了，家裡又還沒分家，手頭不是一般地緊，就這幾個銅錢，還是她存了好長時間偷偷存下的。

「嫂子，妳這是做什麼！妳不是拿了南瓜抵診金嗎？錢好好收著，明兒拿去抓藥吧！要是濟世堂的掌櫃問起，妳就說是我開的藥方讓妳去的。」

葉紅袖笑著把她的手給攥緊。鄉下人家攢兩個錢不容易，她知道徐長娟的難處。

「這、這怎麼能成呢？」徐長娟被葉紅袖的大方給嚇了一跳。

她這一年熟的不熟的大夫不知道看了多少，卻從來沒有一個大夫是像葉紅袖這樣不要診金的，還寫藥方讓她自己去抓藥，那她掙的就只有自己給的兩個南瓜了。

「沒什麼成不成的，我爹從前在村子裡給人看病就是這樣的。」

說話的間隙，葉紅袖已經把藥方寫好遞給她。家裡有二哥留下的紙筆，寫藥方很方便。

徐長娟看著手裡的藥方。她別的字不識，但是葉紅袖寫的這些字全都認識，知道全是益氣補血的常用藥，這下心裡也有底了，覺得葉紅袖還是有些醫術靠得住的，因為她和自己看過的許多傳得神乎其神的名醫開的藥方是一樣的。

「長娟嫂子，記得回去後一定要讓懷山哥過來，我幫著一起開些補藥。」徐長娟出門的時候，葉紅袖又叮囑了一句。

「成！等他得空了，我就帶著他一道來。」挎著籃子出門的徐長娟連連點頭答應，腳步比來時輕盈了不少。

吃過晚飯，給葉氏熬了藥，早早上炕的葉紅袖盯著房頂思慮了許久。

徐長娟的話沒有錯，家裡的房子確實危險，還是不要住的好，實在不行，修一修也是好的。

可不住這裡，她和娘又沒有別的去處，修的話第一沒錢，第二沒人，這都是要花大力氣的活兒，她有心也沒有力啊……

# 第十四章

清早，葉氏正在院子裡做衣裳，看顏色和大小應該是做給金寶的。

「早飯在鍋裡，妳趕緊趁熱吃了。」

今天的早飯是菜粥和土豆餅，都是葉氏一大早起來做的。

葉紅袖吃完就揹著背簍上了山，她要抓緊時間把藥田給規整出來。

山路走了一半，她隔了老遠便看到在草地上躺著一個熟悉的身影。

他蹺著二郎腿，嘴裡叼著一根草梗，手裡撚著一朵小黃花，瞇眼看著從大梧桐樹上落下的斑駁陽光。陽光柔柔地照在他英俊的面孔上，這樣的情景看得人心裡不知道有多舒坦和愜意。

葉紅袖還是第一次看到連俊傑這般輕鬆自在的樣子。

她正欲走過去，卻有個身影搶在她的前頭，竄到了連俊傑的面前。

「俊傑哥！」那人聲音軟軟嬌嬌，帶著一絲嬌嗔。

她背對著葉紅袖，看不清樣貌，倒是已經起身的連俊傑臉色驟然變得相當難看。

「妳來做什麼？」

連俊傑黑臉看著岳青鳳。這個岳青鳳又霸道又野蠻，還有一個天下無敵的哭功，動不動就哭，哭得眼淚鼻涕全出來了，怎麼勸都沒有用。他每次都被她哭得腦門疼，後來索性一天到晚往山上跑，也是那個時候，他認識了葉紅袖。

他打小就對岳青鳳沒有好印象，娘生病臥床的那段時間，她一次都沒有來看過，這讓他更覺得眼前腆著笑臉喊自己哥哥的她噁心了。

「俊傑哥，你這是做什麼？人家是特地來看你的。你看，我給你帶肉包子了。」

岳青鳳強忍著心頭的不快，指了指自己提來的籃子，掀開蓋在上面的帕子，拿出了兩個程家包子鋪的肉包子。

「妳會這麼好心請我吃包子？心裡打了什麼主意，還是趕緊說吧！」

連俊傑瞥了她一眼，起身後退了兩步，刻意和她保持距離。

岳青鳳比岳翠芬要難纏多了，她心裡永遠都有鬼主意，以前小的時候，他沒少在她身上吃虧。

「俊傑哥，瞧你這話說的，我是你妹妹，我能打你什麼主意啊？這不是看你回來了，我高興嘛！」

面對連俊傑的冷漠鄙視，岳青鳳的嘴角忍不住抽了抽。

其實她是真不願來搭理這個窮光蛋，可聽了大姊的話，她又心動。大姊都打聽清楚了，他上次賣了三匹野狼，掙了不少錢，這次回來得到的安家費也不少，這前後一加就是沒個五、六十兩，也得有個二、三十兩。

要是把這二、三十兩弄到手，她以後的嫁妝就不用愁了。再說了，他是自己的哥哥，拿錢給自己置辦嫁妝那是理所應當的。

這麼想著，岳青鳳更打定主意，一定要把連俊傑的那些錢給弄到手。

「我姓連，妳姓岳，咱們可沒有任何關係！妳的包子還是留著自己慢慢吃吧！」連俊傑不願和她廢話，拿起一旁的鋤頭朝葉紅袖走去。她一來，他就注意到了。

「俊傑哥！」岳青鳳不甘心地在他身後重重喊了一聲。

連俊傑沒有理會，跟著葉紅袖轉身走了。

兩個人才剛轉身，就聽到身後傳來一句氣急敗壞的咒罵。罵的是什麼，葉紅袖沒有聽清，她想回頭看一眼，連俊傑卻在這個時候加快腳步。

上山時，他一句話都沒有說。他黑著臉不吭聲，她也不敢隨便開口說話。

到了山上，葉紅袖放下背簍，看到連俊傑的臉色緩和了一些，這才湊到他面前開口。

「你一大早就在那裡等我嗎？」

她看到他這次上山拿的是鋤頭，應該是要來幫自己規整藥田的。

「嗯，我原是想去妳家的，但昨天看妳娘好像有些不高興，我也不願平白惹她不高興，就在這裡等妳。」

葉氏昨天表現的態度很明確。葉氏的想法他能理解，陳雲飛是她的親外甥，又救了紅袖的命，她傾向他是情有可原的。

可讓自己就此作罷，那是絕對不可能。紅袖是他這輩子生命裡唯一的溫暖，其餘那些人，靠近他、親近他都有不可告人的齷齪目的，就像今天跟著來的岳青鳳。

他不是瞎子，也不是傻子，自然知道她突然的親近是奔著自己手裡那幾個錢來的。

「其實你不用特地來的，你家裡也有一大攤子事呢，你後院的菜地不是也要規整起來嗎？」為了幫她耽誤他自己那邊的活兒，葉紅袖不好意思。

「我那塊地差不多已經弄好了。」

連俊傑捋起袖子開始幹活。這塊地不小，要想規整好得需要好幾天，不過他樂得這樣，這幾天他能日日和紅袖形影不離了。

「啊？這麼快？」她從背簍裡拿小鋤頭出來時，被他雷厲風行的舉動嚇了一跳。

「昨天妳走了以後我就開始幹了，一下午帶一晚上，已經差不多了，現在漚一下，等過兩天再施下肥就能種東西了。」

「那豈不是昨晚一夜都沒有睡？」她還真看到他眼下有些烏青，臉上有淡淡的倦意。

「你這麼急做什麼？這些活兒又不用急在一時。」

葉紅袖的抱怨讓連俊傑笑了，他伸手揉了揉她的腦袋。

「因為話是妳說的，妳說過的話我從來都是馬上就做好的，從前是，現在是，以後也會是。」

低沈沙啞的聲音在耳邊一響起，葉紅袖的小臉就紅了，低頭不敢去看他帶著笑意又深情的眸子。

「等把這塊地弄好了，我就去找木匠、泥瓦匠，把妳家的房子給修好。」

「不用、不用，這怎麼能成！」葉紅袖被他的話驚得又抬起了頭。家裡的房子要想修好可不是一筆小數目。

「怎麼不能成？我可見不得妳住在那麼危險的房子裡。」

連俊傑落在葉紅袖腦袋上的手慢慢下滑，粗礪的指尖來到了她白皙滑嫩的臉頰上，他早就想這樣輕撫她的臉。

葉紅袖只覺得自己全身像是著火一般熱得厲害，尤其是他的手指輕撫過的臉，不用看也知道自己的臉此刻肯定紅得好似能滴出血來。

她心裡是想躲開的，可不知道為什麼，她捨不得，她眷戀他指尖的觸摸。

「娘不會同意的。」

葉紅袖的話給連俊傑提了個醒，想起葉氏現在對自己的抗拒，他的眸子瞬間黯了三分，收回手。

「沒事，到時這錢就說是借給妳們的，咱們當著她的面打個欠條。這錢要不儘早用了，在我手裡也留不住。妳剛才也看到了，岳青鳳就是來打我那些錢的主意。我不願和她們計較，只要娘、金寶都好好的，有錢沒錢壓根兒就不是事。」

「這樣也成，等到了九月，雨水多，我還擔心家裡的房子扛不住呢！欠條我先打著，等以後掙錢了，一點一點還給你。」

「嗯，慢慢還。」連俊傑附和她一句，笑了。

他的就是她的，他怎麼可能真的要她還？

中午為了照顧家裡一老一小，連俊傑回家去燒飯熬藥。等他端著飯菜再到山上時，靠在樹底下休息的葉紅袖已經睡著了。

估計是樹幹太硬，她睡得不舒服，腦袋總是動來動去。連俊傑放下碗筷在她身邊坐下，輕輕攬著她的腦袋放在自己的懷裡。

陽光照在身上暖暖的，空氣中是淡淡的青草香和花香。連俊傑看著懷裡熟睡的容顏，唇畔扯出一個濃濃的寵溺笑意。

小時候，她要在山上跑累了，就會主動鑽進自己的懷裡睡覺。

想起和葉紅袖的相識，連俊傑便覺得好笑。

那日在家，岳翠芬、岳青鳳又無理取鬧和他大吵了起來，還叫囂著要他趕緊滾。他不想娘夾在中間難做，就真的衝了出來往山上跑。

那時是六月，太陽很大，等他在山裡練了一套拳法下來後，身上的衣裳全都濕透了。他索性脫了來到荷塘邊，打算清洗一下。

「喂，那個誰，你來！」

他剛蹲下，耳邊就響起了一個甜甜糯糯的聲音。

他回頭，是一個七、八歲的小女孩，穿著一身紅衣裳，紮了一個雙丫髻，髮髻上別了兩朵小黃花，長得粉妝玉琢，很是可愛。

可她的這個稱呼，他聽著卻是相當不悅。在家裡，岳翠芬和岳青鳳便是用「那個誰」稱呼他的。他有名字，叫連俊傑，她們明明都知道，可就是不願開口喊。

他沒有理她，用力搓洗著手裡的褂子。

「喂！」她又喊了一聲。

「幹什麼？」他終於沒好氣地回了她一句。

「你能幫我摘這兩個蓮蓬嗎？我手太短了，摘不到。」她指了指離河岸有些遠的兩個蓮蓬，看著他的大眼睛裡滿滿都是期待。

「憑什麼要我給妳幹活？」他的臉色很難看，瞪著她的眼睛裡充滿了怒意。

在家裡，岳翠芬和岳青鳳總是會頤指氣使地命令他幹活，他討厭任何人命令吩咐他，包括眼前這個才第一次見面的丫頭。

「那、那算了。」

興許她是看到自己惱了，小腦袋縮了縮，轉身跑開了。

他沒理會，掬水洗了把臉，水才剛撲到臉上，耳邊就傳來了撲通一聲。

不好！

他急忙起身，疾步追到她剛才站著的地方，哪裡還有她的影子，倒是河裡有個不停撲騰的身影。

他沒多想，立刻縱身跳了進去，把她抱上岸，拍著她吐出灌下的水後，她最先的反應是撲進自己的懷裡，緊緊抱著自己嚎啕大哭了起來，鼻涕眼淚揩得他的前襟到處都是。他想伸手把她推開，可她的小身板抖得很厲害，看得出是真的被嚇壞了。

最後他無奈，伸手把她剛才要的兩個蓮蓬折給她。蓮蓬一到她手裡，她立刻止住了哭聲。

「謝、謝謝。」

她瞪著淚汪汪的大眼睛，抽噎著衝他道謝。

他錯愕了一下，沒想到她會衝自己道謝。

在家裡，不管自己幫岳翠芬、岳青鳳幹了多少活兒，她們不但不會對自己說謝謝，還會雞蛋裡挑骨頭說他幹得不好。

「趕緊回去換衣裳吧，別著涼了。」

他拍了拍她的小腦袋，渾身濕漉漉的她很快就轉身跑了。

他原以為那次偶遇後，他們不會再有交集，誰知道第二天，他從山上練武打拳揹著一捆柴下來後，又在荷塘邊碰到她。

坐在草地上的她一見到他，立刻撒腿像小兔子一樣奔了過來。「你終於來了！你再晚一會兒來，我都要被太陽曬化了。」

她小臉通紅，滿頭大汗，看得出是在這兒等了很長時間。

「妳在等我？」他有些驚訝。

「是呀！我爹娘和我的哥哥們都說了，你對我有救命之恩，我應該好好謝謝你！你看，這是我娘昨天晚上做的，我和大哥二哥一人分了十個，我只吃了兩個，其餘的都送你。」

她伸出小手，掌心有一把糖蓮子。估計是因為天氣太熱，溫度太高，抓在手裡的糖蓮子，糖都有些化了，濕濕黏黏的。

「妳特地在這裡等我，就為了送我這個？」他有些難以置信。

「是啊！你嘗嘗，可甜了。」

她邊說邊小心翼翼地把掌心的糖蓮子都給他，然後伸出小舌頭舔了舔自己的小掌心。

糖蓮子在他舌尖裡化開的瞬間，葉紅袖就和糖蓮子裡的甜蜜一樣，溫暖滋潤了他悽苦的生活。

連俊傑想著想著，忍不住笑了起來。

他低頭，葉紅袖在他懷裡仍舊睡得香甜，白皙的小臉上有淡淡紅暈，如花瓣般的紅唇輕啟。

看著看著，他的眸子在葉紅袖嫣紅的唇畔上再也移不開，眸色漸漸黯了下來，熱血在全身翻湧，就連呼吸都跟著急促了起來。

最後，他終於沒克制住，慢慢低下了頭——

葉紅袖一睜眼就看到一張近在咫尺的俊臉，她嚇了一跳，本能地從連俊傑的懷裡坐了起來。不想這一起，自己的唇畔竟輕輕從他的薄唇上擦過了。

他的唇畔明明是冷的，她卻像是被燙到了一樣，整個身子都燒了起來，尤其小嘴，更是紅得幾乎能滴出血來。

「我、我睡多少時間了？」她急忙起身，借著拍打身上的草屑掩飾自己的心慌意亂。

連俊傑伸手摸了摸自己的唇畔，嘴角的笑意卻更濃了。

他原是想自己主動的，沒想到卻變成了她主動。雖只是輕輕一碰，但滋味已經妙不可言了。

「估摸半個時辰，吃飯吧，不然涼了。」

他的大掌拉過她的小手重新在草垛上坐下，把放在一旁的碗筷塞進了她的手裡。

「我……」

葉紅袖剛要開口，連俊傑卻已經起身扛起放在一旁的鋤頭，接著上午的活兒繼續幹了。

兩個人直到天黑了才下山。下山後，葉紅袖先去了連家，給連大娘施了針熬好了藥才回家。

「吃了晚飯再回去吧，我已經把飯燒好了。」連俊傑端著晚飯進了屋。

「不了，娘的眼疾還沒好，我得趕早回去。」

本來是說好了讓葉氏來連家做衣裳被子的，但昨天葉氏回去的時候，主動把要做衣裳的布料都拿回家。葉紅袖和連俊傑都知道，她是有意想要疏遠連家，他們也不好說什麼，只能依著她。

「那我送妳。」

外頭已經完全黑下來了，連俊傑不放心讓她一個人回家，雖然也沒有多遠。

今晚的夜色很好，彎彎新月掛在天上，還有微涼的夜風。

葉紅袖全程看路，連俊傑卻是全程都在看她。

察覺到了連俊傑一直落在自己身上的視線，葉紅袖不好意思地紅了臉龐。

這讓她更好看了，連俊傑的心好像突然就被什麼東西給緊緊攥住了一樣。

正走著，她突然抓著他的胳膊停了下來。

「連大哥，你聽，是不是有什麼奇怪的聲音？」

夜風從耳畔吹過的時候，其中還夾雜著幾聲似有若無的嗚咽聲。這聲音忽遠忽近，忽大忽小，無法辨清是從哪個方向過來的。

「有人說牛鼻子山晚上鬧鬼，妳不怕嗎？」連俊傑笑著低頭輕問。

她小時候最怕的就是這些鬼鬼怪怪的傳說，有一次她聽了隔壁吳大爺說的什麼紅鞋子的鬼故事，嚇得從那以後再也不敢穿紅鞋子了。

他那次打獵獵了一頭梅花鹿，掙了不少錢，特地給她買了一雙紅鞋子，她哭著鬧著說什麼都不要，最後是他換了雙淺粉色的，她才笑著收下了。

「我才不信什麼鬼怪，人才會有古怪。」

葉紅袖對旁人聞之色變的鬼怪傳說嗤之以鼻，鬆開連俊傑的手，循著嗚咽聲找了去。

一進林子，嗚咽聲就更清晰了，再往裡走，她更能肯定這不是什麼鬼怪聲了，是人的哭泣。

「紅袖，這邊。」

連俊傑一進林子便辨別出了聲音是從哪兒傳來的，拉著葉紅袖循著聲音找去，很快在一棵大歪脖子樹下看到了一個白色身影。

他們剛靠近，哭泣聲就停了，白色影子倒在地上。

「不好！」

兩個人來不及多想，一同朝前躥了過去。

# 第十五章

一靠近，葉紅袖就驚詫地叫了起來。「長娟嫂子?!」

倒在地上的不是別人，正是昨天才找她看了病的徐長娟。

徐長娟捂著崴傷的腳看了她一眼，隨後哭得更厲害。「我真是倒了八輩子楣了！不如乾脆死了算了！」

「長娟嫂子，老話都說好死不如賴活著呢，好端端的妳說這麼喪氣的話幹什麼？」葉紅袖邊說邊伸手把她扶了起來。

就在這時，不遠處傳來了一個焦急的呼喊。「長娟、長娟！」這聲音是王懷山的。

「懷山大哥，我們在這裡。」

「妳喊他來做什麼？我不願看到他，這輩子就是死都不願再看到他了！」

誰知道，徐長娟這個時候卻哭得更急了，掙扎著要甩開葉紅袖的手。

「長娟、長娟！」

好在王懷山這個時候已經跑過來了，拉著徐長娟的胳膊不讓她走。

「你來做什麼？是嫌剛才那一巴掌沒把我給搧死嗎？現在不用你動手，我自己死！我不死在你家，省得髒了你們王家的地方！」

徐長娟一把將王懷山給甩開。她這樣說，葉紅袖和連俊傑這才注意到徐長娟的左半邊臉是腫的，手裡挎著一個小包袱。

連俊傑眉頭立刻蹙了起來。他這輩子最厭惡的除了口蜜腹劍的小人，便是對女人動手的男人。

「男人打女人，王懷山，你還真是有一身好本事！」

他的聲音很冷，看向王懷山的眼神更冷。

「我……」

王懷山被他這句話堵得說不出一個字來，嘴巴囁嚅，想解釋卻又被連俊傑的目光給嚇得不敢多說話。

「懷山大哥，你一個大男人怎麼能對嫂子動手呢！」

葉紅袖也忍不住責怪王懷山一句。她原還想著給他留些男人的顏面，如今看來是沒有必要了。

「長娟她要是不和我娘動手，我是不會氣昏了頭對她動手的。」

「啊？」

王懷山的解釋一出口，葉紅袖愣了。事情好像不是她想的那樣啊？

「我為什麼對你娘動手？我那不是被她逼得沒有活路了嗎？買藥的錢是我爹娘偷偷給我的體己錢，她卻當著家裡所有人的面說那些錢是我偷漢子弄來的！她平常罵我是不會生蛋的母雞不打緊，說我偷人，罵我爹娘賤人生賤種這樣的話那就是不行！我就是打她了，誰讓她的嘴巴不乾淨！我沒嫁你之前也是爹娘的心頭寶，可到了你家，就因為我沒生孩子，我過的是人過的日子嗎？」

徐長娟摸了一把臉上的淚，衝王懷山指責了起來。

「我娘她那個人妳又不是不知道，一上火什麼難聽的話都罵得出來，我惹她生氣了，她還罵我是賤種呢！我是賤種，那她自己不就是賤人了嗎？她一大把年紀躺在地上又哭又鬧，要死要活的我也是被逼得沒辦法。再說了，我動手那也是聽她說妳在城裡碰到那個林大沖，妳是知道我最不喜歡的就是他，我當初要是提親晚一會兒，妳可就成他的媳婦兒了。妳也是答應過我不再見他的，我心裡又擔心又氣，腦子一時糊塗才動手的。」

王懷山再一解釋，葉紅袖差點被逗得笑出聲。敢情這裡頭還有醋缸子打翻的成分在。

聽了他的解釋，徐長娟的臉色也跟著好了一些。

「我都已經是你媳婦兒了，怎麼可能會有二心？我們今天也是碰巧遇到，你都不聽我解釋，你娘胡謅了兩句，你就全都信了；你既然不相信我，我也不想耽誤你，咱們就這麼算了吧！以後你走你的陽關道，我過我的獨木橋，你們老王家要繼承香火，找別人去吧！」

徐長娟緊緊揪著手裡的小包袱轉身不看他，蒼白的臉上是決絕的神情。

「長娟，我錯了，我真的錯了！我跪下成嗎？我跪下向妳認錯行嗎？我保證以後再也不聽我娘胡謅，再也不對妳動手了！」

前。

讓連俊傑和葉紅袖驚訝的是，王懷山的話剛說完，真的就撲通一聲跪在了徐長娟的面前。

地上全都是石子，撲通聲響起時，聽著都覺得膝蓋痛，不過這也足見王懷山是真的有心認錯。

「你這是做什麼！趕緊起來！」

徐長娟也被他的舉動嚇到了，急忙伸手拉他起來。

她說的什麼死呀活呀的也不過是一時氣話，他當著葉紅袖連俊傑的面前下跪，真是什麼男人的顏面都沒了。

「長娟，和我回去吧！咱們好好過日子，妳知道我是有多在意妳的。」王懷山跪在地上不起來，摟在徐長娟腰上的手更是捨不得鬆開一點點。

「可咱們不會有好日子過了，今天鬧成這樣，你娘就是要逼我出門給你另娶，她的心思我早就摸透了。」

徐長娟重重嘆了一口氣，臉色凝重地看著跪在自己面前的王懷山。雖然有時她是真覺得他窩囊，掙錢不多，在家還大多都聽他娘的，可關起門來，他對自己也是真的好。外出幹活東家給了好吃的，藏著掖著偷偷帶回來全都給她吃，大冬天自己的手腳睡不暖，他就把衣裳解了，把自己冰一般的手腳放進懷裡焐著。

「可就算是懷山大哥真的另娶了，也還是生不出孩子啊！」葉紅袖最終還是沒忍住，說出了真相。

「啊？」

徐長娟和王懷山幾乎是以同樣吃驚的表情看向葉紅袖，連俊傑也不明所以地朝她看了過去。

葉紅袖沒再開口，而是抓過王懷山的手腕，給他把起了脈。王懷山的脈象果然和她預感的一樣，脈搏弱、跳動快。

「懷山大哥有腎陰虛症狀，腎氣還異常虛弱，長娟嫂子一直懷不上孩子，都是因為你身體底子弱的原因。」

徐長娟和王懷山兩個人的表情更吃驚了。

「紅袖，妳是搞錯了吧！這怎麼會是懷山不行呢？他也沒有不行啊！」

徐長娟口中前面的不行和後面的不行是什麼意思，在場所有人都心知肚明。樹林裡突然尷尬地安靜了下來。

葉紅袖白皙的小臉慢慢浮上兩朵紅暈。她雖然還未出閣，但是身為大夫，這些病理還是要解釋清楚的。

「這和行不行沒有關係，單純只是懷山大哥的身子底子弱，只要開藥把腎陰虛的症狀調理下就成了。」

「就只是這樣？」王懷山和徐長娟震驚之餘還有些不相信。

「就這樣。昨天我給長娟嫂子把了脈後就覺得有些蹊蹺，長娟嫂子身體好得很，沒有一點毛病，一直懷不上孩子就可能是懷山大哥的身子有問題了。我也知道在這事上你們男人是要面子的，也就沒直說，只叮囑嫂子帶懷山大哥來給我看看。」

「紅袖，妳不會是把錯了吧！」

王懷山還是有些不相信，自己的身子他是知道的，在那方面是很行的，成親後要沒特殊情況，就沒歇過。

「懷山大哥要不信我的話，也可以去濟世堂看看那裡的大夫。」

葉紅袖覺得他們都是男人，說話要比自己方便許多。

「可……」

「可什麼可的，明天就去！你要不去，我可不幹！你得讓你爹娘知道，生不出孩子這事不能賴我！」

王懷山剛一猶豫，徐長娟就不幹了。她覺得自己委屈極了，明明不是自己的問題卻在王家平白受了這麼多的氣，還有今天的這一巴掌。

「我也沒有其他的意思，我就是怕。長娟，我要是治不好，生不出孩子，妳會不會不要我了？」

王懷山還跪在地上，抬頭看著徐長娟的樣子可憐兮兮的。

「我沒懷孩子也沒聽你對我說句重話，我怎麼會不要你？趕緊起來吧！不過有件事我現在要你回去後馬上就做，你要不敢幹的話，你就是治好了我也不和你過了。」
徐長娟心軟了，拉著王懷山起來的時候，心裡又下了一個重要決定。在王家被婆婆和其他妯娌拿捏的日子，她已經厭煩了。
「幹什麼？」王懷山心裡有些忐忑。
「分家。他們就是不分我一文錢我也願意，只要把這個家分了就成！」
「可他們要是真不給咱們錢，我拿什麼來養活妳啊？咱家的田地本來就少，這些年掙的錢又都在娘那裡，剛剛鬧了那麼一場，娘是肯定不會把錢拿出來的。我的木匠活又才剛出師，也沒人願意把活兒給我承包啊！」
分家是大事，王懷山心裡越發忐忑了。
「你不用去別處找活兒，我和紅袖家房子修補的活兒都給你承包了，連木料帶工錢，兩棟房子我給你五十兩，怎麼樣？」許久沒出聲的連俊傑突然開了口。
他張口說出的數目把在場的人都嚇了一跳。與此同時被嚇到的，還有躲在不遠處一棵樹後面的身影。
葉紅袖和連俊傑從連家出來的時候，她就看到了，他們走著走著，突然鑽進了林子，她還以為他們是要去幹什麼不知廉恥的事，想抓他們個正著，好以此要脅他們。沒想到跟著進來卻發現是自己想多了，後面她是想看熱鬧的，卻沒想到又聽到這麼個令人咂嘴的大數目。
「五、五十兩！」王懷山激動得都有些結巴了。

「嗯，五十兩，你只要把我和紅袖兩家的房子給翻新修葺好了，這錢就都給你。」連俊傑不是土豪大戶，這是他全部的家當。他也仔細盤算過，葉家的房子要想翻新差不多是等於要重新蓋，自家的房子情況相同。

木料雖然山上就有現成的，但是要人工去砍和拖下山，光王懷山一個人是肯定幹不了這活兒的，他得邀同夥；而這兩棟房子要想翻新好，沒個半年也是不成的。

這麼一折算下來，其實真正到王懷山手上的錢並沒多少。

「成！長娟，咱們現在就回去分家！以後再也不讓妳受我爹娘的氣！分了家明兒我就去看大夫，到時咱們和和美美地過小日子。」有了這兩樣活兒在手，王懷山立刻不慌了。

「俊傑，那咱們這可就說好了，你不能反悔誆我們啊！」

徐長娟現在擔心的是這已經到手的活兒又沒了。

「放心吧，明天早上懷山喊上人拿傢伙去葉家量房子，好了就動工，到時我把錢給你們。」

吃了連俊傑給的定心丸後，徐長娟和王懷山一刻都不敢耽擱，立馬一同往家裡方向跑回去。

躲在樹後面的人聽到五十兩後也按捺不住了，在連俊傑和葉紅袖出林子前也趕緊跑了。

「趁你現在有空，也給我把把脈。」快到村口時，連俊傑突然主動把手腕伸到了葉紅袖面前。

「你不舒服嗎？」葉紅袖一頭霧水，今天都沒聽他說哪裡有不舒服。

「也沒有不舒服，就是心裡有些擔心。」

連俊傑說得含含糊糊。葉紅袖雖沒明白他到底擔心什麼，但還是伸手仔細摸起了他的脈搏。

「你這樣的身體就是現在上山打死兩頭老虎都沒有問題，擔心什麼？」

從連俊傑的身形就能看得出他是個練家子，平常肯定是經常鍛鍊的，葉紅袖這下更糊塗了。

連俊傑突然拉著她停了下來，左右看了看，見沒有旁人，便低頭在她的耳邊低聲開口。

「我是想妳幫我看看我行不行。」

行不行三個字他特意拉長尾音，炙熱的鼻息輕輕噴灑在她的耳尖上。

葉紅袖驚詫地抬頭，望著他的眼睛瞪得很大，待看到他溢在唇畔戲謔的笑意後，小臉瞬間紅得好似火燒一般。

「你……」她結結巴巴，突然不知道該怎麼開口了。

連俊傑強忍笑意，她震驚到啞口無言的反應完全在自己的預料之中。

「妳是大夫，妳摸了就應該心裡全都有數了，妳現在就和我說說吧。」

「你、你都當爹了！你還有什麼是不知道的？」

葉紅袖急忙低頭加快腳步，窘得恨不能找個地縫鑽了。

「金寶和我沒有關係。」看她誤會了，連俊傑臉上的笑意瞬間消失了。

「啊？」

已經快步走了一小段距離的葉紅袖聽了這話，及時煞住腳步回頭，只見月色下的連俊傑突然變得嚴肅。

「可你是金寶的爹啊？」葉紅袖轉身折返回來。

「金寶的爹和我是戰友，我們在打仗時，他為救我死在了戰場上，金寶的娘當時懷有七個月的身孕，聽到這個消息後動了胎氣早產，母女都沒活下來。」

連俊傑的眸子漸漸暗沈，眼裡閃過一抹傷悲。

金寶的身世把葉紅袖嚇了一跳，眼前不由得閃過他古靈精怪的可愛天真模樣。

「那他知道嗎？」她問得有些不忍心。

「知道，我讓他不能對任何外人說。這事這裡除了妳我他，再也沒有旁人知道。我原是不想說的，但我不想妳以為我有別的女人。」連俊傑抬頭，盯著葉紅袖的眸子如深潭般幽深。

「我……」葉紅袖突然不知道該說什麼了。

她低頭，喉嚨就好像被什麼東西都塞住了一樣。「其實，現在的我，不值得你對我這麼好的。」

「我說過我這輩子只會對妳一個人好的。」

連俊傑主動牽過她的小手，葉紅袖卻像是被燙著了一般，急忙抽了回去。

「很晚了，娘該等著急了！」說完，她轉身就走了。

夜色中，望著葉紅袖急匆匆離去的背影，連俊傑的心只覺得失落得厲害。

# 第十六章

隔日清早，葉紅袖和葉氏是被巨大的砸門聲給吵醒的。

「誰啊？」葉氏衝外頭喊了一聲。

外邊沒有任何回應，反倒是砸門的聲音更響了，像是不把門給砸開就誓不甘休一般。

葉紅袖覺得不對勁，立刻翻身爬了起來。「娘，別動，我去看看。」

穿上衣裳鞋子後，她衝到了大門口。大門一開，敲門的是王懷山和徐長娟。

「懷山大哥，長娟嫂子，這麼早啊！」

她揉了揉還沒徹底醒的眼睛，笑著和他們打了招呼。

「葉紅袖，這到底是怎麼回事?!」

意外的是，徐長娟的臉色特別難看，憤怒的眼睛幾乎都能噴出火來。

葉紅袖唇角的笑意斂去，這個時候也察覺到了院子裡的氣氛不對勁。

要說徐長娟眼裡的憤怒只是想要燒死她的話，那王懷山眼裡的憤恨像是要將她給碎屍萬段了。

「懷山大哥，長娟嫂子，怎麼了？」

葉紅袖還注意到院子裡外站了好些村民，三三兩兩地衝她指指點點、交頭接耳，也聽不清楚說的是什麼。

「葉紅袖，我真是被豬油蒙了心才會信妳的鬼話！我和妳無冤無仇的，妳為什麼要這樣害我們夫婦?!」

「長娟嫂子，妳說什麼呢？」

葉紅袖被徐長娟這麼嚴重的指責嚇得一激靈，整個人瞬間清醒了。

「我要打死妳！」未等徐長娟開口，紅了眼的王懷山突然衝了過來，揚起手裡的錘子就要朝她砸過去。

葉紅袖閃到一邊，更糊塗了。

昨晚他們還好好的，聽了連俊傑的話樂得要回家去分家，一覺醒來，天還沒全亮，竟然就跑來要掐死自己？

王懷山最後被徐長娟攔住了，沒傷著葉紅袖，但兩夫婦同時看向她的眼神卻充滿怨恨。

「嫂子，到底怎麼回事啊？你們倒是把話說清楚啊！」

圍向葉家看熱鬧的人越來越多，王懷山的神情越來越古怪。

「葉紅袖，妳就別揣著明白裝糊塗了，我就不知道了，這樣害我們夫妻妳到底能得什麼好處？」

「長娟嫂子，什麼害你們，我真是越聽越糊塗了。」

「妳敢說滿村子說我家懷山不行的話不是妳說的？」

「怎……怎麼可能……」葉紅袖吃驚得差點被自己的口水給嗆到。

「葉紅袖，我真想一刀劈死妳！」丟了臉面的王懷山氣得又跳了起來，臉紅脖子粗地再次揚起了手裡的大錘子。

這時候，村民們的議論，葉紅袖也漸漸聽清楚了。

「還真是看不出來啊！這王懷山看起來又高又壯，那裡卻不行。」

「可不是嘛！長娟也真是可憐，嫁給他這麼長時間守活寡不說，還因為沒生孩子受了那麼多的冤枉氣。」

「那王懷山也是，明知道自己不行還要娶媳婦兒，這不禍害人嘛！」

話都說到這個分兒上了，葉紅袖哪裡還會不明白他們夫婦如此生氣是為什麼。

「懷山大哥，長娟嫂子，這話怎麼會是我說出去的呢？」

葉紅袖衝他們解釋的時候，心裡也有了疑惑。

昨晚，她和連俊傑在村口分開後就徑直回家了，回家後燒菜做飯，吃完了就歇下到現在被吵醒，這已經傳遍了村子的流言和她壓根兒就沒有一點關係。

「不是妳那就是連俊傑！反正就是你們兩個，我們夫婦真是瞎了狗眼才會信你們的話。前腳害我們分家，後腳就害我們在村子裡一輩子都抬不起頭來，葉紅袖，我們和你們究竟有什麼深仇大恨，妳要這樣害我們啊！」

徐長娟氣得眼淚都出來了。

他們昨晚回去分家的時候，幾乎就是淨身出戶的，提著一個小包袱還有她出嫁時帶來的一個棗木箱子，去了王家的破祖屋。

那個破破爛爛的祖屋又小又爛，他們收拾了一整個晚上才有落腳的地方，雖然屋裡破爛，手裡也沒錢，可心裡歡喜，因為從今以後他們可以過自己的小日子了。

誰能想到，清早起來一打開門，天還沒全亮，門口就聚集了一大批的村民對他們指指點點。

臉皮薄一些的村民也沒好意思直接開口，那些平日裡和他們關係不大好的，正好就逮著這個機會了，一張口什麼難堪的話就說出來了。

剛剛葉紅袖聽到的那些還算是好的，在自家門口的時候，真的是什麼污言穢語都出來了。

「不是我，也不是俊傑哥。長娟嫂子，懷山大哥，像你們自己說的，我們和你們沒有仇沒有冤，怎麼會這樣害你們呢？」

葉紅袖心裡疑惑重重，堅信這事和連俊傑也不可能會有關係的。

不是他們，更不可能會是王懷山、徐長娟，那又會是誰呢？昨晚可就只有他們四個人在場。但這樣的流言是不可能會憑空冒出來的，一定是經過誰的嘴。

「不是你們，難不成是我們自己了？葉紅袖，我當初那麼信妳，妳卻這樣害我們，把我們害得一輩子在村子裡抬不起頭來，妳能得什麼好處？」

徐長娟望著葉紅袖的臉上，除了失望疑惑還有怨恨。

「這還用說嗎？懷山兄弟不行，不就是想證明她的醫術嗎？她不是整天喊著她的醫術不比她爹的差嗎？當年她爹可是把隔壁村大老張不行的病給治好了，後來大老張娶了媳婦兒生了孩子，還請葉紅袖的爹去吃飯喝酒，讓孩子認了他當乾爹呢！」圍觀的人群中有人蹦出了這麼一句話。

葉紅袖循著聲音看過去，對上了一雙陰沈又冷冰冰的眼睛。

「好啊！葉紅袖，妳竟然這麼陰毒，壞我家懷山的名聲來給自己掙名聲，我要和妳拚了！」

楊土蛋的爹楊老五一開口，徐長娟再也忍不住了，直接揚手朝葉紅袖的臉上抓了去。

「住手！」

就在徐長娟的手揚起來的瞬間，一個帶著暴怒的男人聲音在葉家院門口響了起來。

被當場呵斥的徐長娟愣了一下，她剛回頭，一個帶著壓迫感的高大身影已經快速移到了她面前。

連俊傑是聽聞了流言後立刻趕來的。

「連大哥。」

看到及時出現在身邊的連俊傑，葉紅袖心裡既感動又溫暖，還踏實。

「連俊傑，你來得正好，這筆帳我還要和你一起算！這事是不是你說出去的？還真是沒有想到啊，你一個大男人，嘴巴竟然比老娘們還碎，真不要臉！」

怒火中燒的徐長娟並未被連俊傑身上強大的氣場嚇到，反而氣急敗壞地當場也衝他指責了起來。

「我散播這樣的流言出去對我有什麼好處？是我那五十兩嫌想掙它的人不夠多嗎？」連俊傑冷聲質問徐長娟。

「不是你，那就是葉紅袖！」

想來想去，徐長娟認定這事和他們脫不了干係，既然連俊傑從中得不到好處，那就是葉紅袖想借自己男人的名聲去掙自己的名聲。

「長娟嫂子，妳仔細想想，我要想借懷山大哥的名聲掙自己的名聲，那天妳來找我，我直接當面和妳說實話不就成了，幹什麼要藏著掖著給大哥留面子呢？還有，我也不會笨得前腳才和你們說了病情，後腳就去散播流言啊！昨晚就我們四個人，妳自己說的，不可能是你們夫婦，那餘下的就是我們兩個人了。這明擺著會讓我們當場就鬧翻的事，我怎麼會那麼蠢去做？」

「那是因為她知道你們夫婦會信她的這番鬼話，你們和好了，到時有了孩子，得益最大的還不是她葉紅袖？她虧什麼了？可憐的是你們，沒了名聲，還被人當傻子耍！」

站在院子外頭的楊老五又冷不防地冒出了這麼一句話。

徐長娟和王懷山剛覺得葉紅袖的話有些道理，但土蛋爹這麼一說，他們猛然反應了過來，覺得自己差點就上了當，於是看向她目光裡的怨恨更加深了。

「楊老五，說懷山兄弟不行的流言是不是你散播出來要害我們紅袖的？」

葉氏突然從屋裡躥了出來，奔到了土蛋爹的面前。

葉紅袖怕她會被傷，急忙跟了過去，身後的連俊傑也跟了過來。

「我們姓楊的一向行得正坐得端，從來不做背後傷人害人，甚至是當叛徒這樣無恥的事來。你們家的葉常青都能當叛徒害死我家的土蛋，葉紅袖背後捅人一刀的事怎麼就幹不出來了？」

楊老五惡狠狠地盯著葉氏和葉紅袖，陰沈狠戾的眸子像是淬了毒液一般，要是眼神能殺死人，估計葉紅袖母女早就被他給千刀萬剮了。

「楊老五，你要我說多少遍，我家常青不是叛徒，你家的土蛋也不是他害死的。你怎麼就不想想當年土蛋在村子裡受欺負時，是誰幫他，誰給他出的氣，當年我家常青對他那麼好，又怎麼會當叛徒去害他的性命呢！」

葉氏是真的想不明白，為什麼楊老五也會聽信那些流言，覺得土蛋是自己的兒子害死的。

楊土蛋發育緩慢，說話還結巴，到了十歲還一句完整的話都說不出來，村子裡以程天順為首的孩子們，只要碰到他就不會輕易放過他，常常不是被打得鼻青臉腫就是哭得上氣不接下氣，是自己的兩個兒子實在看不過去了，為護著楊土蛋還和程天順他們打了一架。

自那以後，楊土蛋就日日夜夜跟著常青，和他一起上山砍柴，一起下河摸魚，感情好得和親兄弟差不多。

「生死關頭，誰不是先保住自己的命再說，誰又知道你家的葉常青在替我家土蛋出頭的時候，心裡有沒有藏著其他什麼想得便宜的想法。就像葉紅袖假惺惺好心要幫王懷山、徐長娟那樣，其實只不過是想借他們夫婦幫自己打響名聲。」

楊老五話鋒一轉，又重新將話題轉回到葉紅袖和徐長娟夫婦的身上。

今天他是來看熱鬧的，不想再和葉氏掰扯什麼葉常青從前對自己的兒子有多好的廢話。

他心裡已經認定葉常青是叛徒，兒子就是被他害死的，既然葉家不讓他的日子好過，他們也別想有好日子過。這輩子，他打算豁出去和他們鬥到底！

這時候天已經大亮了，陸陸續續聽到消息的村民們都趕來葉家看熱鬧。

旁人對王懷山的議論聲更是此起彼伏，什麼難聽齷齪的話都有，徐長娟和王懷山哪裡還有臉面待得下去。

「葉紅袖，我們夫婦倆這輩子都和妳沒完，妳就等著吧！」撂下了這句狠話，夫妻倆一起衝出院子跑了。

他們走了沒多久，圍在院門口看熱鬧的村民也都陸續散了。

葉氏躲回房裡偷偷抹起了眼淚，葉紅袖進去勸了好半天才讓她止了哭，等她從房裡出來時，連俊傑竟然悄悄幫她把早飯都做了。

她也沒心思吃，拿了兩個土豆一壺水，就揹著背簍和他一起上了山。

路上，她一直在琢磨關於王懷山的流言到底是誰傳播的。

「不是你，不是我，不是他們夫婦倆，當時沒有其他人在場，難不成散播謠言的還是鬼了？」

話說完後，葉紅袖也覺得好笑。她是不信什麼鬼怪的，可這事現在壓根兒就說不通啊。

「鬼沒有，但背後搞鬼的人肯定有。妳換一個角度想這件事，散播謠言的人肯定是有目的的。從現在的情況來看，這個人的目的，要麼是想讓王懷山和徐長娟在村子裡一輩子抬不起頭來，要麼就是想要害得你們葉家在赤門村待不下去。」

連俊傑這麼一分析，葉紅袖的思緒瞬間也跟著清晰了起來。

「會不會是昨晚懷山大哥出來時，王家人一道跟著出來聽到的？可也不對啊！我聽長娟嫂子說他們已經分家了，她既然願意不拿一文錢分家，和王家也沒有鬧得不愉快，王家為了顧及懷山大哥的顏面，不可能會散播這樣的流言。難道是楊五叔？你也看到了，他早上在家裡一直都和我們唱反調。」

這是最先從葉紅袖腦子裡蹦出來的懷疑對象。

「不會是他，妳看。」連俊傑指著地上給葉紅袖看。

她盯著地上一堆雜亂無章的腳印看了一會兒。「這個是？」她有些不明所以。

連俊傑走到她身後，雙手抓著她的胳膊，然後伸手指向正前方。

「啊?!」看到前頭熟悉的地方，葉紅袖這才猛然反應了過來。

出來的時候她只顧低頭想早上的事，連俊傑帶著她往前走，她也沒多想就跟著一道走，直到這時候才發現他們到的地方，就是昨晚碰到徐長娟和王懷山的地方。

她現在站的位置是一棵大槐樹下，槐樹樹幹粗壯，是上百年的老槐樹。

「當時這裡就我們四個人，不是我們，不是鬼，那現場就必定還有其他人。妳看，這個就是那個其他人了。」

「這個是女人的腳印。」

葉紅袖低頭仔細端詳了一下腳印，和自己的腳相差不大，她還特地用腳比在那些腳印上。

「既然是女人，那就不是楊五叔了。月紅姊的腳比我大，也不是她的，更不可能是楊五嬸，楊家晚上是不會讓她出門的。那會是誰？程嬌嬌？」

對自己恨之入骨的女人，葉紅袖能想到的也就剩程嬌嬌了。

「可也不對啊，程嬌嬌上次被我嚇得去了縣城，她娘還在治嘴巴，到現在都還沒回村呢，也不可能會是她。」

葉紅袖絞盡腦汁搜索自己的仇人之時，連俊傑起身將鞋印周邊仔細搜索了一遍。雁過留痕，風過留聲，既然那人在這裡待了有好一會兒，就肯定還會留下其他什麼痕跡和線索。

「紅袖，妳看。」撥開草叢，連俊傑果然有了收穫。

地上掉了一塊印有腳印的帕子，應該是那人昨晚急著走的時候掉下的，被她自己踩了還不知道。

「我看看。」葉紅袖把帕子拿過來，前後仔細翻看一遍。

帕子是一般常見的白色帕子，上面繡著一對戲水的鴛鴦，還有歪歪扭扭兩個小字。她盯著那兩個醜得要死的小字認了好半天，才終於認出了是什麼。

「連大哥，你看這兩個字。」

一看到這兩個字，連俊傑頓時怒了。他原以為這個背後搞鬼散播流言的人，要麼是針對徐長娟、王懷山夫婦，要麼是葉家的仇人，卻沒想到這人要針對的竟然是自己。

「我現在就去找她算帳！」

他氣得攥緊了拳頭，轉身要走，葉紅袖卻將他拉住了。

「你先別急，你這樣跑過去，她肯定會死不認帳的，她不認帳你能拿她怎麼辦？她是女人，你又不能動手傷她。既然她喜歡玩陰的，咱們就陪她好好玩玩。」

葉紅袖邊說邊笑嘻嘻地把手裡的帕子收了起來。

「心裡有主意了？」看她笑得開心，連俊傑的怒氣也消了一大半。

「先不告訴你！」

葉紅袖的小臉上全是狡黠的笑意。

# 第十七章

吃晚飯的時候，葉氏味如嚼蠟，吃了兩、三口，最後還是放下了，隨後又重重嘆了一口氣。

「娘，妳別嘆氣了，等吃了飯，我和連大哥再找上村長和長娟嫂子、懷山大哥解釋一下。」

葉紅袖知道她擔心什麼。今天她收工從山上下來的時候，村子裡已經流言滿天飛了，說王懷山不是真男人的有，罵她葉紅袖不擇手段黑心毒辣的也有。

「可是他們現在哪裡還聽得進去妳的解釋？下午妳不在的時候，王家人也跑來鬧了一場，說咱們太不是人了，弄得他們老王家這輩子都在村子裡抬不起頭來了，得虧當時大山和小蘭在，攔住了，這才沒鬧成。」

說著說著，葉氏又偷偷抹起了淚。這兩年家裡的日子實在太苦了，因著大兒子的事，現在是不管自家人說什麼，旁人都不會相信。

從前自個兒男人在的時候，在村子裡哪裡受過這樣的冤屈……

「娘，別哭了，眼睛才剛好一些，這個時候哭不得的。妳放心吧，這事過兩天就會散了的，我已經知道是誰在背後搞鬼了，等會兒去找長娟嫂子和懷山大哥要說的就是這個。他們現在在氣頭上，估計我和連大哥說的話也聽不進去，所以這才又喊上村長。他為人公道，有他在中間調和就不會有事的。」

葉紅袖放下手裡的碗筷，拉過葉氏的手寬慰。

她的眼睛這幾天用藥加施針，已經有了初步的療效，到了晚上雖然不能和白天一樣，但已經模模糊糊有了些輪廓，只要再堅持用藥和施針，不用多長時間就能完全痊癒。

「真的？妳可別故意說來寬慰我。」葉氏有些不相信。

「娘，當然是真的了，我什麼時候騙過妳？這還得感謝連大哥呢！要不是他，我還真沒這麼快一下子就知道是誰搞的鬼。」

聽到葉紅袖口中親暱的「連大哥」，葉氏剛剛好了些許的臉色又閃過一絲深深的憂慮。

「紅袖，妳以後……要是可以，還是不要整天和俊傑在一起了。妳是已經許了人的，要是雲飛回來聽到或者看到你們這麼好，心裡肯定會很難過的。」

「娘，雲飛表哥當年和我拜堂，賣身去排場都只是想要救我的性命而已，興許他根本就不喜歡我，妳說這些好像太早了一些吧。」

葉紅袖覺得葉氏想得太過長遠，甚至是有些杞人憂天了。

「他怎麼會不喜歡妳，妳雲飛表哥當年家道中落再加上爹娘死了，整日悶不吭聲，性子還古怪得很。當初他剛來咱們家的時候，整天和你大哥二哥鬥嘴，沒人敢靠近他也沒人敢招惹他，獨獨就妳敢去。那時也不知道妳對跑去後山的他說了什麼，第二天他就轉了性子，還願意整天和妳一起漫山遍野地瘋。我們是眼見他的性子一天比一天好的，可這樣的日子過沒幾天，妳就出事了，唉。」葉氏說完，重重嘆了一口氣。

可葉紅袖對這個雲飛表哥還是沒有任何一絲印象。她自己也有些奇怪，同樣都是忘記，但是在想陳雲飛和想連俊傑的時候，感覺卻是完全不一樣的。

只要一提起連俊傑這個名字，她心裡殘存的念頭會讓她揪心地疼，這種感覺有過很多次。

可這個雲飛表哥完全不同，每次葉氏提起他，她都有種這個人和自己沒有任何關係的感覺，只覺得是一個自己想不起來的陌生人。

可這個陌生人，卻又偏偏和自己有了婚約……

葉紅袖和葉氏剛吃完飯，連俊傑就來了。

兩人先去了村長菊咬金的家，剛進院門，就被院子裡的動靜嚇到了。

菊咬金的兒子，十二歲的菊海生正倒在地上渾身抽搐，手腳痙攣，口吐白沫。菊咬金的媳婦兒菊花和女兒菊香嚇得跪在地上，撲在他的身上嚎啕大哭，面色發黑的菊咬金拿來一雙筷子橫塞進他的嘴裡，以防他會咬傷自己的舌頭。

葉紅袖見他動作俐落麻利，像是習以為常了。

「我看看。」

她蹲下，抓著海生的脈搏摸了一下，眉頭微微皺了皺，把手伸到了菊花的面前。

「嫂子，妳頭上的銀簪子借我使使。」

她自己頭上唯一的一根桃木簪子，上次在和土蛋娘搏鬥的時候弄斷了。這個時候連俊傑才注意到，葉紅袖的頭上什麼首飾都沒有。

「紅袖，妳、妳行嗎？」

菊花摸了一把臉上的淚，對葉紅袖的醫術很是懷疑。

原先虎子的事，她聽自己的男人說了，是有些相信葉紅袖有醫術的。可今天一大早，村子裡的流言滿天飛，各個都說她黑心腸，為了掙自己的名聲不顧別人的名聲，這讓她質疑葉紅袖醫術的同時，也有些質疑她的人品了。

「放心吧，我不會傷著海生的。」

菊花把頭上的銀簪子取下來的時候，還惴惴不安地朝自己的男人看了一眼，見他點頭，這才把簪子遞給了葉紅袖。

菊海生的病情正在發作，不好移動，葉紅袖只能趴在地上，在菊海生的頸項及督脈相關樞紐穴位施了針。

很快地，剛剛還全身痙攣抽搐的菊海生漸漸停了下來。等菊香端著打來的乾淨井水時，他已經被眾人攙著回了房間。

葉紅袖坐在床邊，抱著昏迷中的菊海生的腦袋摸了好一會兒，最後終於在他的後腦勺摸到了一塊異常的柔軟處。這正是造成菊海生會這樣發病的原因。

「紅袖，嫂子我求求妳，救救我家海生吧，也不知道他怎麼好端端的就染上了這個怪病，這些日子不知道看了多少大夫，吃了多少藥都不見效。隔壁的靈姑說海生是走夜路的時候碰見髒東西了，還說海生活不過幾年了……他是我的命根子啊，不能就這麼沒了啊！」

葉紅袖剛撒手，菊花就撲通一聲拉著她的雙手又跪又求，更為自己剛才質疑她醫術的行為感到羞愧。

「嫂子，妳別這樣，先起來說話，只要我有能力，就一定會把海生給治好的。」

葉紅袖理解她救兒心切的心情，扶著她起來後，把手上的銀簪子給她重新簪回頭上。

「紅袖，妳看海生有救嗎？」菊咬金盯著床上陷入昏迷的兒子，臉色異常難看。

「海生的這個病有一年多了，只能慢慢來，至於能不能徹底治癒，得看他自己的身體狀況，我不能給你們打包票。不過嫂子妳放心，海生的命長著呢，閻王爺拉不走他。」

為寬菊花的心，葉紅袖還笑著和她開了句玩笑，房裡的氣氛這才輕鬆了一些。

「對了，我剛剛給海生把脈的時候，發現他的這個病是腦袋受了重創導致顱內血腫、腦挫裂傷造成的。村長，你還記得海生是怎麼受傷，又是在哪裡受傷的嗎？」

菊海生的病並不是先天，而是後天由外力造成的，但能讓腦子造成這麼大的損傷，這力道不小。

「這我們還真是不知道到底是怎麼回事。海生當時是被程天順和村民們從後山抱回來的，抱回來的時候，海生已經昏迷了。等他醒了，那天的事就什麼也不記得了，我讓他仔細想，可他一想就腦袋疼，疼得厲害了就會像剛才那樣發病。不過我們聽當時抱著他回來的程天順和村民們說，海生是調皮爬樹的時候不小心滑了一跤摔下山的。」

「但不可能，海生爬樹的本事整個村子的人都知道，上了樹他就比猴子都精，怎麼可能會掉下樹呢？再說了，後山的那棵樹海生是從小爬到大的，在樹上就和咱們走路一樣。我覺得程天順在撒謊，他原本就不是什麼好人，我好幾次看到他趁人不在的時候欺負海生，海生每次看到他都會嚇得跑回家，躲在床底下不出來。」

菊咬金的話剛說完，給弟弟抹了臉擦乾淨手的菊香突然走了過來，說話的時候一臉義憤填膺。

葉紅袖和連俊傑面面相覷，心裡同時有了疑慮。

「菊香，這話妳不能亂說，好多人都親眼看到是他把海生從地上抱起來的，是他救了海生，怎麼會欺負海生呢？這話以後可不許再講了！」

聽到閨女把兒子的救命恩人當仇人，菊咬金的臉立刻黑了。

「可——」

「妳還說！」

菊咬金布滿絡腮鬍的臉更黑了，瞪著閨女的眼神看得讓人瘆得慌。

他菊咬金最忌諱的便是恩將仇報，村子裡的人推舉他當村長，是因為他這個人重情重義，要是讓旁人知道女兒這樣在背後詆毀救過海生的程天順，又會怎麼看他，他又怎麼能在村子裡服眾？

「反正他就不是什麼好人。」

最後，菊香抱著水盆出去的時候，還是不服氣地嘀咕了一句。

葉紅袖拿紙筆給菊海生開了藥方，讓菊咬金明天去濟世堂抓藥，還叮囑了他好些海生發病時需要注意的事項。

菊花拿著藥方，激動得差點又要在葉紅袖的面前跪下來，葉紅袖急忙將她拉住，這才說明了自己和連俊傑來他們家的目的。

「成，我也覺得這事蹊蹺，我現在就和你們一道去，把話當面挑開說清楚了，就什麼事都沒有了。」菊咬金答應得爽快。

三人出門後就直奔王懷山和徐長娟現在住的村東頭。

夜色中，一座低矮破舊的小屋子隱隱約約閃爍著一小簇火光。

「長娟，餓壞了吧，趕緊吃個紅薯墊一下肚子。」

「不吃了，你吃吧。」

「不吃怎麼行，妳原本就餓不得，一餓就腦袋犯暈，趕緊吃了。」

「懷山，都怨我，要是我沒信葉紅袖的鬼話，咱們就不會落到這種地步了，還連累你在村子裡都抬不起頭來！我……嗚嗚……」

葉紅袖等人進屋的時候，正好看到徐長娟撲在王懷山的懷裡哭了起來。

王懷山一看到葉紅袖和連俊傑，剛剛對著媳婦兒的和顏悅色立刻就沒了。「你們來幹什麼！」

「懷山大哥——」

「滾，你們都給我滾！」

葉紅袖剛開口，情緒激動的徐長娟顧不得抹淚，隨手拿起一旁的笤帚就衝她直接砸了過去。

葉紅袖始料未及，沒反應過來要閃躲，原以為笤帚會直接砸在自己的臉上，沒想到一旁的連俊傑拉著她往懷裡一帶，抱著她轉身用他的背擋掉了笤帚。

被緊抱在連俊傑懷裡的葉紅袖聽到一聲悶哼，抬頭時看到了他緊蹙的眉頭，看來這一笤帚砸得不輕。

「妳沒事吧？」她沒來得及開口，他卻柔聲衝懷裡的自己問了起來。

「沒有。」葉紅袖衝他輕輕搖了搖頭。

「沒事就好。」

他伸手揉了揉她的腦袋，而後轉身看向差點傷了葉紅袖的徐長娟，臉上寒意陡升。

「你們要是有點腦子，就能想到這事不可能會是我們幹的，我們還敢來，就更證明我們問心無愧！妳沒傷著紅袖就算了，要是傷了她一根寒毛，我會讓妳付出千倍百倍更慘痛的代價！」

徐長娟和王懷山看到冷聲威脅他們的連俊傑面目陰鷙，嚇得臉都白了。

這連俊傑怎麼感覺和昨天晚上就像是變了一個人呢？盯著他們的眸子泛著讓人背脊發涼的狠絕，雖然他手上並未拿什麼傢伙，可他們知道這話不會只是簡單說說而已。

尤其是剛才扔笤帚差點傷著了葉紅袖的徐長娟，連連嚥了好幾口口水。

「長娟妳也是，話都不讓咱們有機會張口就動手，我們來為的就是和你們說清楚這到底是怎麼回事，妳要真把紅袖給傷著了，這不是著了背後搞鬼那人的道嗎？」

見氣氛不對勁，菊咬金急忙在這個時候站了出來。他一開口，屋裡的氛圍頓時緩和了不少。

「村長，我這不是正在氣頭上嗎？你去聽聽外頭的那些流言，那不是把我們夫婦往死路上逼嗎？今兒這些流言還只是在村裡傳著，明兒可就是隔壁村了，再過幾天十里八鄉全都知道了，我們夫婦還有臉面活著嗎？」

徐長娟邊說邊掉淚，沒人能理解他們現在難堪的境地。村子裡那些平常和他們不對付的，更都是睜大了眼睛等著看他們的笑話。

「長娟嫂子，妳仔細想想，這會是我幹的嗎？妳我都不傻，難道還不知道這個消息要是我傳出去的，我們肯定會鬧翻？既然都鬧翻了，我還怎麼給懷山大哥治病，又怎麼能用懷山大哥的名聲換我自己的名聲？」

葉紅袖走到她身邊輕言細語，還拿了自己的帕子給她擦淚。

「妳再想想，昨晚我就和妳說了，你們要不信我的話，可以去找濟世堂的大夫。濟世堂的大夫是男的，和懷山大哥說話要方便許多。要是濟世堂的大夫把懷山大哥治好了，掙到名聲的不就是濟世堂了嗎？和我又有什麼關係？」

葉紅袖的耐心解釋讓徐長娟和王懷山兩人心裡的疑慮確實消散了一些，可他們仍是不信。當晚就他們四個人，不是他們夫婦，那肯定就是葉紅袖和連俊傑了。

「妳總讓我們去濟世堂，是不是濟世堂給妳什麼好處了？」

王懷山心裡有了別的懷疑。上次徐長娟去抓藥，葉紅袖讓她去的就是濟世堂。

「縣城就兩家醫館，不是濟世堂就是百草廬。你們手上攥著的那幾個銅板進得去百草廬嗎？長娟嫂子這一年吃過的藥不少，抓藥的時候心裡應該是有掂量的。長娟嫂子，妳自己說，去濟世堂抓藥有沒有比別處便宜一些？藥是不是都是好藥？」面對王懷山仍舊敵對的態度，葉紅袖再開口的時候態度強硬了許多。「再說了，真要掙名聲，我也不會這麼不擇手段從你們身上掙。我現在在給連大哥的娘治病，十里八鄉的人都知道她在床上癱了好幾年，我把她治好了什麼名聲掙不到，又怎麼會傻到名聲都還沒掙到就這樣先毀了自己？」

這幾天經過葉紅袖的醫治和調理，連大娘的身子舒坦了許多，雖然連大娘不可能痊癒得像個完全好的人，但只要把治好了喘疾、身子調理得差不多的連大娘往外一推，眾人便都會相信她的醫術。

「那會是誰呢？這麼恨我們要害我們？把我們害到這樣的地步，對他有什麼好處啊？」

這下徐長娟和王懷山更想不明白了，他們平常在村子裡並沒有和誰有這樣的深仇大恨。「還有這漫天的流言，我們還怎麼有臉面在村子裡待得下去啊！」

想著今天在村子裡受的那些屈辱，徐長娟的眼淚又開始止不住了。

聽到徐長娟說起深仇大恨四個字，葉紅袖和連俊傑的眼裡同時閃過一絲內疚。

背後散播流言的人和他們夫婦是一點關係都沒有，更沒有深仇大恨，她惦念的只有連俊傑要拿出來修房子的五十兩銀子。

「長娟嫂子，懷山大哥，這個假的流言並沒什麼好怕的，只要你們看了大夫，好好遵守醫囑，很快就能有孩子。有了孩子誰還能說你不行，到時流言自然就不攻自破了。」

王懷山的病並不是什麼大毛病，只要好好吃上幾劑藥就能痊癒，只是從前他們都沒想到這沒孩子會和男人有關，一直耽誤了要孩子。

「真就這麼簡單？看了大夫很快就能有孩子？」王懷山看著葉紅袖的神情還是質疑。

「你拿我寫好的藥方去濟世堂給大夫瞧，聽聽他說的，再看他開的藥和我的是不是一樣。你要是信呢你就在那兒抓藥，以後專門找他看；你要是不信，也可以去別處找別的大夫看，醫藥費我來出。」

葉紅袖邊說邊從懷裡掏出一張早就在家寫好的藥方，還有一個錢袋子，裡面是她現在全部的積蓄。

不是她大方，而是這事自己心裡也有些愧疚，那人要針對的並不是他們夫婦，他們只是受了牽連。

「這怎麼好意思。」徐長娟沒好意思伸手。

葉紅袖這麼耐心細心地一解釋，還有村長從中調和了一番，慢慢冷靜了下來，她也想通了一些。

許久沒開口的連俊傑走了過來，把葉紅袖手上的錢袋子扔給了王懷山。

「這錢你先拿著，就當是我給你們的訂金，修房子的活兒我還給你們。」

為免王懷山、徐長娟夫婦還心有疑慮，葉紅袖又開了口。「你們要是還不放心，明天就和村長一起去濟世堂，恰好他也要給海生抓藥，藥方也是我開的。」

「對！明天我也要去抓藥，咱們一道去，或許到了那裡一瞧就能弄清楚了，弄清楚了就什麼事都沒了。」

菊咬金聽了，跟著開口附和。

「可既然不是我們，也不是你們，那這散播謠言的人又會是誰呢？他這樣害咱們能得到什麼好處啊？」

王懷山這下更想不明白了。

# 第十八章

「好處多著呢！懷山大哥，這可是五十兩銀子，誰不想要？當晚你們王家吵架鬧得動靜不小，肯定是有旁人知道，好奇看熱鬧跟著你們夫婦一道過來的人肯定有。但到底是誰，這就不好說了，這附近幾個村子活兒好的木匠可不止你一個。」

葉紅袖故意把話只說一半，還有意引導他們夫婦往別的地方想。

那人雖然是衝著連俊傑手上的五十兩銀子去的，但怎麼說也是連俊傑的家事，既然現在和他們都把話說清楚了，那便就此打住，別再生旁的枝節了。

「唉呀，這麼一說，我們夫婦還真是著了別人的道了！這人的心肝可真是黑呀，這樣喪天良的事也幹得出來！」

王懷山、徐長娟夫婦聽葉紅袖這麼一說，立刻都有了醍醐灌頂的感覺。

「長娟嫂子，懷山大哥，你們現在都切身體會了被流言纏身的痛苦折磨，應該更能理解我們一家的難處了。明明沒有任何證據可以證明我大哥是叛徒，是我大哥害死土蛋，就因為有人別有目的地散了兩句流言，所有人便都一邊倒地認定我大哥就是叛徒。這一年，我們家深受流言困擾，又怎麼會讓你們也平白受苦？你們要相信我們葉家人的為人，知曉我們葉家是絕對做不出背後害人和捅刀子這樣的事來的。」

最後，葉紅袖義正詞嚴地和他們夫婦說了這樣一番話。

大哥的事在他還沒回來之前，一下兩下是不可能會弄清楚的，但是，她現在可以趁此機會扭轉大哥在他們夫婦心目中的印象。

「其實最開始這流言散出來的時候，我們大夥兒也都是不信的。我們都是一個村子住著的，誰是什麼樣的人，品性如何，心裡都清楚得很。可這不是妳大哥一直都沒回來嗎？妳也看到了，土蛋娘瘋了，楊家為了治她幾乎可以說得上是傾家蕩產了，誰看著心裡不可憐啊，這不就有些信了。再說，程天順現在又當上了捕頭，誰敢說他說的話是假的，各個拍馬屁都來不及呢！」

王懷山說的正是赤門村的現狀。

「這事說來也是奇怪，都一年多了，妳大哥卻是一點音訊都沒有，附近幾個村子出去當兵的，不管生死可全都回來了，現在就獨獨剩妳大哥了，也不知道這到底是怎麼回事。」

菊咬金開口的時候，眉頭皺得緊緊的，一臉的不明白。

他從前和葉紅袖的爹感情很好，葉常青也可以說是他看著長大的，知道他的人品，也堅信他的人品。可直到現在，葉常青仍是生死不明，杳無音信，他就是想要幫葉家證明葉常青的清白也無從下手。

「他快要回來了。」站在葉紅袖身後的連俊傑突然冷不丁地開口。

「啊？你知道？」

屋裡除了葉紅袖，其餘的人都一臉驚詫地看向連俊傑。

「反正快回來了，而且他不是叛徒。」連俊傑沒多解釋，說完便拉著葉紅袖走了。

一走出院子，她就迫不及待地拉住連俊傑追問。「連大哥，我大哥的事你還知道什麼？」

看他剛才的樣子，好像是知道很多內情的。

「我知道的只有這些。」

連俊傑停下腳步，如繁星般璀璨的眸子定定看著她。

「真的？」

葉紅袖有些不信。她總覺得連俊傑的身上還藏著很多很多不為人知的秘密。

「當然是真的，我什麼時候騙過妳？而且我對妳說過的，我這輩子都不會對妳說一個假字。」

他又伸手揉了揉她的腦袋，唇畔浮起一抹寵溺的笑意。

「對了，還有一件事。」

葉紅袖回頭看了一下身後，看菊咬金還沒出來，拉著連俊傑邊走邊開口。「連大哥，你記得菊香在家裡說的那些話嗎？」

她記得當時菊香開口後，她和連俊傑對望了一眼，當時他的臉上也是有懷疑的。

「記得。她說海生見到程天順就怕，懷疑海生不是被他救了，而是被他害的。」連俊傑點了點頭，菊香一開口，他心裡就有了疑惑。

「村長還說海生壓根兒就想不起來那天發生的事，讓他想就腦袋疼。依我從大夫的角度看，這個間歇性的失憶，要麼是因為當時的回憶太痛苦，他故意選擇遺忘；要麼就是他害怕，不想想起來。菊香說海生怕程天順，我看海生害怕想起來的可能更大，那這就更可疑了，好端端的海生為什麼會怕程天順呢？」葉紅袖越分析越覺得海生摔傷的事可疑。

「這中間肯定有我們不知道的內情。」連俊傑和她的想法一樣。

「俊傑，你等等。」

原以為不會很快出來的菊咬金突然跑著追了上來，兩個人很有默契地停下腳步，停止了對那件事的討論。

「村長有事？」

「俊傑，我看你剛才的樣子，怎麼好像知道些常青之事的內情呢？你要知道的話，不妨和我說說，我也好把你說的這些和村子裡的人都說說，大夥兒信了，也就不會再這麼為難紅袖一家了。」

菊咬金是真心想幫葉家，他旁的幫不了，傳幾句話還是行的。

這一年來葉家過得艱難，葉常青是叛徒的流言一傳出，幾乎整個赤門村的人都和葉家作對，那些想拍程天順馬屁的人，更是往死裡逼葉家。葉家的田地就是被那幫人搶走給了楊家的，葉家賠了楊家田地，就更坐實葉常青是叛徒的罪名了。

當初他不是沒有出面阻止，但是自從程天順當了捕頭後，他這個村長也當得不順，村子裡那些拍程天順馬屁的人都把他的話當耳旁風，覺得他這個小村長比不得在衙門當大捕頭的程天順。

「我知道的只有這些。」連俊傑衝他搖了搖頭，不肯也不願多說。

「可……」

「村長，這事解鈴還須繫鈴人，等常青回來了，自然就真相大白了。這個時候即便是我們說得再多，那些先入為主已經信了程天順話的人是聽不進去的，還是等常青回來證明他的清白吧。」

「也是。」

菊咬金點了點頭，順道和他們一同回去。

回去的路上，他看著身旁步伐沈穩，身上隱隱透著迫人氣勢的連俊傑，覺得這人不簡單。

接下來的幾天，村子裡關於王懷山不是真男人的流言仍舊四起，甚至還有越傳越烈的勢態，可村民們卻在這個時候發現了一個更讓人摸不著頭腦的事。

按理說，王懷山、徐長娟夫婦這個時候對葉紅袖應該是恨之入骨，巴不得她死才對，可他們就第一天和葉紅袖吵了一架，之後竟然和好了。

他們知道葉紅袖在後山山腰處正在規整藥田，竟扛著鋤頭一道去幫忙了。

這下眾人是真看不明白了。

葉家藥田因為有王懷山夫婦幫忙，很快就規整好了，恰好這兩天又在下雨，正好可以將翻了個面的土漚一下，等雨停土鬆軟了，就可以動手種藥材了。

吃過早飯，葉紅袖撐著傘來了連家。

「紅袖姨，妳可來了！」

她一進屋，金寶就衝了過來，這意思好像等了自己很長時間。

「怎麼了？」

「妳來！」

葉紅袖手裡的傘都還沒來得及收，金寶就拉過她的手一道朝後院奔了去。

用竹籬笆圍著的後院，一個寬厚的身影正蹲著挖坑種菜苗，原本光禿禿的後院此刻綠意盎然。

「紅袖姨，妳看，天還沒亮爹就起來，這些都是他一個人種的，厲害吧！」

金寶揮舞著自己的小短手比劃著眼前在他看來很是巨大的工程，紅撲撲的小臉上全是對自己爹爹的自豪。

「嗯，一個人種這麼大塊地，還種這麼快，是很厲害了！」

葉紅袖看了一下，後院的這塊菜地大概有兩畝，遠處種的是萵筍，中間是蘿蔔，再過來是韭菜，連俊傑現在手上正在栽的是大白菜。邊緣還有些小蔥和小青菜，這個季節的當季蔬菜，後院裡都有。

「爹說了，等過幾天他還要把院子裡的圍牆修好，然後在院子裡養雞養鴨養鵝，這樣等牠們生了蛋，就可以天天用韭菜給我烙雞蛋餅吃了。」

「嗯，你爹想得很周到，你現在正是長身體和長力氣的時候，吃得飽飽的，長得壯壯的，就能保護你想要保護的人了。」

葉紅袖笑著摸了摸他的小腦袋。和這個小包子越相處，她便越覺得他可愛，再加上他的身世，對他的喜歡裡還摻雜了幾分心疼。

「對了，長得高高壯壯了，最想保護誰啊？」葉紅袖故意逗他。

因為一個包子和一塊豆乾，他現在和二妮成了最好的朋友，這兩個小傢伙只要有空便會湊在一起，幾乎是日日形影不離。

「保護二妮和奶奶！」金寶脫口而出。

「哦，要保護自己的小青梅啊！」

葉紅袖逗弄他的意味更濃了，伸手刮了刮他的小鼻子。

「不是小青梅，是二妮。要保護小青梅的是爹爹，奶奶說爹爹是要保護和找他的小青梅才回來的，可咱們回來了這麼長時間，我也沒看到過爹爹的小青梅啊！紅袖姨，妳見過嗎？」金寶眨巴著他的大眼睛，一臉純真地看著葉紅袖。

「這個……」葉紅袖被他問住了，不知道該怎麼開口和他解釋。

「紅袖姨，小青梅好吃嗎？我只吃過話梅，酸酸的一點都不好吃，可爹爹說他的小青梅是甜的，還是可甜可甜的那種。紅袖姨，妳吃過嗎？」

葉紅袖被他的話逗得噗哧一聲笑了出來。金寶顯然是誤會了這個青梅的意思。

她伸手摸了摸他的小臉。「這個小青梅呀，得等你長大才知道了，至於能不能吃得上，得看你有沒有這個緣分和運氣了。」

話剛說完，種完了最後一株菜的連俊傑已經起身朝他們走過來。

他沒撐傘，身上也沒穿任何雨具，天還沒亮就開始忙到現在，身上的衣裳早就濕透了。

回屋後，葉紅袖趁他進房換衣裳之際，去廚房熬了一大碗濃濃的薑湯，給他祛寒以防傷寒。

連俊傑端著薑湯蹲在門口喝的時候，躺在床上身上扎滿銀針的連大娘意味深長地衝葉紅袖開口。

「紅袖，這個家裡還是得有個女人才行啊！要不，咱們兩家合在一起過吧！」

手上拿著銀針的葉紅袖被這猝不及防的話嚇得手一抖，扎下去的時候力道比平常重了三分。

「哎喲！」連大娘吃痛喊了一聲。

「連大娘，疼了是嗎？」葉紅袖滿臉驚喜。

「是呀！疼了，真的疼了！」連大娘這個時候也驚喜得聲量加大了好幾倍。

自從摔傷了腰後，下半身足足有五年沒有過任何知覺了，葉紅袖剛剛重重扎下去的一針，竟然讓她有了痛感。

連俊傑見狀，急忙放下手裡的碗走了過來。

「妳再扎一針試試。」

但讓人失望的是，這次連大娘沒有任何感覺了。

連大娘臉上的神情立刻由驚喜成了失望，甚至連眼神都跟著黯淡下來。

「別不是剛剛的那一下都是我的錯覺。」

「大娘，別急啊，老話都說病來如山倒，病去如抽絲呢！妳看，這些天妳喝了我開的治喘疾的藥，不是現在就沒再咳嗽過了嗎？所以妳要相信我的醫術！」

「信、信！大娘自然是信妳的！」

葉紅袖的寬慰讓連大娘舒心了不少。她現在是真的相信葉紅袖的醫術了，她給自己開的治喘疾的藥，只吃了三、四帖就好了許多，等全部喝完就全好了，說話不用連咳帶喘，夜裡也能睡個踏實安穩覺，這些天，她的精氣神都跟著好了不少。

「反正大娘的藥也差不多要吃完了，我換個藥方試試。」

葉紅袖邊說邊在心裡琢磨起了新的藥方。

# 第十九章

一進縣城，兩人就直奔濟世堂。

紀元參一看到葉紅袖，情緒激動地道：「葉姑娘，妳可算是來了！妳先坐著等一下，等我看完這兩個病人。」說完還趕緊讓忙著抓藥的藥童去給他們泡了一壺好茶來。

估計是這些日子濟世堂已經在縣城打響了招牌，來抓藥看病的人不少，但看他們的穿著打扮，都是窮苦人家。

葉紅袖還注意到濟世堂的診金和湯藥錢都特別便宜，有些病得嚴重和掏不出藥費的病人，紀元參都是直接揮揮手免了。

這讓葉紅袖心裡對他多了一絲欽佩的同時，也多了幾分安慰。

爹生前最大的願望便是開一間這樣幫助窮苦人家的醫館，如今雖然實現這願望的不是他，但他在天之靈看到，心裡肯定也是高興的。

直到葉紅袖和連俊傑把茶壺裡的茶都喝完了，紀元參才忙完，朝他們走了過來。

「這是我們這次要抓的藥。」葉紅袖把手裡的藥方遞給他。

「看來這兩位的身體都已經大有好轉了。」

紀元參瞄了一眼有些變動的藥方，知道連大娘和葉氏的病情好了許多。

尤其是那個癱瘓臥床五年的病人，這要一般的大夫醫治，沒個半年是不會有任何起色的，可她這才多久……

不過葉紅袖的用藥裡既有難尋難抓的蘄蛇，又有五毒之首的蠍子，她用藥狠，針灸手法又精準，能好得這麼快也就不足為奇了。

紀元參親自幫她抓了藥，連俊傑付錢的時候，他卻連忙擺手。

「葉姑娘，從現在開始，妳在我們醫館抓的藥，一律不收錢。」

「為什麼？」葉紅袖一臉驚訝。這次抓的藥可比上次要金貴多了，裡頭加了很多不常用的珍貴藥材。

「第一，妳我同行，葉姑娘的醫術還在我之上，以後少不得我有許多要找妳探討和幫忙的地方。第二，妳上次介紹了好幾個你們村子裡的人來我這裡看病抓藥，按理說我們也是要給妳診金分成的。」

紀元參說的是王懷山、徐長娟和菊咬金來抓藥的事。

葉紅袖仔細想了一下，沒推辭。「這樣也成，往後紀大夫要有用得著我的地方，就儘管開口。」

濟世堂在她心裡不是和自己沒有任何關係的地方，要是自己能在這裡幫忙，出上幾分力，自然是樂意的。

「對了，紀大夫，懷山大哥那兒你瞧著還需要幾帖藥？」

「只要再來拿一次藥就成了，這個月要是不出意外，估計他媳婦兒就能懷上了，葉姑娘放心，他的病我會注意的。」

紀元參了解她身為姑娘家，不好問王懷山的難處。

把藥一帖一帖包好後，他遞給了站在一旁始終沒怎麼開口的連俊傑。

給他的時候，紀元參又忍不住多看了他一眼。

雖然他身上穿著粗布衣裳，但迫人的氣勢卻讓人無法忽視。

這個後生，不簡單。

連俊傑也察覺到了他好似無意卻有意打量自己的眼神，但他表現淡漠，拿過藥後便轉頭看向外頭人來人往的街道。

「紀大夫，我還想問一下，你們這裡什麼藥材是最緊缺的，我自己規整了一塊藥田，要是可以的話，我想和你們合作，你們醫館缺什麼藥材我就種什麼藥材，只專供給你們。」

這是葉紅袖來濟世堂的另一個目的。這附近山多採藥人也多，平常的藥材隨處可見也不值錢，價格珍貴的藥材又極為難採，這個時候要想掙錢，和醫館合作是最好的，缺什麼種什麼，種出來的藥材就不怕銷不出去和賣不出好價錢。

「葉姑娘這倒是個好提議，不過這事還得和我們東家商量一下，因為我們這兒的藥材是有專供的。」

「哦？這間醫館不是紀大夫你自己的嗎？」

這話倒是挺讓葉紅袖詫異的，她一直以為醫館就是他自己的。

「葉姑娘剛剛看到了，我們醫館不管是診金還是藥錢，做的可都是賠本的買賣，紀某我兩袖清風，就是有心想當這懸壺濟世的大善人也有心無力啊！這樣吧，妳先等一下，我進去問問我們東家，很快。」

紀元參說完就轉身進去了。

葉紅袖看著這不大的濟世堂，心裡對這個幕後大東家好奇了起來。要是有機會，她還真想見見這個大善人。

紀元參很快就出來了，笑著點頭說東家同意了，還給了她好幾個緊缺藥材的名字。

出醫館的時候，雨已經停了。

連俊傑拉著她出了門，葉紅袖無意識地抬頭看了一眼虛掩了一半窗戶的二樓。

不知道為什麼，她總覺得濟世堂的大善人東家就在裡頭。

她確實是猜對了，濟世堂的幕後東家此刻就站在窗戶後面，透過虛掩的窗，幽深的眸子正好落在她清麗脫俗的面孔上。

「長大了。」他淡淡開口，冰冷的聲音裡聽不出任何情緒。

連俊傑也察覺到了二樓的不對勁。

雖然除了虛掩一半的窗戶，什麼都看不到，但是他能察覺到窗戶之後的那人身上冰冷的危險。

這個濟世堂的幕後東家，不簡單。

兩個人在縣城集市隨意逛了一圈，連俊傑拉著葉紅袖停在縣城最大的銀樓門口。

估計因為下雨的緣故，銀樓的生意不怎麼好，門庭冷落。

「連大哥，你要買首飾？」

「先進去看看。」

連俊傑也沒明著回她的話，拉著她一道進去了。

站在櫃檯前的夥計見有顧客上門，先是很熱情地迎了過來，可待看到他們二人寒酸的衣著之後，原本笑容滿臉的神情立刻變成了無精打采。

「你們要的首飾在這邊。」他有些不耐煩地指了指櫃檯角落裡一個用舊盒子裝的次級品。店裡賣不出去、變色或者是變形了的首飾，都會扔在那個盒子裡賤價甩賣。

店夥計狗眼看人，葉紅袖也不惱，謙和地衝他笑了笑。「我們先看看吧。」說完，逕自朝擺著銀簪子的櫃面走了過去。

她沒有要買首飾的打算，但既然已經進來了，就好好看看，有看中的，下次有錢了就來買。

這一看，還真就有她一眼相中的。

櫃檯上正中間的紅色錦盒裡擺著兩根色澤極好的銀簪子，其中一根梅花的簪頭上還有兩根纖細的流蘇，形似步搖。

這兩根銀簪子既能當首飾，也能當隨身攜帶的醫具，一舉兩得，還真是好。

可手工精細，還用上好的錦盒裝著擺在最中間最起眼的位置，價錢肯定也不便宜。

葉紅袖依依不捨地移開了視線，將目光轉移到了其他櫃面的銀簪子上。連俊傑應該是要幫連大娘買的，她要戴的話，得挑花樣成熟些的。

連俊傑卻帶著她回了原處，衝旁邊一直對他們沒什麼好臉色的夥計開口。「我們買這個。」

「連大哥，這個給大娘戴不大合適。」

「是給妳的。」

連俊傑笑著輕輕揉了揉她什麼簪都沒有的髮髻。上次在菊家，她找菊花借銀簪子的時候，他心裡就有了要給她買簪子的想法。

「給我的？」葉紅袖很意外，完全沒有想到他會送簪子給自己。「連大哥，不用的。」

「我說要。」

連俊傑的聲音裡帶著淡淡的霸道。

「夥計，把它包起來吧。」他再次衝身後的夥計指了指。

可那夥計卻站在原地仍是不為所動，他邊看自己的手指頭邊不緊不慢地開了口。

「這位客官，你可得想好了啊，這副銀簪子可說得上是我們鋪子的鎮店之寶，要五兩呢！你這個情郎想要裝大方，可也得先摸摸自己的錢袋子，看看能不能大方得起來啊！」

他怎麼看都不覺得穿著一身粗布衣裳，還提著好幾帖濟世堂的藥的連俊傑能買得起。

濟世堂這些日子雖然在縣城有了些名聲，可還是遠遠比不上百草廬的，更何況這幾日縣城還流傳著一個說法，說去百草廬看病是身分象徵，因為能進得了百草廬大門的，都是縣城裡有錢有權有人脈的人物。因著這樣的流言，縣城裡那些有錢有臉面的大戶人家，生病了去的還是百草廬。

一身粗布衣裳，看著就寒酸的連俊傑，一看就不是什麼大人物。

連俊傑也沒和他廢話，當著他的面掏出了自己懷裡的錢袋子，拿出五兩銀子砸在了櫃面上。

今天他是準備要給葉紅袖買簪子的，所以拿了足足二十兩銀子出來，不管多貴的，只要她看上了喜歡，他都會買下來。

店夥計看到砸在櫃檯上的五兩銀子，臉色立馬變了。

他拿起銀子仔細掂了掂，還用牙齒咬了一下，見是貨真價實的白銀，臉上轉眼就堆了諂媚的笑意。

「嘿嘿，兩位客官，要不小的沏壺茶，你們喝著慢慢再挑一挑？」他見連俊傑手裡的錢袋子還是鼓鼓囊囊的，想乘機都收入囊中。

「你自己多喝幾壺吧！」

葉紅袖狠狠瞪了他一眼，拉著連俊傑出了銀樓。

連俊傑原還打算帶她去縣城最出名的香味閣吃午飯，但走到香味閣門口，卻被她拽著去了隔壁路邊的麵攤。

麵攤生意很好，兩人站在角落裡等了好一會兒才有位子空出來。

「老闆，一碗蔥油麵，一碗豬腳麵，多加辣子啊！」葉紅袖笑著衝老闆揮了揮手。

「好嘞！」老闆爽快應聲，動作麻利地下起了麵條。

連俊傑看了一下周圍過於擁擠和嘈雜的環境，蹙眉不滿，他只想和她找個安靜的環境坐著慢慢吃。

「妳不用替我省錢的，我和香味閣的老闆很熟，他會算我便宜一點。」

「這些錢幾乎都是你拚了命掙來的，剛剛已經花了五兩，不能再亂花。再說了，我早就想吃這裡的麵了，這裡的五香滷豬腳很出名的。我以前從這兒路過的時候，聞著香味都會被饞得流口水，可那個時候家裡窮，我都是只敢多看兩眼不敢吃。」葉紅袖說完有些不好意思地摸了摸自己的小嘴。

「那多要兩份，買回去妳慢慢吃。」

她饞嘴的模樣看得連俊傑心疼得厲害，不敢想自己不在的這五年，她都受了些什麼樣的苦。

「我就不用了，這豬腳吃多了也容易膩。咱們可以多要兩份，一份給你娘和金寶，一份給我娘，給他們也解解饞。」

「成！」連俊傑回頭又讓老闆多加了兩份打包的豬腳。

他剛回頭，葉紅袖就拉著他指向香味閣的門口。「連大哥，你看。」

順著她手指的方向，他看到了一個熟悉的身影。

「她怎麼在這兒？」連俊傑蹙眉，同時拳頭也跟著攥緊了。

對於她背後搞鬼的事情，他心裡一直都窩著火，想找她算帳。

「我看她鬼鬼祟祟的，肯定有古怪。」

葉紅袖注意到，站在香味閣門前的岳青鳳一直小心翼翼、左顧右盼，手上還拿著一塊帕子在臉上遮遮掩掩的，好像怕見人。

岳青鳳朝他們這邊看過來的時候，連俊傑拉著葉紅袖往旁邊閃了一下，他們的位置在麵攤最裡頭的角落，岳青鳳沒有看到。

岳青鳳進去沒多久，香味閣的門口又來了一個鬼鬼祟祟的身影。

等那人朝葉紅袖、連俊傑這邊看過來時，兩個人都吃了一驚。「富寶昌?!」

富寶昌是牛欄村的小財主，人長得又白又俊還有錢。

進去之前，富寶昌鬼鬼祟祟的樣子幾乎和岳青鳳如出一轍。

正是他這樣怪異的舉動，讓葉紅袖和連俊傑瞬間將他和岳青鳳聯想到了一起。

「難道？」兩人面面相覷，心裡同時蹦出了一樣的想法。

「現在怎麼辦？」急於求證的葉紅袖看向連俊傑。

「咱們跟進去瞧瞧。」

為免太快進去打草驚蛇，葉紅袖和連俊傑吃了麵條，啃完了豬蹄才進了香味閣。

進去後，連俊傑先是快速掃視了一下大堂，但沒看到那兩個鬼祟的影子。

「妳在這裡等一下，我去找掌櫃的聊兩句。」

上次連俊傑獵的三匹野狼就是賣給了香味閣，掌櫃的從那三匹狼的身上掙了不少錢，現在是恨不得他天天能給香味閣送野味。

葉紅袖看那個站在櫃檯前紅光滿面的中年男人，應該是掌櫃的。

他很熱情地主動和連俊傑打了招呼，也不知道連俊傑悄悄在他耳邊說了些什麼，他臉上的笑意立刻沒了，然後招手把旁邊的小夥計招呼過去。

三個人湊在一起嘀咕了幾句後，最後夥計伸手指向了二樓轉角處一個正關著房門的雅間。

「走吧，他們在二樓的雅間。」

可連俊傑並未拉著葉紅袖走樓梯上二樓，而是帶著她去了酒樓的後院。

「連大哥，我們不是要去二樓嗎？」看著空無一人的後院，葉紅袖一頭霧水。

「偷聽偷看這樣的事最好還是偷偷摸摸地幹才好。」

連俊傑衝她笑了笑，隨後在葉紅袖還沒反應過來之際，摟著她的腰著力攀上了後院的百年梧桐樹。

等到站穩了，葉紅袖才發現，透過枝繁葉茂的梧桐，對面正是二樓一間關著門的雅間。岳青鳳和富寶昌背對著窗口，所以梧桐樹這邊的輕微異響並未引起他們的注意。

為了站穩，連俊傑將她抵在樹幹與自己之間，強健有力的胳膊緊緊箍在她盈盈一握的纖腰上。

為自己的安全著想，葉紅袖的雙手也不自覺地抓緊了他的前襟，但此刻她所有的注意力都在對面的雅間裡，以至於自己微微冰涼的指尖已經探進了連俊傑的衣襟裡也毫不自知。

「你看你出的都是什麼主意啊！王懷山、徐長娟和那個死丫頭也就鬧騰了一天，現在又好得很，我估摸這兩天等雨停了，王懷山就會領著人去葉家開工，那五十兩咱們怕是沒戲了。」

開口的是倚在富寶昌懷裡的岳青鳳，捏著嗓子做作嬌嗔的聲音聽得葉紅袖的雞皮疙瘩都起來了。

「什麼就沒戲了，錢不是還沒到王懷山的手裡？再說了，這重頭戲都還沒開唱呢！妳明天照我說的，和妳大姊領著人，以房契地契的名義和姓連的鬧。那姓連的能在村裡立足，可是借著妳爹的光，他要不拿五十兩出來，就讓他們趕緊捲鋪蓋滾蛋！」富寶昌陰惻惻地笑著輕撫岳青鳳的臉龐。

「可那棟破草屋是連俊傑他自己一個人蓋的啊，而且那塊地當年還是荒地，是他花了三個月的時間開墾出來的，和我爹沒有關係，這不好鬧啊！」

「妳呀妳，平常在村子裡敢當著我家那隻母老虎的面，和我偷偷拋媚眼的機靈勁兒哪裡去了？」富寶昌笑著拿手指戳了戳岳青鳳的腦袋。「妳回家隨便寫張字條，上面簽上妳爹的名字，就說那塊地是妳爹的。妳有這張字條在手，妳爹又死了，死無對證，連俊傑就是長一百張嘴都說不清，妳再這樣……」

「唉呀，你真壞！這樣的招也能想得出來！」

「男人不壞，女人不愛呀。來，讓我來好好愛妳！」

後面曖昧的話，葉紅袖已經聽不下去了，她紅著小臉回頭，這才發現連俊傑的墨眸正定定地看著自己。

和他的眸子一對上，耳邊再充斥著隔壁房裡的嬉鬧，葉紅袖覺得自己的身子都要燒起來了。

她舔了舔不知道為什麼變得有些乾涸的唇，湊到他耳邊輕輕開了口。「連大哥，咱們可以下去了。」

「紅袖。」

開口的時候，連俊傑都被自己過於沙啞的聲音給嚇了一跳。

不只她的身上好似著火了一般，他的更是。他早就成年了，這些年一直未娶親，因為心裡只裝著她，等著她。如今她長大了，身形有了少女的曼妙，此刻還緊緊貼在自己懷裡，他怎麼可能會對她沒有一絲遐想。

「怎麼了，連大哥，不好下去嗎？」

葉紅袖邊說邊低頭看了一眼，這才發現他們站得很高，目測有十多米。

「要不我放開你，你先下去，我自己再慢慢爬下去吧。」樹幹很粗，她手腳也算靈活，慢慢爬下去不是難事。

說完，她已經鬆開了抓在連俊傑前襟的手，身子也離他遠了一些。

緊貼在自己身上的身子一撤走，連俊傑瞬間清醒了過來。

他在心裡笑了一下，覺得自己真是夠荒唐了，竟然在這個時候生出那些荒唐的想法。

「不用。」

他重新摟上葉紅袖的腰，從樹上跳了下來，落地的時候又平又穩。

兩人也沒在香味閣多逗留，趕緊回去了。

# 第二十章

葉紅袖和連俊傑到家的時候，看到兩個小身板正坐在堂屋的門檻上。

兩個人再靠近一些，才看到二妮和金寶正在逗弄一隻趾高氣揚的大公雞。

「牠會不會跑啊？」金寶拿了中午吃剩的白麵饅頭掰碎了餵牠。

這雞是二妮的爹娘今天特地抓來送給連大娘補身子的。

「小黃不會跑的，牠可聽話了，天黑了只要你招呼牠，牠就會自己回雞窩。金寶，你可不可以和你奶奶說說，不要把小黃燉了，牠年紀大了，肉不吃好的。」二妮說著說著，突然眼淚汪汪地看著金寶，不捨之情溢於言表。

「可奶奶的身子弱，爹和紅袖姨都說了，她得好好補身子才能好得快，妳爹娘也都說了，這雞是抓來給奶奶補身子的。」

金寶一臉為難，這事他還真是作不了主。

「大黃是我從這麼小養大的，每天都是我餵牠吃飯喝水，牠可乖可聽話了。上次我被隔壁李爺爺家的大白鵝追，是大黃衝出來保護我的，牠和大白鵝打架的時候，翅膀都受傷了，還是我找紅袖姨弄了草藥給牠治好的……」

二妮指著小黃禿了一塊的翅膀，邊比劃邊嚶嚶哭著。

她這麼一說，葉紅袖想起來真有這麼一件事。

「唉呀，妳先別哭啊！我等會兒好好和奶奶爹爹說說，讓他們別吃小黃。」

金寶一看到二妮掉眼淚，立馬慌了，把饅頭扔給了小黃，拿自己的袖子小心翼翼給她擦眼淚。

「要是爹爹不答應的話，我就帶著小黃偷偷去找妳，到時我就騙爹爹說是小黃自己跑了，他找不到小黃就不會吃牠了。」

「嗯哼！」

金寶剛給二妮擦完淚，就聽到身後響起了一個低沈的男人聲，他慢慢回頭，在對上連俊傑黑如炭的面孔後，小臉瞬間變白，小身板也跟著狠狠抖了一下。

「爹，爹……」他戰戰兢兢地喊了一聲。

連俊傑冷冷開口。「去拿戒尺。」

他的臉上並未看出怒氣，可身上的氣場、過冷的聲音都讓人感覺到怒意。不只金寶和二妮被他嚇到，葉紅袖也被嚇到了。

「連大哥，要不，算了吧。」她輕輕扯了扯他的袖子。金寶固然有錯，可他也不至於這樣發怒，好好教育一下就是了。

「金寶，你自己說要不要算了。」

連俊傑沒理會她，幽暗的眸子仍舊落在金寶身上。

金寶滿臉愧色地低下頭。他沒說話而是默默轉身回到房裡，等出來的時候，手裡多了一把戒尺。

原本還小聲嚶嚶哭泣的二妮，嚇得小臉煞白，呆愣愣地看著連俊傑，連眼淚都不敢掉了。

「叔叔……」她小聲地喊了一聲，卻又不敢多說話。

「撒謊是錯的。」

金寶把手裡的戒尺遞到連俊傑面前，連俊傑二話不說，拿過戒尺，抓著金寶的小手連連啪啪打了五下，金寶疼得當場哇哇大哭了起來。

「下次再犯，五十下。」

連俊傑說完，把手裡的戒尺重新塞回金寶的手裡，隨後轉身走了。

葉紅袖急忙向前抓起金寶挨了打的小手，掌心不只紅腫甚至破皮了，還能看到沁出的血絲，足見連俊傑是下了狠手的。

「金寶別哭，我現在就給你搽藥包起來，很快就不會痛了。」說完她拉著他回房，找來了草藥，搗碎了輕柔敷在傷口上，然後拿自己的帕子小心翼翼地給他包好。

小手包好後，金寶已經沒再哭了，只是眼眶紅紅的，讓人心疼得厲害。

「金寶，你氣你爹打你嗎？」

原本爹就不好當，何況連俊傑還不是金寶的親爹，葉紅袖怕他對金寶如此嚴厲，會讓金寶心裡有所怨懟。

「不氣，是我不對，不該撒謊，而且爹今天已經輕饒我了，他只打了我五戒尺。我以前撒謊被爹知道了，都是打十戒尺的。」

金寶看著自己包好的小手，想起自己從前因為撒謊受的懲罰，有些不好意思。

「只打你五戒尺呢，證明你爹心裡認可你保護小黃的行為。你可以想其他的辦法保護小黃，但不能撒謊，知道嗎？」葉紅袖也知道連俊傑的用心良苦。

「知道了。」金寶也不記事，隨後和二妮又出去逗弄小黃了。

葉紅袖起身的時候，順便把房裡的擺設打量了一遍。

這次她進的是連俊傑和金寶睡的房間。房裡擺設簡陋，炕上除了一床疊得整整齊齊的被子和兩個枕頭，再無其他。右邊的牆壁挨放著一個新買的棗木箱子，炕對面的牆上掛著一柄短刀，還有一副弓箭。

等葉紅袖從屋裡出來的時候，連俊傑已經在院子的角落裡搭好了一個雞窩，還用樹枝在雞窩門口搭了一個小小的院子。

「把牠抱進去吧，讓牠認認新家，省得認生。」

「好！」金寶和二妮立馬笑呵呵地抱著小黃進去了。

第二天早上。

葉紅袖在屋裡剛給連大娘施完針，院子外頭就呼啦啦地闖進了一群人。為首的是岳青鳳和岳翠芬，跟著她們來的，都是他們岳家的遠親近鄰，衝進院子的時候，一個個都凶神惡煞的。

金寶原本正在院子裡逗弄小黃，被岳家人的氣勢嚇得一激靈，急忙抱著小黃進了屋。

連俊傑正在院子裡砍柴，他只是冷冷地將衝到他跟前的岳青鳳、岳翠芬掃了一眼，理都沒理她們，又揮起了手上的斧頭。

一斧子掄下去，三個海碗口那麼粗的木柴喀嚓一聲，直接被劈成了兩半。

剛剛衝進院子的岳家親戚們都愣了一下，倒吸一口氣的同時，臉上都不約而同閃過不可思議。

那麼粗的木柴，就是村子裡力氣最大的王大牛想要一斧頭劈開都難啊！沒想到連俊傑卻是輕輕鬆鬆，加上他逼人的冷峻氣勢，更感覺他輕易招惹不得。

可現在人都來了，且還是來給岳家姊妹主持公道的，該說的話還是要說，該辦的事還是要辦，他們岳家人不能讓一個外姓人給欺負了。

岳青鳳、岳翠芬兩姊妹卻是一點都不害怕，知道他看起來雖然氣勢逼人讓人瘆得慌，可他從不打女人，也正是因為這個，以前連俊傑總在她們姊妹手上吃虧。她們是吃定了今天一定要把他手上的五十兩拿到手的。

「連俊傑，我要和你算帳！」岳翠芬率先開了口。

「算帳？什麼帳？」連俊傑停下手裡的活兒，明知故問。

「我爹養大你的帳，還有這棟房子、這塊地的帳！」岳翠芬說得理直氣壯。

「那妳打算怎麼算？」連俊傑冷眼看著長相越來越尖酸刻薄的她。

「你和你娘是我爹撿回來的，養了你們這麼些年，還有這棟房子，你們是外姓人，要不是有我爹，你們壓根兒就沒有資格可以在牛欄山住下來。這房子還有這塊地都是我爹給你們的，咱們好歹交情一場，這房子這塊地我們就不要多的，只要三十兩，你給我們八十兩就行了！」

葉紅袖原以為岳翠芬、岳青鳳心裡盤算的是五十兩，沒想到這一夜有的沒的又多加了三十兩，她們真當連俊傑是金礦了。

「紅袖，這是怎麼回事啊？妳趕緊帶我出去看看。」

連大娘被院子裡的情形嚇傻了，她還什麼都不知道。葉紅袖也沒多解釋，把她揹出了房間。

聽到房門口的動靜，連俊傑急忙轉身，把娘接過去放在院子的椅子上。

「俊傑，這是怎麼回事？什麼算帳，什麼房子、地的？我怎麼一句話都聽不明白。」

「娘，她們姊妹找我要錢，說養了我們，這房子這地都是她們的，我們不給錢的話，就只能滾。」

連俊傑跟母親解釋的時候，從葉紅袖的手裡把薄被接了過去，蓋在她的腿上。她身子弱，早上容易受涼。

「翠芬，青鳳，妳們怎麼說得出這樣的話呢！什麼養了我們？我是妳爹明媒正娶娶回家的媳婦兒，漢子養自個兒的媳婦兒不是天經地義的嗎？」

「養妳是天經地義，但我爹可沒道理養他這個拖油瓶啊，妳看看他多大的塊頭，多能吃啊！當年要不是為了養他，我爹怎麼可能要大冷天進山去打獵貼補家用，不用進山，他就不會失足摔下懸崖了！都是他害得我們沒了爹，可憐的我們啊，年紀輕輕沒了娘又沒了爹啊！還得受姓連的欺負，這老天爺還長不長眼了？」

說著說著，岳翠芬竟然當眾大哭了起來，一把鼻涕一把淚的，看起來好像不知道有多傷心可憐似的。

「我說翠芬哪，妳說這樣喪良心的話，就不怕妳爹聽到氣得從棺材裡跳出來嗎？」岳翠芬顛倒黑白的話，氣得連大娘臉都白了，雙手緊緊揪著身上的薄被，看得出是真的氣極了。

「什麼妳爹是為了俊傑才大冷天的進山打獵，那不是因為妳要出嫁的時候，嫌棄妳爹和我給的嫁妝少了，硬逼著我們再給妳添兩只棗木櫃子，不給就要一頭撞死在我們面前。我們已經把所有的錢都給妳添置嫁妝了，實在鬧不過妳，沒法子了，妳爹才不顧當天下著大雪進山的嗎？他全是因為妳才落得這樣的下場，妳卻胡說八道怪到我們俊傑的身上！」

「爹的死妳別賴在我身上啊！我是他的親閨女，我就這麼一個爹，怎麼會像妳說的那樣惡毒逼死自己的爹，那還不是因為家裡多了你們兩個吃乾飯的。我爹要是不養你們，一年能省下多少錢？他手上有錢還用得著大冷天的進山去打獵嗎？我多要兩只櫃子怎麼就有錯了？他給你們這塊地，給你們蓋房子都可以，我多要兩只櫃子怎麼就不行了?!」

岳翠芬依舊理直氣壯，而正是她的這個理直氣壯，讓那些前來為她們姊妹主持公道的親戚們都覺得這事她們在理，讓連俊傑母子賠她們八十兩，一點都沒錯。

連大娘氣得喘不上氣。這兩姊妹從來都不是省油的燈，她和連俊傑這些年淨栽在她們手裡，一次都沒有贏過。

「好，岳翠芬，就當是妳爹養了我，但六年前不是已經把帳都和妳算清了嗎？原本去戰場的應該是妳的男人趙德柱而不是我。當時是誰要死要活地說我不能當白眼狼，養了我，我該知恩圖報的？這話是不是妳當著大夥兒的面說的？」連俊傑一個箭步衝到岳翠芬的面前。

六年前，也是這樣的情景，岳翠芬帶著岳家親戚來自家鬧。

說起這事，連俊傑就恨，因為怨恨和憤怒，他盯著岳翠芬的陰鷙氣勢讓人不寒而慄。

「可、可你現在不是好好活著回來了嗎？還拿了一大筆的安家費，要不是我們德柱把名額給了你，你現在回來哪裡還能吃香的喝辣的？照道理說，這筆安家費都應該是我們的。上戰場其實也就說得可怕，多少去過的人都說像是逛趟集市一樣簡單。這六年，你甩甩手走人去瀟灑了，你娘癱在床上，可憐都是我們兩姊妹沒日沒夜地照顧，要不是我們，你娘早就死了！」

岳翠芬的歪理越說越來勁，不知內情的人肯定會信了她的話，覺得可憐的是她們，弱勢受欺負的也是她們。

這個時候，聽聞消息的村民都陸陸續續趕來看熱鬧。葉紅袖也看到連家院門口正好這個時候停下了一輛熟悉的馬車。

看到該到場的人都到了，葉紅袖笑了。好戲，這下正式開場了。

「所以妳如此大費周章地帶著人來鬧，為的就是拿我拚死在戰場上掙來的安家費，還有這塊地了？」

連俊傑也懶得再掰扯，反正不管什麼話到了她們嘴裡，她們都有歪理，索性單刀直入把她這一趟的目的當眾說了。

「你說什麼呢？什麼叫鬧！我們這是正正經經喊了大夥兒來和你算這筆帳，聊這件事！」

被連俊傑直接點中了心裡的盤算，岳翠芬也不臉紅，反而更理直氣壯了。

「我看你都帶兒子回來了，是打算從此以後在我們村裡扎根了。既然你是打算長住了，所以這帳怎麼也都得和你算一算了。老話都說親兄弟明算帳呢，更何況咱們也沒有什麼關係。」

「這麼大的一筆帳要算清楚可是不簡單，八十兩也不是小數目，怎麼也得找幾個見證人吧！」

一直都未開口的葉紅袖終於笑著開了口。

「死丫頭，這是我們的家事，哪裡有妳插手的分兒！」

看到葉紅袖冷不防地站了出來，岳翠芬的臉色當即就變了，狠狠瞪著她的眼睛裡充滿了敵意。

「欸，算帳這麼大的事，你們岳家都喊這麼多人來作證，連大哥在這裡無親無故，喊我這個好朋友來幫他作證怎麼就不成了？怎麼，難道你們岳家就是這麼不講理的嗎？只許州官放火不許百姓點燈？」葉紅袖笑著反問。

不知道為什麼，岳翠芬總覺得她臉上的笑意極其刺眼，就好像裡面藏著什麼詭計一樣。

「那咱們現在就把新帳舊帳、裡裡外外所有的帳全都算了！」

站在旁邊一直沒怎麼開口的岳青鳳也終於開口，說話的時候，看向葉紅袖的眼神凶狠毒辣。

「好，我連俊傑現在就把帳和妳們兩姊妹算清楚。老實叔，煩勞你幫個忙去村長家一趟，就說我昨晚委託他的事，還得煩勞他走一趟做個見證。」

「好，我這就去！」站在院子外頭的王老實忙開口答應。

昨晚委託的事？岳翠芬和岳青鳳對視了一眼，心裡都閃過了一抹不祥的預感。

# 第二十一章

「既然是算帳，咱們最好也找個會撥算盤的見證人作為中間人，就不怕有人偏私了！那個富公子，你們富家是做大生意的，煩勞你下馬車幫我們個忙行不行啊？」

葉紅袖故意喊得很大聲，所有人的目光立刻都落在了院門外的富家馬車上。

但富家的馬車沒有任何動靜。

葉紅袖也不急，又笑著開了口。「富公子，不會是你們家大業大，就瞧不起連大哥家這樣的小門小戶，連馬車都不願下，面都不願露一下吧？怎麼說也是鄰居啊，現在正是需要你這樣有身分的人做個見證幫個忙，你別一聲都不吭，寒了大夥兒的心啊！」

她是軟話硬話都說了，他們這樣的大家庭是最注重在村子裡的聲譽的，所以她不怕富寶昌不下來。

果然，沒多久，一直沒挑開過的車簾被人挑開了。但讓葉紅袖沒意料到的是，先下馬車的竟然不是富寶昌，而是他的夫人荊錦華。

荊錦華是縣城荊員外的大閨女，比富寶昌要大三歲，當初是縣城出了名嫁不出去的老姑娘。可她嫁不出去並不是怪她長得五大三粗、膀大腰圓像個男人，而是當年荊家家道中落，荊員外還一病不起，家裡老老小小十幾口的責任都落在她這個當大姊的身上。

她也是真有能力，荊員外把當家的鑰匙一交到她手上，家裡就有起色了。她後來更是帶著弟弟將家裡的生意做得紅紅火火，也是這樣才耽誤了嫁人。

富寶昌的爹知道家裡要是有她這麼個厲害人物坐鎮，富家就敗不了，於是臨終前拖著病體帶著媒婆上門提親。

荊錦華進了門後自然由她當家，幹什麼都不行的富寶昌是一見到這個厲害媳婦兒就小腿打顫。

看到荊錦華也在，葉紅袖暗暗在心裡樂了。這場大戲肯定會史無前例地精彩。

「旁人家的事咱們還是別來湊熱鬧了，咱們抓緊時間去縣裡辦正事要緊。」

富寶昌湊到荊錦華面前討好道。這話他是為了不讓荊錦華和眾人對自己和岳青鳳的關係起疑才故意說的。

「不過就是打個算盤的功夫，費不了多少時間。」荊錦華倒沒察覺到異樣。

沒一會兒，村長就來了。讓岳青鳳、岳翠芬驚訝的是，村長身後還跟著村裡幾個年老的長者，都是村子裡有名望的老人。

他們進院子時都衝連俊傑點了點頭，好似之前就打過招呼一樣。

而村長和那幾位長者落在她們姊妹二人身上的視線，失望裡還帶著一絲鄙夷，這就讓她們看不懂了。

「好了，岳翠芬，岳青鳳，人都來齊了，這帳怎麼算，妳們說吧！」

連俊傑冷眼看向姊妹二人。要不是他從不動手打老弱婦孺，她們兩個早就被他掐死八百回了。

「剛剛不是說了嘛！八十兩，一文錢都不能少，要少一文，你們就趕緊捲鋪蓋走人。」

岳翠芬原是打算氣勢洶洶地威脅的，可不知道為什麼，也許是因為村長和那幾位長者剛剛落在自己身上的目光吧，讓她在說話的時候一點氣勢都沒有。

「八十兩！岳翠芬，妳真好意思開口！」連俊傑笑了。他原以為她會改個口，沒想到她依然這麼厚顏無恥。「妳說去戰場像逛集市一樣簡單，妳可知道最後我打的那場仗死了多少人？妳又知道咱們的臨水縣去了多少人，回來了多少人？」

面對連俊傑的冷聲質問，岳翠芬啞口無言。

「妳不知道，那我現在就告訴妳！我打的最後那場仗死了一萬多將士，不是十個、一百個，是上萬！屍首遍地、血流成河的情景，妳敢想敢看嗎？臨水縣徵集了七千八百四十六個人去戰場，回來的只有三千五十二人，還有將近一半的人埋骨異鄉。就你們家扛個斧頭上山都喊累的趙德柱，他能活著回來嗎？」

連俊傑盯著岳翠芬的眸子如望不到底的深潭，泛著瘆人的狠戾殺戮之氣。

岳翠芬突然覺得說話時的連俊傑很陌生，好像和她不是一個世界的人一樣，且他口中說出的那些數目還真是把她給嚇到了。

不僅岳翠芬被嚇到，在場所有人包括葉紅袖也震驚了。

都知道戰場殘忍，可大夥兒印象中的殘忍也就是個模糊的概念，誰都不知道真正的殘忍到底是個什麼樣的。如今他口中說出詳細的數目，正好把戰場的殘忍給清楚地標了出來。

一萬多人、七千多人，那是個什麼概念，整個赤門村和牛欄村加一起也不過就四、五百人，那他口中最後一場戰鬥死的人足足能抵兩百個赤門村和牛欄村。兩百個村子的人死在地上堆在一起，血流成河——大夥兒想著想著，都背脊發涼，生生嚇出了一身冷汗。

「這安家費是我們這些活著的人從死人堆裡掙出來的，官府發給我們，是希望我們這些從死人堆裡爬出來的人能回家好好過日子，要這樣妳還有臉拿去，覺得這錢是你們趙德柱該得的，我連俊傑無話可說！」

「我……」

這下，岳翠芬完全無話可說了。這安家費要是拿了，那她一家的脊梁骨還不得被人給戳斷，她以後也別想在村子裡待了。

「妳說我不在的這段日子，我娘全都由妳們姊妹照顧伺候，那我倒要好好質問妳們了！我誤死戰場的消息明明就已經澄清了，為什麼我娘卻不知道？還要翻山越嶺去戰場找我的屍首，弄得摔傷了腰。就算妳說消息傳回來有延誤，我娘病了，我每個月都寄了錢回來，讓妳們好好照顧她，一定要請最好的大夫醫治她，妳們又是怎麼做的？我娘躺在病床上，一身乾淨衣裳都沒有，身上全是褥瘡，一句話要分三次才能咳著說完，這就是妳們盡心盡力照顧的結果？」

一想到娘的病就是這麼硬生生被她們給耽誤的，連俊傑就氣不打一處來。要是可以，他真想把這對厚顏無恥的姊妹扔上戰場，讓她們親眼看看戰場的殘忍，也讓她們嘗嘗受傷後活生生被耽誤治療的痛楚。

「岳翠芬，當年妳逼著我代替趙德柱上戰場的時候，是怎麼當眾向我保證，說妳們會當照顧自己的親娘一樣照顧的？當時你們這些岳家的親戚也都在，你們耳朵要是沒聾，腦子都還在，應該都還記得當時的情形吧？」

連俊傑最後直指那些趕來要給兩姊妹作主的岳家親戚們。

擠滿了人的院裡院外突然安靜得就只有大夥兒的呼吸聲。沒人敢吭聲多說一個字，被連俊傑指著的岳家親戚們更是臉一陣青一陣白的，相當難堪。

岳青鳳這下急了。要是大夥兒就這樣被連俊傑三兩句話唬住了，那五十兩不就白白打水漂了嗎？那可是五十兩啊，她岳青鳳就是掙一輩子都掙不到啊！

沒了主張的她把求救的目光投向了富寶昌。他別的不行，鬼主意是最多的。

富寶昌見勢頭不對，也急了，可也不敢當著荊錦華和眾人的面吭聲，只悄悄衝岳青鳳指了指腳下。

岳青鳳明白富寶昌的意思，她忙開口。

「安家費可以算了，但這房契地契我們姊妹可得和你說清楚，這塊地可是當年我爹給你的，房子也是我爹幫著一起蓋的。如今你要想在裡頭住，就得掏錢，不能讓你一個外姓人白住，你真當我們岳家就剩我們兩姊妹任你欺負，沒親戚給我們作主了嗎？」

「是啊！姓連的，其他事可以就這麼算了，但這兒有白紙黑字寫的地契，你卻是不能賴的！」

一個中年男人接過岳青鳳的話站了出來。他是岳青鳳的什麼堂伯父，和岳青鳳的爹是堂兄弟。剛剛他們這幫人差點被連俊傑指著鼻子罵了，當著全村人的面這樣，他們也覺得下不了臺，得趕緊乘機找回點顏面。

「對！打仗歸打仗，都知道你可憐，但是可憐不能當飯吃，青鳳、翠芬沒了爹娘更可憐，你不能趁火打劫啊！」

「岳老弟，你說有白紙黑字寫的地契，能拿出來給我看看嗎？」

進門後就沒有開過口的村長，邊說邊朝岳青鳳的堂伯父走過去。

「在青鳳那裡呢！我們就是看了那張地契才來給她們作主的。事關田地的都是大事，青鳳、翠芬沒有爹，只能找我們這些叔伯作主，我們自然是要幫的，不能讓一個外姓人真以為我們岳家沒人了，可以隨便欺負。」

那人邊說邊冷冷朝連俊傑瞥了一眼。

連俊傑是外姓人，他們原本就排斥，她們姊妹再在面前哭訴他的不好，自然所有岳家人都會對連俊傑有敵意。

「青鳳，地契。」村長又走到了岳青鳳的面前。

「在這兒呢！我爹給了我以後，我就一直很小心地收著。」

岳青鳳當眾小心地從懷裡掏出了一張紙，遞給了村長。

村長接過看了一眼，走到其他幾個長者的面前，一一給他們過目。奇怪的是，這紙給他們過目以後，他們看向岳青鳳的眼神更讓人琢磨不透了。

「青鳳，妳說這地契是妳爹給妳的？」

「對呀，他親手交給我的，我還親眼看到他在這地契上按手印呢，他還叮囑我一定要好好收著。」為了增加可信度，岳青鳳又胡謅了一句什麼是自己親眼看到的。

「青鳳啊青鳳，妳也可以說得上是我們這些長輩看著長大的，怎麼就變成這個樣了呢？」

村長看著岳青鳳的眼神失望至極，搖搖頭的同時，還把手裡那張所謂的地契當眾給撕了。

「村長，你這是幹什麼！」岳青鳳嚇得一個箭步躥了過去，衝村長吼了起來。

「我幹什麼？妳爹要是知道妳們兩姊妹長大了會這麼厚顏無恥，一定會氣得從棺材裡跳出來！」

村長說完，把手伸向了一個鬍子花白的長者面前。那個長者七十多歲，掏懷裡的東西時，雙手抖得極其厲害，他當眾掏弄了好半天，最後才在大夥兒的注視下掏出了一張泛黃的紙。

「這個才是這塊地真正的地契！這地契一直都被我們收在祠堂裡，二、三十年都沒有拿出來過。青鳳，妳說妳那張地契是妳爹給妳的，我倒要問問了，這塊地這座山是咱們整個村子的，妳爹哪裡來的本事弄到地契？」

村長邊說邊把手裡的地契展開，給所有人都看了一遍。

「我……」岳青鳳目瞪口呆地看著村長，好半天都反應不過來。

「俊傑這個孩子懂事，他當年找到我，說他和妳們姊妹不和，實在是在一個屋簷下住不下去，又怕妳爹夾在他和妳們姊妹之間難做人，才想問問我能不能在這個山腳下墾出一塊地蓋間小房子。這原本就是塊荒地，他願意自己墾出來有什麼不行的，我當下就答應了。妳以為以前的事沒人記得嗎？妳不記得，我可記得很清楚，這裡的一磚一瓦、一草一木，全都是俊傑一個人弄出來的。當年妳爹有心想要幫忙，哪次不是被妳們兩姊妹鬧得作罷了？」

村長看著岳青鳳的眼神越來越失望。她們的爹是多老實、心腸多好的一個人，怎麼就有這麼兩個不知廉恥的女兒。

「還有，昨天俊傑特地找了我們幾個人，已經商量好了，他要拿五十兩銀子把這座山給租下來。十年五十兩，我們今天來是要當著你們大夥兒的面，一手交錢一手交地契的。」

村長說完，把手裡的地契當著大夥兒的面給了連俊傑。連俊傑拿了地契立馬轉身進了屋，又拿了一個鼓鼓囊囊的錢袋子出來，裡面的銀子不多不少，正好五十兩。

連俊傑和村長的這個舉動，眾人都看傻眼了，葉紅袖也沒有料到他會這樣做。他事先一點都沒有向她透露過此事。

「我告訴你們，從現在開始，這座山就是俊傑的了，以後你們要沒他的同意，誰都不能隨便進這座山！這錢我也和幾位族長們都商量好了，一半拿來修繕咱們村子的祠堂，一半在村子裡蓋間學堂，以後大夥兒湊錢請個教書先生在村子裡教孩子們讀書。」

「還真是沒有想到啊，這兩姊妹竟然這麼大膽，竟然還敢瞎造地契！」

「她們兩姊妹原本就不要臉，六年前不是這樣鬧過嗎？這事我記得清楚呢！沒想到她們的臉皮越來越厚了，竟然還敢帶著人來鬧，這岳家還要不要一點臉面啊？」

「是啊！這岳家的人也是，怎麼就敢厚著臉皮來說什麼要替她們姊妹作主，這下好了吧，岳家什麼臉面都給丟盡了。」

在眾人的議論中，連俊傑走到岳青鳳和岳翠芬的面前，冷眼看著她們。

「岳翠芬，岳青鳳，妳們現在還有帳要和我算嗎？」

「你、我……」

岳翠芬、岳青鳳哪裡還敢多吭一聲，兩人的臉色青一塊白一塊的，恨不能找個地縫鑽了，心裡卻是對沒讓自己占到便宜，還害她們丟了臉面的連俊傑恨得咬牙切齒的。

「妳們可真是無恥！我荊錦華長這麼大，還是第一次見到這樣厚顏無恥之人，可真是讓人大開眼界！」

岳翠芬、岳青鳳兩姊妹結結巴巴說不出話來，站在一邊看戲看了好半天的荊錦華突然開口。她生平最厭惡的就是這樣厚顏無恥之人。

荊錦華冷不防地開口，把一旁的富寶昌嚇到了。他急忙扯了扯她的袖子，在她的耳邊小聲嘀咕。「妳多嘴說什麼？」

「你給我起開！」荊錦華一臉不滿地將他的手甩開。「既然他們都喊我來做中間人了，那我這個中間人可得做得稱職些。我荊錦華從不偏袒任何人，我和這位姓連的兄弟也素不相識，可今天還真要替他好好說些話！老話都說無國便無家，有國才有家，他拚死在邊疆保佑國家，讓我們能過上這樣平和的好日子，他回來了卻還要被這樣厚顏無恥的人訛詐，幹出這樣的事，妳們還是人嗎？簡直是畜生不如！」

荊錦華繃著臉當眾唾罵岳翠芬、岳青鳳的時候，葉紅袖看著她黑乎乎的臉，覺得她可愛極了。富寶昌那個陰陽怪氣的傢伙真是祖上積了八輩子的福，才能娶到這麼能幹又明事理的媳婦兒，可惜，他不懂得珍惜。

一想到他背地裡和岳青鳳偷偷摸摸地偷情，她就噁心得厲害。

「荊錦華，妳算個什麼東西？這裡幾時輪到妳作主了？既然妳這麼仗義執言，什麼有國才有家的，妳給他錢，好好感謝他保家衛國啊！」

岳青鳳本來因為丟盡了臉面，心裡憋著一股火沒處發，現在荊錦華一開口，她立刻找到了發火之處。

這世上她最怨恨的人有兩個，一個是從小就看不順眼的連俊傑，另一個就是荊錦華。

富寶昌和她說過無數次，要是沒有荊錦華，他就會娶自己。他要是娶了自己，自己成了富家少奶奶，進進出出都有人伺候，還有花不完的錢，哪裡還會看得上這區區的五十兩，用得著這樣大費周章地鬧？

這樣想著，岳青鳳對突然說什麼要主持公道的荊錦華更怨恨了，覺得就是她把自己害到這樣尷尬丟臉的境地。

看岳青鳳竟敢當眾和自己媳婦兒懟起來，一旁的富寶昌急得額頭直冒冷汗。

「岳青鳳，既然妳都把話說到這個分兒上了，那我荊錦華就當眾做個表率。」原本只是想站出來說句公道話的荊錦華突然改變了主意。「這些從戰場上回來的人，在我荊錦華的心目中就是英雄，他也應該是咱們的光榮，咱們不能讓這樣的英雄在戰場流了血，回到家還得寒心流淚。他不是要租山嗎？我們荊家也有兩座山，我一文錢不收，都租給這位連兄弟，他想租幾年就租幾年，一直租到他不想租為止。」

這話一說出口，在場所有人都傻眼了，葉紅袖也是。

誰能想到事情突然發展成這樣，更沒有人想到荊錦華竟然會這麼大方和豪爽。

「荊錦華！妳瘋了嗎？」富寶昌這下急得跳了起來。

先不說這兩座山的事，就她這樣當眾幫著連俊傑，不是拆自己的臺嗎？到時岳青鳳還不得和自己急。

# 第二十二章

「富寶昌，這山是我們荊家的，不是你們富家的，你急成這樣做什麼？」荊錦華這下納悶了，望著富寶昌的眼裡充滿懷疑。

「咱們夫妻倆還分什麼妳的我的，不管是誰家的，妳都不能這樣白給啊，這不是敗家嗎？」

富寶昌越想越氣，平常也不見荊錦華這麼大方地對自己，今天竟然當著眾人的面又說什麼欽佩連俊傑又給他送山的，這讓自己情何以堪。

「富寶昌，我不是說了這山是我們荊家的，平常就一直空在那裡，現在這位連兄弟有需要，我怎麼就不能給了？」

荊錦華氣得幾乎要把富寶昌的腦袋給剁開，然後把自己那些生意道理倒些給他。那兩座山平常一直空著，壓根兒就掙不到一文錢，他連俊傑突然花五十兩銀子租一座山，沒人會傻到做虧本生意，這說明他心裡肯定有什麼掙錢的辦法。

自己把山給了他，就能知道他靠的是什麼東西掙錢了；等他真掙到錢了，自己有樣學樣，不說能掙到和他一樣多的錢，家裡其他的山也不至於還空著掙不到一文錢了。

還有，自己這樣當眾大方贈送，不也能幫富家博個好名聲嗎？這完全是一舉兩得的好事情，怎麼他就想不明白？

「哼，什麼有需要，別說得這麼假仁假義，妳當旁人不知道妳心裡想什麼呢！」岳青鳳也急了，當下陰陽怪氣地開了口。

「岳青鳳，有話就直說，別陰陽怪氣。」

「這還用說嗎？妳要心裡對姓連的沒有見不得人的想法，會這麼大方？張口就送兩座山？妳別假惺惺地說什麼為國為家的，妳就是想要趁此機會拉攏他，想要以後和他有一腿！」

岳青鳳不管別人信不信，反正這盆髒水她是已經潑出去了。旁人就是不信，可以後閒言碎語肯定也少不了，自己的日子不好過，他們也別想有好日子過！旁人要是信了，那更好，讓富寶昌把她給休了，自己就可以取代她富家少奶奶的位置了。這在她看來，可是一舉兩得的好事。

「妳胡說八道什麼！我和這位連兄弟素不相識，怎麼可能會有妳說的那些齷齪的想法，妳別往我身上潑髒水！」

荊錦華黑乎乎的臉都氣紅了，沒想到岳青鳳竟然會這樣滿口胡謅。這話旁人要是信了，以後她還怎麼在富家、在村子裡立足？

「什麼潑髒水，誰知道你們背地裡是不是已經勾搭上了？說得好聽給他兩座山，誰又知道這山是不是妳給他的定情之物，這以後旁人不能隨便上的山是不是你們幹見不得人的事的地方！」

岳青鳳越說越上癮，臉上也越來越得意，她不信這樣的髒水潑到了他們兩個人的身上，他們還能有辦法洗清。

「荊錦華，妳趕緊和我說清楚，我告訴妳，妳要不說清楚，這事我和妳沒完，我還要用妳犯了七出之條的名義把妳給休了！」

和荊錦華是真的生氣不同，富寶昌黑著臉氣呼呼說出這些話的時候，心裡是樂開了花的。

成親這麼些年，他一直都在荊錦華的面前抬不起頭來，今天終於逮到這個可以振夫綱的機會，還不得用力一番——儘管他知道荊錦華對連俊傑是不可能有什麼的。

得意忘形的富寶昌沒有注意到悄悄走到了自己身邊的葉紅袖。

「富公子，你要休妻啊？那怎麼行呢？我們喊你們夫婦來是當見證人的，這怎麼鬧到最後，變成你要休妻呢？不行，這是絕對不行的，你要真休妻了，那就是我的不對了。唉呀，你們趕緊走吧，就當今早的事沒有發生過。」

葉紅袖邊說邊將富寶昌和荊錦華拉到了一起，佯裝當起和事佬。

沒人注意到她將兩個人拉在一起勸和時，悄悄把手塞進了富寶昌的袖子裡。

「不成，這事都還沒說清楚講明白呢，不能就這麼走了。荊錦華，妳趕緊和我說個清楚，妳和這個姓連的有沒有關係！」

富寶昌是忍了好幾年才逮著了這麼個可以振夫綱的機會，怎麼可能輕易放過？說著把葉紅袖給甩開，又黑著臉看向了荊錦華。

「富寶昌，你不要無理取鬧了！我怎麼會是那種不知廉恥的人，我更不可能會做任何對不起你的事。」

荊錦華被富寶昌無理取鬧的質問氣得臉都白了。自己是他的媳婦兒，平常為人如何，他會不知道嗎？她一門心思都撲在富家的生意上，要不是自己，這兩年富家早就敗沒了。

「我無理取鬧？荊錦華，平常妳在我面前耍母老虎的威風，我不計較是因為我有君子風度，但我沒想到啊，我們富家居然養虎為患，妳的胳膊肘竟然往外拐。我跟妳說，妳今天要是不當眾把話說清楚，我可真要休妻了！」

富寶昌口口聲聲拿休妻來威脅，模樣不知道有多得意，還悄悄地向站在對面的岳青鳳使了個眼色。

岳青鳳捂嘴偷笑，也悄悄衝他拋了個媚眼。

葉紅袖看到這一幕，也笑了。看來是時候亮出自己的底牌了。

她特意清了清嗓子，走到富寶昌的面前。「富公子，你的話我怎麼越聽越糊塗了呢？」

「妳聽不明白關我什麼事？這是我們夫妻倆的事情，輪不到妳一個外人來多嘴！」

富寶昌覺得湊到自己面前的葉紅袖滿臉不懷好意，所以語氣很衝。

「是啊，這原本是你們夫妻倆的事情，外人是不好多嘴的，可為什麼偏偏她岳青鳳當著眾人的面胡說八道，你就信了呢？」葉紅袖笑咪咪反問他。

富寶昌橫眉冷眼地瞪著葉紅袖，覺得伶牙俐齒的她真是討厭。

「妳胡說什麼！」

「富公子，我這怎麼是胡說呢？富夫人是你的夫人，你們同床共枕了好幾年，她的為人品德，還有她的能力，你都應該是最清楚的啊！為什麼富夫人的話你不相信，卻偏偏相信了岳青鳳的話呢？這可就讓人想不明白了……」

富寶昌心裡咯噔一下，臉立刻白了三分。

葉紅袖打鐵趁熱，接著開口。「還有，富夫人的用心良苦，你怎麼就一點都體會不到？她用自己娘家的家產在村裡幫你們富家博個好名聲，這是多少為人夫盼都盼不來的好事，怎麼就你想不明白？還是她岳青鳳在你的心目中比富家的名聲還重要？這可就更讓人想不明白了，你們不熟，為什麼她會比富家名聲重要？」

她這話再一說完，富寶昌的額頭立刻滾下了黃豆般大的冷汗。

岳青鳳也是唇臉煞白，毫無一絲血色。

心虛的他們都覺得葉紅袖是有意針對他們的關係，而且看她的樣子，好像她心裡早就門兒清。可……那是不可能的，他們的關係維持了兩年多，一直都捂得嚴嚴實實的，壓根兒就沒有人知道。

「葉紅袖，妳不要胡說八道啊！我和富公子清清白白的，沒有任何見不得人的關係！倒是妳自己，可真是不要臉，日日夜夜和連俊傑在一起，有時候還在山上一待就是一整天，鬼知道你們在山上是不是在做什麼見不得人的勾當？」

岳青鳳滿口狡辯的同時，還倒打一耙。

「青天大老爺可以作證，我和連大哥在山上只為採藥醫治連大娘，沒做過任何見不得人的事情。連大娘的身子你們大夥兒現在都看到了，我們要是心思都放在旁的事情上，她的身子可好不了這麼快。」

葉紅袖邊說邊伸手指了指坐在椅子上的連大娘。

連大娘癱在床上好幾年，什麼大夫都看過，不見任何起色，如今她坐在那裡，精神和氣色看起來都不錯，眼見為實，大夥兒自然信她的話。

「富公子他可是有家室的，你們要是搞在一起有什麼見不得人的，那可就……」

葉紅袖故意不把話說完，看著岳青鳳的神色越來越意味深長。

她才不會像岳青鳳那麼傻，不管有沒有證據，一張口什麼胡說八道的話都噴得出來。話只說一半，剩下的讓在場圍觀的人去猜，反正不管他們猜出什麼，都不關她的事。

用散播流言這一招陷害連大哥，那自己就將計就計，讓她也好好嘗嘗流言困擾的痛苦；何況這也不是流言，後面還有證據可以坐實她和富寶昌的關係。

她岳青鳳這輩子，別想再翻身。

「葉紅袖，我要撕了妳的嘴！看妳還怎麼滿口胡說八道！」

岳青鳳這下徹底急了，跳著向葉紅袖衝了過來，雙手還揚了起來。

看著氣急敗壞衝過來的岳青鳳，葉紅袖冷笑了一聲。早就料到了她會狗急跳牆，於是伸手把頭上的簪子摘了下來，打算讓她好好嘗嘗苦頭。

誰知道，岳青鳳才跑了兩步，連俊傑卻突然衝了出來，猛地一腳踹在她的小腹上。

能一斧子就劈開三個海碗口那麼粗的樹幹的他，力氣有多大可想而知，岳青鳳就像是片沒有重量的樹葉一樣，在眾人的眼皮子底下被踹出了院子，結結實實地砸在了院門外的黃泥地上。

啪地摔在地上的聲音，眾人聽著都覺得痛。

「我連俊傑這輩子從不動手打老弱婦孺，但若是有人敢動紅袖一根毫毛，別說他是老弱婦孺，就是天王老子，我都要剮他一層皮！」

連俊傑陰寒著一張臉，看著爬都爬不起來的岳青鳳。

他對她的忍耐已經到極點了，葉紅袖是他不能觸碰的逆鱗，任何人敢碰，他都會讓他嘗嘗生不如死的滋味。

說罷，他還冷眼將在場所有圍觀的人都掃了一遍，陰鷙狠戾還帶有一絲殺戮的眼神，讓在場的所有人不寒而慄。

隨後，他轉身看向全身瑟瑟發抖的富寶昌。

失了血色，嘴唇比臉還要白的富寶昌剛一抬頭，就看到連俊傑冷幽幽地衝他吐出一句話。

「今天是新帳舊帳一起算的好日子。」

原本他的額頭已經布滿一層冷汗，現在被連俊傑這麼當面一瞪，冷汗滾得更厲害了。

彷彿是下意識的舉動，他伸手在自己袖子掏了一下，摸到一塊帕子，看也沒看就拿起來擦額頭上的冷汗。

看到富寶昌拿在手裡的帕子，葉紅袖笑得更厲害了。

「富公子，你現在怎麼不站出來替岳青鳳說句公道話了？」

「葉紅袖，妳別說了……」

富寶昌這時候已經被嚇得三魂不見了七魄。他哪裡會想到連俊傑是這麼不好惹的，也沒想到他竟然會當眾動手打人，他的拳頭要是往自己身上招呼兩下，肯定當場小命都沒了。

「富寶昌，這是怎麼回事?!你給我說清楚！」

這回，輪到荊錦華找富寶昌要說法了，且她原本就臉黑，現在一生氣，臉更是黑得可怕，就像是烏雲壓頂。

「錦華，妳別聽她胡說八道，什麼幫岳青鳳作主，我和她都不熟，哪裡會多事去管她的事！走吧，既然這裡已經沒咱們的事了，咱們就別再耽誤時間了。」說完，他還拉住荊錦華的胳膊，想要溜。

「富寶昌，你手裡的是什麼？」

荊錦華臉色突地一變，在富寶昌還沒反應過來之際，把他手裡的帕子給搶了過去。

「青鳳?!」待看到了繡在帕子上的兩個字後，荊錦華的臉色徹底變了。「富寶昌，岳青鳳的帕子怎麼會在你這裡？」

「我……是她……肯定是這個小賤人誣衊我的……」

慌得沒神了的富寶昌立刻伸手指向葉紅袖，還想倒打一耙。

誰知道，他還沒說完，連俊傑的拳頭就朝他的嘴巴招呼了過去。

「啊——」富寶昌吃痛叫喊的時候，兩顆門牙連同鮮血一起從他嘴巴裡噴了出來。

「敢辱罵紅袖，這就是下場！」

富寶昌疼得捂著自己鮮血淋漓的嘴，蹲在地上不停哀號。

連俊傑見事情已經差不多，也就懶得再兜什麼圈子了，索性和荊錦華把話敞開了說。

「富夫人，我就不兜圈子了。富寶昌早就和岳青鳳勾搭上了，昨天他們還在香味閣幽會，怕是在那裡幽會已經不是一次兩次了。今天拿著什麼房契地契來我家鬧，是他們兩個一起攛掇出來的主意，妳要是不相信，可以現在就去香味閣問那裡的掌櫃和夥計。」

聽了連俊傑的話，荊錦華的肺都要氣炸了。

「好啊！富寶昌，你自己幹了對不起我的事，竟還敢這麼不要臉地倒打一耙誣衊我，我荊錦華和你沒完！」說完，她當眾揪著富寶昌的耳朵，像拎小雞仔一樣將他拎出院子，扔上了馬車。

從岳青鳳身邊經過的時候，她還狠狠踹了她一腳，報了她剛才當眾誣衊自己的仇。

富家的馬車離去的時候，圍觀的眾人立刻像炸了鍋一樣。事情反轉得太出人意料了，簡直比過年看大戲都要精彩。

到了這個時候，岳翠芬和那些來幫她們姊妹討公道的岳家親戚們，哪裡還有臉待得下去，立馬灰溜溜地逃出了院子。

好笑的是，從岳青鳳身邊路過的時候，連岳翠芬都沒臉去扶她起來，最後還是岳青鳳自己爬了起來，灰頭土臉地跟在後面跑了。

這一情景，逗得院子裡其他的人都忍不住哈哈大笑了起來。

連俊傑趁村民都還在，又急忙拉著葉紅袖衝大夥兒開了口。

「還有，散播王懷山不行的流言也是他們兩個人在背後搞的鬼。紅袖是大夫，她有醫德，是絕不會輕易向任何人透露病人的隱私的。如今我娘的身子大有好轉，就證明她的醫術是信得過的，往後大夥兒要是頭疼腦熱身子不舒服，儘管去找她。你們也不用擔心醫藥費診金貴，紅袖收費和她爹一樣。」

「那敢情好！咱們莊戶人家啥都不怕，就怕生病。紅袖，那咱們可都說好了，妳要和妳爹一樣收費的話，咱們手上緊巴的時候，是不是也能拿家裡的其他東西抵？」

王老實率先笑咪咪地開了口。他自己婆娘的身子骨不好，當年沒少和葉紅袖的爹打交道，手頭緊巴的時候多得很。

「當然可以，長娟嫂子付給我的診金就是兩個南瓜。只要你們肯來找我，不管什麼病痛，我有能力治好的，一定會全力醫治，我不能丟我爹的臉。」葉紅袖答應得爽快。

「好啊！紅袖，我等忙完了家裡的活計就去找妳，我這兩天還正好身子不舒坦呢，妳可得給我好好瞧瞧！」

「還有我，我最近夜裡總睡不好，也不知道是怎麼回事，妳也給我看看。」

聽到葉紅袖說連南瓜都可以當診金，村民們這下都樂壞了，不管有病沒病都搶著開口，反正那些東西自家菜園子裡多的是，就是挑上兩擔都沒有問題，讓她看一下，有病治病，沒病也能求個心安。

「好，好！我等忙完了這邊，就回去做好準備等你們。」

葉紅袖笑了。沒想到收拾岳青鳳、富寶昌的時候還能順帶拉近她和村民之間的距離。

等村民都散了以後，她走到連俊傑的跟前。

「連大哥，你突然花五十兩租這座山幹什麼啊？還一租就是十年，你是不是心裡已經有了什麼掙錢的路子了？」她猛然想起連俊傑已經沒了的五十兩。

「我是為妳租的。」

連俊傑定定看著她，唇邊掛著溫柔的笑意，和剛才暴打岳青鳳、富寶昌時的凶狠相比，完全像是換了一個人。

「啊？為我？為什麼？」葉紅袖愣住了。她不明白。

「妳不是打算種藥田嗎？還和濟世堂都說好了，我把整座山租下來，以後妳就可以放心在裡頭種了，不怕會有人搞破壞，十年五十兩，一點都不虧。」

「那我要是種不好，虧了怎麼辦？」

葉紅袖對自己是有信心的，可還是被連俊傑的魄力給嚇到了。那可是五十兩，不是五兩，有些人一輩子都掙不到。

「虧了就虧了，只要妳開心高興就好。」

連俊傑卻說得雲淡風輕，好像那五十兩在他的眼裡和五兩沒有區別。

「連大哥，錢都當租金交了，那你家的房子怎麼辦？」

「這妳就不用擔心了，我能掙一個五十兩，自然有本事掙第二個五十兩。」

連俊傑又笑著摸了摸她的頭，讓她別擔心。

# 第二十三章

午飯剛過，早上說要找葉紅袖看病的村民們還真來了。

來的是四個年紀相仿的中年婦人，一人挎著一個小籃子，說說笑笑地進了葉家的院門。

婦人離去後，葉紅袖收穫了小半籃子的紅棗、半籃子的核桃還有半籃子的乾筍，錢雖然沒有賺到，卻是個極好的開端。

晚上，她割了一大塊的狼腿肉來燉筍乾，只放了點蒜薑，大火燒開後小火慢燉了一個時辰，掀開鍋蓋的時候，滿屋子都是香味。

葉紅袖和葉氏因為這個好的開端，胃口也都很好，兩個人都扒了兩碗米飯。

家裡的境況有了轉機，葉紅袖打算把這個好消息告訴二哥。

白鷺書院位在城西一片青翠茂密的竹林裡，這裡環境清幽，離縣城繁華的地段有些遠，是讀書修身養性的好地方。

書院簡陋，只有幾間裝修簡單的竹屋，兩間供學生念書，兩間裝藏書，還有兩間供學生老師住宿。但別看這裡簡單寒酸，每年來讀書的學生卻是擠破了腦袋，也不是有錢有人脈就能進來的。

這得歸因於這裡的教書先生衛得韜。衛得韜是這五年才接管白鷺書院的，葉紅袖聽二哥說他是知縣故友，看了知縣的面子才千里迢迢從京城過來的。在他任教的五年裡，白鷺書院出了三個舉人、兩個秀才，上次春闈，那三個舉人的其中一個中了會元，另外兩個中了貢士。

臨水縣近百年都沒有過這樣的榮耀，自此白鷺書院成了這方圓幾百里人人擠破了腦袋想要進的地方。但衛得韜性格古怪，收學生全看他當時的心情，他看你順眼願收便收，要是看不順眼，就是請來天王老子來壓他，把金山銀山堆到他面前也不會收。

葉紅袖到白鷺書院的時候，學堂還沒有下學，便逕自去了葉黎剛住的竹屋裡等。

書院的宿舍因為太過簡陋，所以平常都沒幾個學生住，葉黎剛住的房間只有他一個人。屋裡擺設極其簡陋，一張木板床，一床四季不變的薄被，一張書桌，一張凳子。桌面也很簡潔，兩本書幾張紙，兩枝毛筆一方硯臺，一個茶壺兩個茶杯。

竹屋的牆上掛著葉黎剛親自畫的梅松竹歲寒三友圖。

葉紅袖在屋裡打量了一番，在床邊坐下，看到床的裡邊放著兩件衣裳，拿起來發現是洗過的，可腋窩處脫線了。

葉黎剛讀書忙，平常難得回家，就是回家了也不願拿這些小事麻煩她和娘。

葉紅袖在屋裡翻找了半天，找到了針線，等她把衣裳縫好疊好，在床頭放好，書院裡的朗朗讀書聲已經停了，學生下課了。

沒多久就聽到葉黎剛的聲音在外頭響起，是同書院的學生向他請教問題。葉黎剛便是白鷺書院兩個秀才中的其中一個。

葉黎剛解答問題的時候，葉紅袖正好起身朝窗外看了過去。

明媚的陽光透過竹葉灑照在他清俊的面孔上，他盯著書本仔細解答的表情認真嚴肅，語氣不亢不卑，不驕不諂。

「還是黎剛兄你厲害，先生只說一遍你就全都理解了，這次秋闈，解元肯定非你莫屬！」

面對那人的恭維，葉黎剛眉頭卻蹙了起來。「秋闈放榜之前，任何情況都有可能發生的，以後這樣的話你莫在旁人面前隨便提起。」說話的聲音冷冰冰、硬邦邦的。

「是，是。」

那人臉上立刻閃過一絲尷尬。葉黎剛果然和他的名字一樣剛硬，一點都不知道變通。這樣的性子便是真的中了會元，過了殿試中了狀元，只怕最後也不會落得什麼好下場。

葉黎剛一抬頭便看到了站在門口的葉紅袖。看到自己最疼愛的小妹，剛剛還繃著臉蹙著眉的他笑了，大步朝她走了過來。

「妳怎麼來了？」

「來看你啊！」

「黎剛兄，這位是？」

有一夥學生結伴停在葉黎剛的身邊，一同朝葉紅袖看了過來。

難。

書院平常原本難得有姑娘出入，葉紅袖即將二八年華，容貌又明豔，想不引人注意都難。

「我妹妹葉紅袖，已經有心上人了。」

葉黎剛淡漠地回了那些人，便上前拉著葉紅袖進了屋子。

他把茶杯遞給葉紅袖的時候，注意到了她頭上新簪上的銀簪子。

他雖然對首飾什麼的不大懂，但這對銀簪子成色極好，還是新的，像是新買的。然而家裡窮得飯都快要吃不起了，顯然不是她自己買的。

「誰送的？」他直問。

「什麼？」

葉紅袖沒反應過來，等看到二哥的視線落在自己頭上才恍然大悟。「是連大哥送的。」

「我就猜到是他。簪子很好看。」

「二哥，你不會覺得我和連大哥走這麼近，對不起雲飛表哥嗎？」葉紅袖一臉黯然地問道。娘對她和連俊傑走得近就相當抗拒。

「我只希望我的妹妹這輩子都能幸福快樂，妳只要遵循自己內心的想法就行。」

小時候，連俊傑對自己的妹妹有多好，葉黎剛見過，他們感情好，他也知道。他就這麼一個妹妹，自然希望她幸福，無論她選擇和誰在一起，他都支持。

「對了，還有一件事，我想妳應該想知道。」

葉黎剛邊說邊脫下了身上的白褂子。這是書院發的，學生們上課的時候必須穿，這也是衛得韜的怪癖。

他把衣裳發給學生們，說的是：「君子之心事，天青日白，不可使人不知；君子之才華，玉韞珠藏，不可使人易知。」希望門下的學生都能當真君子，思想行為德行都像這身白衣一樣坦蕩清白，沒有什麼晦暗的，更不會有任何污點。

這衣裳用的是上等布料，葉黎剛只有上學的時候才會穿，下學了就會立馬換了。

葉紅袖把剛剛縫好的衣裳遞給他。「什麼事？」

「就是上次我們救的那個叫阮覓兒的，她被麗春院扔了。」

「你怎麼知道？扔哪兒了？」

葉黎剛不提那個小姑娘，葉紅袖差點把這事給忘了。

她當時只給了她一時脫身和能保住清白的辦法，後面自己實在無能為力，只希望她能遇到貴人。

「我是聽葉淩霄說的。他那天去逛麗春院，正好碰到上次的老鴇子喊了人把她扔走，說是怕死在麗春院觸霉頭，更怕會被她傳染。」

葉淩霄就這事明裡暗裡嘲諷了他好幾次，說他之前做的那些都白搭了。

「那你知道她被扔到哪裡去了嗎？」

葉紅袖的眼前又閃過阮覓兒那張稚嫩卻掛滿淚水的面孔，以及她淚眼汪汪的大眼睛。

「不知道，葉淩霄沒問。」穿好了衣裳的葉黎剛看向窗外，嘆了一聲幾不可聞的氣。

「我帶妳去吃飯吧。」

他轉身，拉著葉紅袖走出屋子，去了書院後院角落的廚房。

他沒錢交束脩，衛得韜就讓他在書院裡做些燒飯灑掃的事，把錢抵了。

兩人到的時候，廚房裡已經有人在忙著生火做飯。坐在灶膛口忙著把火吹旺的蕭歸遠聽到門口的動靜，抬起一張被煙燻黑的臉朝他們看了過來。

「紅袖妹妹來啦？」

蕭歸遠站起來衝葉紅袖打招呼的時候，還拿胳膊上的白袖子擦了一把臉，嘿嘿笑著露出一排白牙。

葉紅袖被他的大花臉逗得忍不住笑出聲。他和葉黎剛是好友，和葉家人的關係也都不錯。

「我說了等我來！」

葉黎剛走到他身邊，把他手裡的火鉗拿了過去，從灶膛裡取出七、八根木柴後，裡頭的火一下子旺了。

「欸？不是越多柴火才燒得越旺嗎？」

蕭歸遠家是做茶葉生意的，家裡的富裕程度在臨水縣首屈一指，他在家裡是飯來張口衣來伸手，進出都有老媽子小廝伺候的少東家，哪裡知道這些活計的門道。

「柴塞得太多，裡頭不通氣，火就起不來。」

葉黎剛和他解釋了一句就不願再多說。他在書院一直都是冷冰冰、硬邦邦的樣子。蕭歸遠了解他的性子，也不計較。

「你不說我就不知道啊！下次我幹活之前，你先告訴我一聲需要注意的事情。」

「蕭公子，你知道這些要做什麼？你家那麼多的鋪子和家產等著你去繼承，只要你不是敗家子，你們家的家產幾輩子都吃不完啊！」

「我不過是想沾沾妳哥愛學習的勁頭嘛！我怎麼進書院的，妳又不是不知道，在書院要不是有妳哥在，我早就撂挑子不幹走人了。」

蕭歸遠真不是讀書的料，一看到書本上的字就想打瞌睡，就這樣衛得韜還願意收他，只因為衛得韜沒有其餘的愛好，就好喝茶。因此蕭歸遠成了白鷺書院的學生，衛得韜不用花一文錢就能喝到好茶。

也因此，蕭歸遠在白鷺書院得了個「茶渣」的綽號，說他還不如他家的茶葉。只有葉黎剛例外，自始至終都喊他的本名，也正因為這個，他才和葉黎剛越走越近，成了最好的朋友。

「我還是第一次聽說愛學習的勁頭還能從別人身上沾的。蕭公子，我醫術還行，要不我給你扎上一針，打通你的任督二脈，讓你從此以後學業突飛猛進吧。」

葉紅袖邊說邊取下了頭上的銀簪子。

「別、別啊！這不是開玩笑的嘛！我還想多活兩年呢！」蕭歸遠一臉驚恐地看著葉紅袖。他可不相信她有什麼醫術。「我就實話說吧，我不是想沾妳哥的學習勁頭，是想沾妳哥以後的光！妳不知道，咱們書院的學生私底下都說這次秋闈的解元非妳哥莫屬！妳想想，妳哥中了解元後又中會元，最後再中個狀元，連中三元，到時我這個他最好的朋友走出去，臉上多有光啊！」

蕭歸遠對葉黎剛很有信心，可他這話卻有人聽了不高興了。

「蕭茶渣，誰給你那麼大的臉面說什麼解元非葉黎剛莫屬的？臨水縣可不止他一個秀才！」

門口站著一高一矮、一胖一瘦兩個身形相差很大的書生，開口的是又矮又胖、皮膚黝黑的那個。他的身形再加上黝黑的肌膚，穿一身白色衣裳，襯得他不是一般的滑稽和難看。站在他旁邊，瘦得跟個竹竿一樣的書生也好看不到哪裡去。

但他們兩個都不是重點，重點是站在他們身後一臉陰冷的葉淩霄。

葉淩霄正是白鷺書院的另一個秀才。

「我們蕭家給我的臉面啊，不服氣啊？不服氣你讓你們家也給你這麼大的臉面啊！」

蕭歸遠在葉黎剛兄妹面前脾氣好得很，可在外人面前，他就沒那麼好的脾氣了，富公子家身上的紈袴之氣噴薄而出，一看就不是好惹的。

矮胖矬和瘦竹竿面面相覷，狼狽得不知道該如何開口接話。他們家在臨水縣雖然也說得上是富庶，可要和蕭家比起來，那差得可不是一點兩點。

「哼，紈袴子弟，你蕭茶渣全身上下唯一能拿得出來的也就那身銅臭味了。」葉凌霄冷哼一聲，走了出來。

「葉凌霄，你說什麼？」

葉凌霄臉上的譏諷笑意更濃了。用讀書來辱罵看到書就想打瞌睡的蕭歸遠，百試百靈。

「你——」這下蕭歸遠氣得咬牙切齒，恨不得衝過去和葉凌霄打一架。

可他又不能在書院闖禍，衛得韜雖然允許他在書院讀書，但也事先聲明，他不許在書院闖禍，只要闖禍就沒有情面可講，立刻滾蛋。

真滾蛋他是無所謂，可是他不願和葉黎剛這個同窗摯友分開。他是蕭家少東家，圍繞在他身邊，盤算著怎麼從他身上得好處的人太多，只有葉黎剛除外，即便他窮得餓肚子都不會找他借一文錢，自己給他錢都不要。

他欽佩他的氣節，那是自己沒有，旁人也不容易有的，他這樣的才是真君子。

「蕭歸遠，前兩天先生教的課，你還記得嗎？」

一直坐在灶膛口的葉黎剛突然冷不防地開了口。

「黎剛兄，你怎麼搞的，你明明知道我腦子糊塗，最記不住的就是那些，偏偏提這做什麼？」

蕭歸遠急了，小聲提醒葉黎剛，不明白他這到底是要幫自己還是害自己。

看到蕭歸遠急得跳腳的模樣，矮胖矬和瘦竹竿忍不住捂嘴偷笑了起來，葉凌霄只開口說了兩句話，他們就要內訌。

葉黎剛這樣的水準，還想和葉凌霄爭解元？作他的白日春秋大夢去吧！

「昨天先生教的是三國裡的一段話，夫人善於自見，而文非一體，鮮能備善，是以各以所長，相輕所短。里語曰：『家有敝帚，享之千金。』斯不自見之患也。」

葉黎剛不緊不慢地開口。說話的時候，他仍舊緊盯著灶膛裡的火。

「這，什麼意思啊？」

蕭歸遠是真不懂，昨天先生講的時候，他正趴在桌上呼呼大睡。

「凡人總是善於看到自己的優點，因此總是以自己擅長的輕視別人不擅長的。這就是說葉凌霄他以自身的學識來取笑你的學識，這做法是不對的。」

這下輪到葉凌霄黑臉了。葉黎剛竟然敢當眾點名批評他不對。

可葉黎剛卻是連看都沒看他一眼，繼續慢悠悠地開口。

「至於家有敝帚，享之千金的意思呢，則是自家的破掃帚都能在自己的眼裡價值千金，所以你蕭歸遠身上的銅臭味也應當是你和你們蕭家的驕傲。畢竟，這個味道可不是隨隨便便誰想有就能有的，何況這個味道應該沒人會不喜歡。」

「葉黎剛，你這麼喜歡和我作對嗎？」葉凌霄終於忍不住爆發了。

「葉凌霄，我從來都沒有想要和你作對。」葉黎剛把手裡的火鉗一扔，挺直背脊站了起來。「剛剛蕭歸遠說的什麼連中三元，那是他自己心裡的想法，他們心裡不也私下認定連中三元的非你莫屬？」

他又指了指葉淩霄身後的兩人。「旁人心裡的想法都不是你我能控制的，我們能做到的便是讀好自己的書，到底誰的本事高一點，秋闈上自然見分曉。你又何必這樣咄咄逼人，且還處處取笑蕭歸遠的短處，這是君子所為嗎？」

「你——」

被葉黎剛指著鼻子罵的葉淩霄，氣得臉一陣青一陣白，卻又找不到反駁他的話。

他雖然也是秀才，可這幾年卻處處被葉黎剛壓住風頭。他知道白鷺書院幾乎有一多半的學生都在心裡認定這次會試的解元非葉黎剛莫屬。

他當然不服氣，都姓葉，年紀也一樣大，身形外貌都不相上下，自己家裡有良田有商鋪，爹娘健在，生活富庶。他葉黎剛窮得吃了上頓沒下頓，衣裳上是補丁摞補丁，還有一個當叛徒的無恥大哥，憑什麼他比自己更能得人心，在大夥兒的心裡比自己更優秀？

想到他那個當叛徒的大哥，葉淩霄的臉色突然又變了，嘴角還浮起了一絲輕蔑的冷笑。

「葉黎剛，你也好意思說出君子二字來？你們家出了葉常青這個卑鄙無恥的叛徒，讓我覺得和你一個姓是恥辱。你知道爺爺奶奶到現在怎麼說嗎？他們說早知道葉常青這個孽種會幹出這麼有辱門楣的事情來，當初他生下來就該掐死他！」

# 第二十四章

「葉淩霄，我大哥不是叛徒！」

他不提大哥還好，一提及大哥，葉紅袖也惱了。「連大哥說了，我大哥很快就會回來，事情的真相到底是什麼，很快就水落石出。我一個沒讀書的都知道謠言止於智者，虧你是個讀書人，竟然也會沒腦子，相信那些沒有真憑實據的流言，還和我們是一家人？先生沒教你一榮俱榮、一損俱損這句話嗎？還是教了你沒學會？」

「妳——」

「我什麼？你爹娘花錢送你來白鷺書院是學知識當君子考功名的，可你看看你都學了些什麼，花錢逛花樓，逮著比自己學識差一點的同窗就使勁奚落，你學到的本事今天還真是讓我大開眼界。等我回去了，肯定要在赤門村幫你好好大肆宣傳一番，這可不是我沒有真憑實據亂說的，而是我親耳聽到，親眼看到的。」葉紅袖處處捏著葉淩霄的軟肋，堵得他啞口無言。

最後，葉淩霄只能憤恨離去。

「哈哈哈！紅袖妹妹，還是妳厲害！」蕭歸遠衝她豎起大拇指。

「敢招惹我們家人，看我不罵得他狗血淋頭！我又不是什麼念過書的真君子，有的是招數對付他這樣想要當君子的小人。」

「厲害，厲害！走，我請你們去香味閣大吃一餐。」

蕭歸遠拍了拍自己的胸膛，葉紅袖卻衝他搖了搖頭。

「去大吃一頓就不用了，但有件事還想請蕭公子幫忙。」

葉黎剛在他們兩個人說話的時候去了灶臺邊。飯已經蒸熟了，他要把飯都打起來，把清早洗好切好的菜都給炒了。

「妳儘管說，別說是一件了，你們兄妹就是有百件千件事要我幫忙，我都一定在所不辭。」

蕭歸遠再次豪爽地拍了拍自己的胸膛。吵架讀書他都不行，但他希望能借其他的機會展現自己的能力。

「我和我哥上次救了一個麗春院的小姑娘，名字叫阮覓兒，聽說她被麗春院的老媽子扔了。蕭公子你人面廣，能幫我去探探那個小姑娘被扔到哪裡去了嗎?能有法子找到嗎？」

雖然阮覓兒因為自己的幫忙保住清白，但現在是生是死都不知道，葉紅袖還真是不放心。

正在灶臺邊幹活的葉黎剛，聽到阮覓兒這個名字，猛地抬頭朝葉紅袖這邊看了過來。

他沒想到她會開口找蕭歸遠幫忙去探阮覓兒的消息。

「這事啊！我知道，妳哥哥跳河救人的事，先生那天當著咱們全書院學生的面誇獎了他呢！還狠狠斥責了見死不救的葉淩霄他們一頓，那幾天，葉淩霄幾個和妳二哥更不對付了。妳放心，這事包在我身上，不管她被扔去哪個犄角旮旯了，我都一定能幫妳找到！」

「那謝謝蕭公子了。」

葉黎剛低頭繼續幹活的時候，清俊緊繃的臉上閃過一絲沒人察覺的欣慰。

吃過午飯，葉紅袖從白鷺書院出來又去了濟世堂。上次她和紀元參說好了，到他這兒拿藏紅花的種子。

午飯剛過，濟世堂沒什麼人，藥童景天正坐在門口磨藥。站在藥櫃前的紀元參正在跟一個背對著門口的青衣男子說話，也不知道兩人說了什麼，紀元參的臉色不大好看。

但等他瞥到了朝他們走過來的葉紅袖後，臉上立刻堆了笑容。

「葉姑娘來啦！」

身形高大寬厚的青衣男子，頭微微朝門口轉了一下，似乎是要朝葉紅袖這邊看過來。

「我來拿藏紅花的種子。」

葉紅袖只看到了那人模糊的側面，都未等她看清楚，他就又回頭了。隨後，疾步朝濟世堂的後門走去。

「稍等一下，我現在進去給妳取。」

「好。」

葉紅袖停在青衣男子剛剛站過的地方，但不知道是自己錯覺還是濟世堂原本藥味就多，她站在這裡，聞到了一股淡淡的、味道有些奇特的藥味。

這藥味很奇特，她嘗試分辨，卻怎麼也沒法子分辨出來它出自何藥，像是她從未接觸過的……

紀元參很快就出來了，手裡端著一個白色瓷罐子。

「葉姑娘是內行人，應該知道藏紅花不好種，妳要是真有本事把它種活種好了，我們濟世堂會花大價錢收購的。」

「我也沒有十足的把握，就先試試吧！」

藏紅花對氣候、土壤、水分和陽光的要求極其嚴格，有哪樣沒達到就很難成活。她這一世沒在這裡種過藥材，所以不敢打包票。

「對了，紀大夫，我這兩天已經接診病人了，我自己藥材不足，我和他們都說好了，讓他們拿了我的藥方來你這裡抓藥，估計這兩天來抓藥的病人會有點多。」

這畢竟不是什麼能掙錢的生意，興許濟世堂還得虧錢，所以葉紅袖覺得自己還是和他們先打個招呼的好。

「不礙事的，妳能讓那些病人都來我們濟世堂，也是因為妳心裡信得過我們。」

紀元參連連揮手表示不礙事，她這樣能迅速幫濟世堂在臨水縣打響名聲，自己也不是沒有好處的。

「有你這句話我就放心了，那今天就先這樣，我回去了。」

濟世堂雖然不是自己爹開的，但葉紅袖對它的感情卻是越來越深了。

她正欲轉身之際，紀元參突然開口將她喊住了。「葉姑娘。」

她疑惑地回頭。

「有一事我也不知道當問不當問。」紀元參欲言又止，臉上的表情也顯得有些為難。

「紀大夫，你我都是老熟人了，有話但說無妨。」

「我聽你們村子來抓藥的人說妳五年前摔下山，摔壞了腦子，忘了好些事，是真的嗎？」

他開口的時候，臉上為難的神情轉成了小心翼翼，像是怕觸碰到什麼一樣。

「是真的，忘記了很重要的人，也忘記了很重要的事。」

葉紅袖表情有些黯然。要是沒發生那次意外，很多事現在就會變得又不一樣了……

「妳真的什麼都想不起來了嗎？」

紀元參盯著她問，望著她臉上的表情變得有些古怪，也有些複雜。

葉紅袖搖頭。「有些事腦子裡還是一片空白。」

「妳自己是大夫，且醫術高超，也沒辦法把自己治好嗎？」

紀元參眼裡閃過的一絲緊張被恰好抬頭的葉紅袖捕捉到了。她有些愣然，雖然不知道他為什麼會緊張，但還是如實回了話。

「紀大夫，你也是大夫，應該知道腦子是人身體所有部位裡最複雜的，這不是說扎上兩針喝上兩服藥就能好的，且醫者不自醫。」

葉紅袖只說了一半，自己的情況還要更複雜一點，她並不是真正的葉紅袖，那段時間完全失憶到底是因為撞傷了腦子，還是她在接收原主記憶的時候丟了，也說不準。

「也是。不過葉姑娘，要是妳能找到治療自己失憶的法子，或者突然又想起了那段時間的事，能不能知會老夫一聲？」

「為什麼？」葉紅袖詢問的時候，發現紀元參眼裡的緊張更強烈了。

「沒什麼，就像妳說的，腦子是咱們當大夫最難的一關，妳要是有能治療的法子，咱們是同行，正好可以借此探討切磋一下不是？」

「紀大夫這話有理。」

葉紅袖嘴上這樣附和，心裡卻覺得他在問問題時過於緊張的神情怪怪的，好像並不是單純有意探討醫術，而是志在其他。

她從濟世堂出來的時候，無意間回頭朝二樓虛掩著一半的窗戶看了一眼。這次窗戶的縫隙要大一些，她模模糊糊地瞥到了一個青色影子。

難道是剛才和紀元參聊天的那個青衣男子？心裡的好奇越來越重，對濟世堂的這個幕後東家，她也越來越感興趣了。

「沒長眼睛啊妳！」

葉紅袖只顧回頭看，沒注意到身旁推著車路過的行人，差點將他們的車給撞翻了。

「對不起、對不起！」

回過神的葉紅袖急忙道歉，伸手要把差點摔下車的婦人扶好。

可等她看清楚了婦人和推車人，立刻把手縮了回去，臉上的歉意也在瞬間消失，變成了冰冷的敵意。

「死、死賤蹄子，我、我打死妳……」

彭蓮香一見差點將自己撞翻的是葉紅袖之後，邊咒罵邊揚手要朝她的臉上甩去。可葉紅袖反應迅敏，彭蓮香的手剛揚起來，就被她扣住了手腕穴位，下顎還被她摘下的銀簪子抵住了。

彭蓮香吃夠了銀簪子的苦，又被她這麼一弄，臉色一白，嚇得差點當場尿褲子。

「死丫頭！妳趕緊鬆手！」彭蓮香的男人程大牛也急了，叫嚷著的同時還衝葉紅袖掄起拳頭。

「程大牛，你可別亂動，我要是不小心手一抖，銀簪子可就這麼硬生生扎進去了。」

葉紅袖邊說，一邊加重了拿著銀簪子的力道，彭蓮香立刻疼得大呼小叫了起來。

程大牛見狀，立刻放下了拳頭，可嘴上還是威脅起來。「葉紅袖，妳別太得意！妳害我婆娘病了快一個月，攪黃了我家嬌嬌的親事，我們程家不會就這麼放過妳的，等我家天順去外地辦差回來了，有你們葉家苦頭吃不完的時候！」

「笑話，你們找庸醫治不好病關我什麼事，你女兒嫁不出去又關我何事？」

葉紅袖低頭看了一眼彭蓮香的臉，雖然好了一些，但嘴角和眼角還是有些歪斜，剛剛說話的時候，舌頭也還是有點打結。明明治半個月就能好的，可她現在還是這副樣子，百草廬大夫的醫術還真是讓人不敢恭維。

「死丫頭，怎麼不關妳的事，蓮香的嘴是被妳扎歪的，嬌嬌原本說好的親事也被妳那個什麼毒蛇嚇得路都不敢走才黃的，這全都怪妳！」

程大牛本就是個脾氣暴躁的，現在被葉紅袖這麼冷冷一激，更像是一點就著的炮仗了。他們家這次損失大了，彭蓮香在百草廬治了快一個月，銀子就像是流水一般花了出去，卻遲遲不見好。閨女那兩門說好要相看的親事，其中一家聽聞自己的婆娘得了個嘴歪眼斜的病，立馬託媒人來推了。

另一家因為程嬌嬌被毒蛇嚇得連路都不敢走，總是疑神疑鬼說自己中毒要死了，相看的當下也和媒人說不行，黃了。

這兩門親事原本是志在必得的，所以在沒成事之前就已經敲鑼打鼓地告訴全村子的人，如今兩門親事都黃了，程嬌嬌覺得丟臉，死活不願再回赤門村。

「程大牛，凡事有因才有果，你們程家背地裡對我們葉家下了多少黑手，旁人不知道，你心裡清楚。你也別拿什麼等程天順回來了要找我們算帳的話威脅我，你回去告訴他，我大哥快要回來了，到時可就是我們葉家和你們程家新帳舊帳一起算的時候！」

說完，她將彭蓮香猛地一把推開。

彭蓮香早就被嚇得不敢亂動，也沒料到她會突然將自己推開，猝不及防，直接從車上翻了下來。

趁程大牛去扶彭蓮香之際，葉紅袖把銀簪子重新插回到頭上，笑著拍了拍手離去。

濟世堂二樓，青衣男子的視線直到葉紅袖的身影完全消失不見了，才緩緩收回。

「葉常青快要回來了？」

「是，文書已經下來了，下個月放人。」站在他身後的人畢恭畢敬回話。

「死了那麼多人還能放出來，這個保他的人還真不是一般的厲害。去查清楚，看看背後的是誰。」

「是！」

青衣男子看著繼續人來人往的窗外。

這個縣城，這裡的人，都變得和從前不一樣了。

# 第二十五章

山上的藥田已經漚了好幾天，藏紅花的種子也有了，吃過早飯，葉紅袖便揹著背簍拿了鋤頭上山。

這座山因為被連俊傑租了下來，附近的村民都沒敢再進山。

今早的太陽有些大，她到藥田的時候，臉上已經熱出一層細密的汗了。可沒來得及把臉上的汗擦了，她就被眼前的景象驚得目瞪口呆。

她扔下手裡的鋤頭，用力揉了揉自己的眼睛。

原本光禿禿的藥田，此刻綠意盎然。她蹲下將那些綠色植物全都仔細看了一遍，有山參、天麻、何首烏、黃精、黃芪，還有幾株鐵皮石斛。旁邊開得正豔的花兒都不是山上隨處能見到的，也都是珍貴的品種。

「我迷路了？」葉紅袖一臉疑惑，轉身衝到刻有葉家藥田的那塊大石頭前。

石頭上原本被風雨磨礪侵蝕到有些模糊的字跡，不但字跡被重新鐫刻了一遍，還用紅色的漆塗了一遍。

「連大哥？」葉紅袖幾乎是脫口而出。

「我的小紅袖想我了？」

沒想到，身後一個帶著笑意的低沈沙啞聲音回應了她。

葉紅袖驚詫地回頭，連俊傑已經走到了她跟前，眸子正定定落在她的臉上，唇邊浮起寵溺的笑意。

「連大哥，這都是你弄的？」問出口了，葉紅袖才覺得自己真是有夠笨的，這還用問嘛！

「喜歡嗎？」連俊傑沒回她的話，而是指著藥田問。

「喜歡，當然喜歡！這些藥材是不是你一個人去牛鼻子深山採的？」這些藥材與上次自己和他一起進牛鼻子山採的個頭、年分都差不多。

「我對其他的藥材也不認識，就採了幾樣上次妳採過的。那幾株鐵皮石斛，是以前在一個故友家裡見過，他說那個也是很珍貴的藥材。還有這些花兒，我聽說有些花兒也是能入藥的，但這些能不能入藥我就不知道，反正挑些我覺得好看，也覺得妳會喜歡的採了出來。」

「你一個人進山有沒有碰到危險啊？有沒有傷著哪裡？有沒有碰到猛獸？」

藥田這麼多的藥材和花兒，連俊傑肯定在牛鼻子深山進進出出了很多次。她邊說邊一臉擔憂地拉著連俊傑，前前後後仔細打量了一遍，就怕他傷著哪裡。

「哎喲，疼！」

誰知道，葉紅袖話音剛落，連俊傑突然雙手捂著自己的小腹，一臉痛楚地叫了起來。

葉紅袖被他口中的疼嚇得臉色突變，急忙伸手去摸他的小腹。「怎麼了？怎麼了？是不是這裡傷著了！」
可她的手才一碰到，連俊傑就痛得倒吸了一口氣，臉上痛苦的表情更強烈了。
「你、你先坐下，讓我好好看看。」
葉紅袖這下有些慌了，扶著他在石頭上坐下後，小心地把他的上衣一點一點捲起來。
她動作小心，甚至連呼吸都跟著一起變得小心翼翼了。
但出乎意料的是，衣裳捲起來後，她只看到了結實的古銅色腹肌，一個叮咬的小傷口都沒有看到。
難道是受內傷了？為了確認，她的手指輕輕按壓連俊傑剛剛用手捂著的地方。
「連大哥，這樣疼嗎？」她邊問邊將周邊都按壓了一遍。內傷可大可小，容不得有一點的馬虎。
但直到手上的動作停下來，也沒聽到連俊傑的回話。
「連大哥？」她抬頭，卻對上了他充滿笑意的雙眸。
連俊傑看著她緊張自己的模樣，想起了小時候。那次他弄了些野雞血在身上，騙她自己受傷流血快要死了，嚇得她哇哇大哭，抱著自己說不讓自己死，說要死也要帶上她。
那個時候她才九歲，壓根兒不知道什麼叫同生共死，可她就哭著說出了那句話。那一刻，這輩子，他認定她了。
後來，她知道那些血是假的後，氣呼呼地轉身就跑了，足足有半個月沒有理過他。

「連大哥？」葉紅袖又喊了一聲。

「好看嗎？」

葉紅袖一下沒反應過來。「什麼？」

「我的身體啊！」他笑得更厲害了。

「不好看！」葉紅袖被他逗得滿臉通紅，忙起身衝下山。

剛回到家，葉氏就湊了過來。「紅袖，我剛剛看到毛喜旺回來了！」

「真的？」

毛喜旺是當年和大哥、程天順還有土蛋一起出村去打仗的後生，只是他是和程天順一起回來的。

原本回來時，程天順說大哥是叛徒害死了土蛋，赤門村是沒幾個人相信的，畢竟大夥兒都知道程天順從前是什麼德行，也了解大哥的為人。可這中間有赤門村忠厚老實出名的毛喜旺作證，便一下子坐實了大哥是叛徒的罪名。

程天順進了衙門當差，毛喜旺雖然沒跟著一道進去，卻很快靠著程天順的人脈在牢房裡得了一個獄卒的工作，吃的也算得上是公家飯了。

「娘，晚飯妳來做，我去看看毛喜旺這次回來想搞什麼鬼！」

「那妳小心著，別把他惹毛了。這個毛喜旺早就已經不是多年前那個忠厚老實的孩子了。」

葉紅袖出門前，葉氏小心叮囑了她一句。

毛喜旺家在村子的最北頭，是比葉家都要陳舊破爛得厲害的老祖屋，房子塌得壓根兒就不能住人，毛喜旺好端端的突然回來，這不得不讓她更懷疑他回來的動機。

她去毛喜旺家附近轉了一圈，卻沒在破屋爛瓦前看到他的影子。

找不到毛喜旺便只能往回走，但走了一半，她又改了主意，打算繞彎去趟菊咬金家。

她記得上次開給菊海生的藥應該快要吃完了，她得去看看菊海生的復原情況，重新開藥。

菊咬金家在村子的正中心，從村北頭繞過去有一段路，其中有一段路沒什麼人家。走了一半，迎面走來一個低著頭、步履匆匆的男人。

低頭趕路的楊老五聽到腳步聲抬頭，一看到對面走來的人是葉紅袖，神情立刻變了。

他攥緊拳頭，三步併作兩步地衝到葉紅袖面前，在她還沒反應過來之際，一把拽住了她的胳膊，使勁往他家的方向拖去。

「楊五叔，你幹什麼?!」

葉紅袖奮力掙扎，可楊老五的力氣大是赤門村出了名的，她哪裡能掙脫出來。

「五叔，你到底想幹什麼！」

無論葉紅袖怎麼追問，楊老五就是不吭聲，只悶頭拖著她向前走。

楊土蛋家就在這段沒什麼人家的路邊上，此刻路上只有他們兩人，葉紅袖真怕他發瘋了會對自己做出什麼喪心病狂的事情來。

心裡閃過可怕的念頭之時，她趁楊老五不注意，把頭上的銀簪子拔下來，悄悄藏進了袖子裡。

到了家門口，楊老五直接將葉紅袖甩進了自家院子。

「葉紅袖，妳看看葉常青作的孽！」

因為力道過猛，也因為葉紅袖猝不及防，被甩進院子的她腳步趔趄沒站穩，差點摔跤。等她好不容易站定，卻被院子裡的情景嚇了一大跳。地上除了摔碎的鍋碗瓢盆，還有幾十隻躺在地上、死了的雞鴨鵝。

楊老五剛剛收工回家，一進門就看到自家院子裡全都是摔死的雞鴨鵝，這裡面有他家借錢好不容養大的，也有村子裡其他人家的，就連廚房裡僅有的幾個好的鍋碗瓢盆也全都給摔了。

這些都是他婆娘幹的。

他是打又不能打，罵又不能罵，最後只能把她綁在屋簷下的柱子上。

原本他是去那些受損失的村民家道歉和賠償的，沒想到一出門正好碰到了葉紅袖。

「土蛋有雞吃了，土蛋有鴨吃了，土蛋不會餓肚子了！」

披頭散髮的土蛋娘雖然被綁在柱子上，卻還在又叫又笑，瘋魔得厲害。

看到這一幕，葉紅袖的心裡忍不住跟著泛酸。楊家已經一貧如洗，這個損失對他們來說無比巨大。

端著水從廚房裡出來的楊月紅，一看到葉紅袖進了自家院門，立刻把手裡的碗塞進隨後拿著掃帚出來的毛喜旺手裡，三步併作兩步衝到她面前，二話不說，對著她的臉甩手就是一巴掌。

葉紅袖看她來勢洶洶，早有防備，閃身躲過，沒想到身後的楊老五卻突然衝上來抓住她的胳膊。

楊月紅瞪著血紅的眼睛，揚起的巴掌再次惡狠狠朝她的臉上甩去。

「葉紅袖，這都是你們葉家害的！」

掙脫不開的葉紅袖抬腳，在楊月紅的巴掌落下之前，對著她的小腹踹了過去。

楊月紅猝不及防，直接被踹翻在地，還一屁股坐在那些死掉的雞鴨鵝身上。

「月紅，妳沒事吧！」毛喜旺急忙放下手裡的東西，衝過去將她扶起來。

「妳還敢還手！」

看到自個兒閨女受傷，楊老五惱了，原本抓在葉紅袖胳膊上的手立馬變成了掐在她的脖子上。

葉紅袖立馬喘不上氣來，覺得脖子在他鐵箍一樣的大掌下要斷了。

好在她進門之前就有防備，藏在袖子下的銀簪子亮了出來，並悄悄對準了楊老五胳膊下的尺澤穴。

就在她卯足了勁出手的瞬間，一個高大的身影以迅雷之勢衝進了院子。

楊老五還沒反應過來，掐在他大掌裡的葉紅袖就被搶走了，與此同時，胸前還狠狠吃了一掌。

那人力道極大，不像楊月紅只是被葉紅袖踹翻在地，楊老五的身子就像是秋天的落葉一般被踹出了十多米，砸在了他家的門檻上。喀嚓一聲，門檻直接斷成了兩截。

毛喜旺目瞪口呆地看著突然出現在楊家院門口，一臉狠戾地看著他們的連俊傑。

「連、連俊、連俊傑……」

他結結巴巴好半天才喊出連俊傑的名字，臉上瞬間煞白如雪，沒有一絲血色。

當年，連俊傑誤傳死訊回來時，他還沒出村去打仗，聽到他死訊的時候，還覺得他年紀輕輕的，挺可惜，沒想到他竟然有這麼好的身手。

自己也是上過戰場打過仗的人，可從來沒有見過誰的身手能這麼厲害。天順在他的眼裡已經算是厲害的了，可要和眼前的連俊傑相比，只能用相形見絀來形容了。

「連大哥，你怎麼來了？」

葉紅袖一臉後怕地看著將自己緊緊摟在懷裡的連俊傑。

「我聽說他回來了。」

連俊傑指了指毛喜旺，低頭看她的時候，目光落在她脖子上的掐痕。

「他竟敢傷妳?!」

剛剛壓下去一點的怒火再次升騰而起，連俊傑面色陰寒地盯著趴在門檻上動彈不得的楊老五，眼裡怒火熊熊燃燒的同時，殺意盡顯。

雖然連俊傑要算帳的人不是自己，可站在旁邊的毛喜旺看得卻是不寒而慄，背脊上的冷汗不停滲出。

戰場上，他什麼狠人都見過，卻從來就沒有見過像連俊傑這樣的，面色陰鷙狠戾，眼裡泛著血紅的殺戮之意，這哪裡像人，簡直就像是戰場上的奪命閻羅。

葉紅袖也被連俊傑眼裡的殺意給嚇到了，腦子裡此刻不停閃過那天在牛鼻子深山他徒手斬狼的血腥畫面。

她真怕楊老五的下場會和那兩匹狼一樣，急忙抱著他的胳膊將他拖住。

「連大哥，我沒事，我真的沒事。」

「敢碰妳，他就該死！」

連俊傑不聽勸阻，仍一步一步走到了躺在地上不能動彈的楊老五跟前。

「你自己主動把傷了紅袖的手伸出來，我會給你個痛快，要是拖拖拉拉等我親自動手的話，我會讓你知道生不如死的滋味是什麼。」

天已經黑了下來，楊家沒點燭火，可楊老五卻真真切切看到了連俊傑臉上的殺意。

他膽子不小，以前年輕的時候敢一個人去墳地過夜，因此在村子得了個楊大膽的綽號，可不知道為什麼，此刻面對連俊傑，他卻實實在在被震懾到了，傷了葉紅袖的手竟不由自主地伸了出來。

沒等連俊傑動手，已經從地上爬起來的楊月紅哭著衝了過來。

「連俊傑，你敢碰我爹，我就和你拚了！我們家被葉家害得家破人亡了，找他們葉家算帳是天經地義！你別仗著你身手好、會打架就可以無法無天，我告訴你，你今天要麼弄死我們全家，你要弄不死我們全家，這事我和你們沒完！」

楊月紅用自己的身子緊緊護著自個兒的爹，含淚看向連俊傑和葉紅袖的眼裡充滿了刻骨恨意。

「月紅姊，沒人要和你們拚命，我上次就已經和妳說了，土蛋哥不是我大哥害死的！」

葉紅袖向前一步，將連俊傑護在身後。她怕楊月紅情緒太過激動，對連俊傑做出什麼出格的事情來。

「你們不要狡辯了，我弟弟是被葉常青害死的！一命抵一命，葉常青沒回來，就該妳葉紅袖抵命去給我弟弟陪葬！」

「抵命……抵命……陪葬，妳要陪葬，我家土蛋要娶媳婦兒……媳婦兒！」

楊月紅口中的抵命和陪葬字眼刺激了被綁在柱子上的土蛋娘，她不停重複著這幾個字眼，神情猙獰。

「閉嘴！」

沒有一絲溫度的威脅從連俊傑的口中吐出，幽冷的眼睛緊盯著她。

剛剛還面目猙獰的土蛋娘瞬間被嚇得安靜了下來，臉上只剩恐懼。

葉紅袖知道，這家人都執著在給楊土蛋報仇，且在心裡扎根般認定自己的大哥就是凶手，她懶得和他們再費口舌，轉而冰冷地看向站在旁邊，一直都沒吭過聲的毛喜旺。

「毛喜旺，我大哥就要回來了，他是不是叛徒，你膽敢當著他的面一起去土蛋哥的墳前對峙嗎？」

「什、什麼？葉、葉常青要回來了?!」

毛喜旺原本已經被連俊傑嚇得唇色煞白，現在猛地聽到這個消息，差點雙腿發軟，直接跪在了地上。

「妳、妳怎麼知道？」好半天，他才結結巴巴問出這麼一句。

「我說的。」連俊傑冷冷開口。

「你、你又是怎麼知道的？」

毛喜旺也不知道為何自己面對連俊傑時會這麼害怕，他甚至不敢抬頭直視他的眼睛，聲音也抖得厲害。

他上過戰場，也在牢獄工作，什麼樣的惡人都碰過，可從來就沒有人像連俊傑這樣，讓他打從心底膽寒的。

「你算個什麼東西？我為什麼要告訴你？」

沒想到的是，面對他的質問，連俊傑輕蔑一笑，不管是語氣還是望著他的眼神都充滿了嫌棄和鄙夷。

毛喜旺被他的話堵得臉一陣青一陣白，張嘴愣神了好半天後才猛地回過神。

「不會的，葉常青當叛徒害我們打敗仗，害死上萬人，害死土蛋是證據確鑿的，他怎麼可能會出來？他不會出來的，他出不來的！」

「毛喜旺，證據，是可以造假的。」

連俊傑冷冷開口，可這次沒了任何笑意，盯在毛喜旺臉上的眼神犀利如刀刃。

# 第二十六章

「你憑什麼說證據是造假的？你算什麼東西，又知道什麼？當時葉常青被抓的時候，你都不知道在哪個犄角旮旯呢，能知道什麼？你一向和葉家感情好，自然會替葉家人說話。反正證據確鑿，他葉常青就是叛徒，是他害我們最後打了敗仗，害死了千千萬萬將士的性命，還害死了土蛋！」

毛喜旺這個喋喋不休的辯解讓連俊傑突然又笑了。

「毛喜旺，你心裡應該最清楚那些證據就是假的吧！」

只短短幾個字，毛喜旺嚇得雙腿一軟，直接癱倒在地上。

葉紅袖被他這個突如其來的反應嚇了一跳，她回頭看向連俊傑。「連大哥？」

不明白他剛才那句話是什麼意思，連俊傑沒回她的話，只抓過她的手，走到了楊月紅、楊老五的面前。

「楊老五、楊月紅，我警告你們，人的忍耐程度是有限的，這次我看在紅袖的面子上不和你們算帳，但若是下次你們敢碰紅袖一根寒毛，我連俊傑將你們楊家夷為平地之時，還要讓你們知道生不如死的滋味是什麼樣的。我接下來的話，你們聽了興許會覺得我冷血無情，毫無人性，但我還是要說。楊土蛋他不能活著從戰場回來，那是他的命。中年喪子固然可憐可悲可痛，可這世上白髮人送黑髮人的不止你們楊家一家。當初臨水縣出去了七千多個後生，回來的不到一半，還有另外幾千個家庭和你們一樣，都承受著喪子喪父喪夫之痛。要是人人都和你們一樣，整個臨水縣就都完了，那這些人拚死灑在邊疆上的血，也全都白廢了。你們這樣沈浸在悲傷中，想過楊土蛋在天之靈看到你們這樣，他會不得安寧嗎？」

「可那不是土蛋的命啊！土蛋他要是和其他那些人一樣，是保家衛國被敵人殺死在戰場上的，我們也就認了！可他不是啊！他是被他心目中最親最親的大哥葉常青害死的啊！這才是讓我們一家人接受不了的……」

楊月紅抹淚衝連俊傑咆哮了起來。

「去戰場的前一天晚上，土蛋和我們說，要是上了戰場有危險，他會拿他的命去救葉常青。他說，他要是死在了戰場上，讓我們不要難過，我們還應該為他感到高興，因為他上戰場殺敵，是真正的男子漢，不再是村子裡那些人口中喊的慫蛋了……他還說、還說要是回來的只有葉常青，讓我們對葉常青要像對他一樣好，因為他們是生死兄弟，葉常青回來了也就代表他回來了！我們滿心等著他們回來，不管是誰回來，我們都高興，可是，最後我們等來的是什麼？是葉常青當叛徒害死我們家土蛋的消息，程天順的話我們自然不信，可連毛喜旺都說這個消息是真的，我們接受不了啊！為什麼土蛋都能為葉常青豁出性命，他卻還要害我們家土蛋，我娘就是日日夜夜的想這個想不明白才會瘋的……」

楊月紅說著說著，又哭得泣不成聲，楊老五也是老淚縱橫，被綁在柱子上的土蛋娘估計也聽明白了，同樣是淚流滿面。

「葉紅袖，妳告訴我，要是妳是我，妳會怎麼做？妳會相信一句沒有證據能證明不是葉常青害死土蛋的話，當什麼事都沒發生嗎？」

葉紅袖被她質問得啞口無言，她的心也被重重戳痛了。

楊月紅剛剛說的那些，她從來都不知道，也從沒站在她的位置設身處地想過。

她突然想起了他們兩家從前格外親密的關係，再對比現在，心裡五味雜陳，說不出來是什麼滋味。

楊家院子裡，一下子安靜得只能聽到楊家人掉眼淚的聲音。

「你們都走吧，我們不想看到你們。」

楊月紅扶著楊老五從地上爬了起來，又把綁在柱子上的娘給放了。

「月紅姊……」

葉紅袖情緒複雜，開口喊了她一聲，卻又完全不知道該說什麼。

楊月紅沒有理她，拿了掃把開始打掃院子裡的瓷器碎片，還有那堆死了的雞鴨鵝。

「月紅姊，妳讓我給五嬸治病吧，我有法子能把她的病治好。」

葉紅袖又衝她喊了一聲。楊月紅剛才的那些話重重戳痛了她的心。她想幫她，她希望楊家能重新振作起來，更希望他們兩家能和從前一樣。

「你們葉家只有以命抵命了，我娘的病才會好。」

楊月紅背對著葉紅袖。她的身子很瘦，被月光照在地上的影子更瘦。

「我……」

「葉紅袖，妳不要再說了，今天是土蛋的生辰，我們楊家人不想看到你們葉家人。」

聽到生辰二字，葉紅袖猛地想起了，掐著指頭算，確實是楊土蛋的生辰。

以往他過生辰的時候，都會在家裡擺上一桌，把自己一家全都喊上，楊五嬸和楊月紅下廚，還有一大碗長長的長壽麵。楊土蛋會拉上大哥二哥喝幾杯楊五叔平常不拿出來喝的白酒，三個人的酒量都不行，每次都被辣得齜牙咧嘴。

以往的歡樂情景還歷歷在目，可今天同樣的日子，滿院子只剩悲涼和痛苦。

葉紅袖的心裡更難過了，可與此同時她更恨了。

她轉身，冷眼看向正從地上爬起來的毛喜旺。

「毛喜旺，人在做，天在看，你作了什麼孽，老天爺都在天上看著，總有一天會收拾你的！」

「我、我、我不知道妳說什麼，我不知道，我什麼都不知道！」

爬起來的毛喜旺抱著頭這麼嚷了一句就落荒而逃了。

隨後，葉紅袖也被連俊傑牽著從楊家走了出來。

一走上剛才那條沒什麼人的路邊，葉紅袖拉住了連俊傑。「連大哥，我大哥到底什麼時候才會回來啊？」

「下個月。」

「真的?!」

「真的。」

連俊傑笑著衝她點了點頭，可滿目的柔情看到她脖子上的掐痕後，立刻成了憤怒。

剛才要不是看在紅袖分上，不管這個楊老五有多可憐，他必得廢了他那隻傷了她的手不可。

「連大哥，你是不是還有很多事，不方便和我說？」

葉紅袖問得小心翼翼。她記得毛喜旺說的那句害得他們打了敗仗，死了上萬人的話，還有他說的什麼證據是可以造假的，毛喜旺心裡是最清楚的。

再結合毛喜旺被嚇得直接癱在地上的樣子，她懷疑大哥被冤枉當叛徒的事一點都不簡單。但更奇怪的是，連俊傑好像什麼都知道。

「是不方便。」連俊傑說完，最後還是忍不住伸手摸了摸她的脖子。「還疼嗎？」

他問的時候，語氣很輕很輕，手指觸摸那道紅痕時，力道也是前所未有的輕柔，就怕會傷著她，讓她疼。

「不疼了，我現在就是想著月紅姊剛才說的那些話，心裡難過得緊。」

想起楊月紅仍對自家仇恨的態度，葉紅袖的心情就格外沈重。

「沒事的，來日方長，她以後會知道你們對他們的真心的。走吧，已經很晚了，再不回去妳娘會擔心的。」

「嗯，真希望大哥能馬上就回來。」

這下，葉紅袖對大哥更充滿期盼了。

「我倒是希望另一個人能快點回來。」連俊傑抬頭，看向掛在夜空的彎月，一臉惆悵。

「誰啊？」

葉紅袖看向他。他這般惆悵，心事重重的模樣，看得她心裡都跟著不好受。

「把妳從我手裡搶走的陳雲飛。」他突然低頭，笑著伸手捏了捏她的小鼻子。「他回來了，我就能名正言順把妳搶回來，娶回去了！妳知道我等這一天等了多長時間嗎？」

炙熱的鼻息輕輕灑在葉紅袖柔嫩白皙的小臉上，望著她的星眸一片璀璨。

葉紅袖的臉瞬間紅得幾欲滴出血來，在微弱的月色下，看得清清楚楚。

翌日，吃過早飯，葉紅袖剛收拾好，連俊傑就來了。他們昨晚約好了今天去集市買東西。

兩人剛進縣城，就聽到趕集的人都在議論紛紛。

「濟世堂一大早就有人去鬧，說他們治死了人騙錢，還要抓他們的大夫去衙門呢！」

「是真的，我剛從那兒過來，人抬著屍體過來的！哎喲，我是最怕死人的！」

葉紅袖嚇了一跳，但不相信。她看過好幾次紀元參診病和開的藥方子，他診斷仔細用藥保守，是不可能會治死人的。

「走，去濟世堂看看。」

連俊傑忙拉著她朝濟世堂的方向奔了過去。

遠遠地，兩人就看到濟世堂所在的街上擠滿了人。

而濟世堂門口，一個用門板抬過來的男子正躺在地上，雙眸緊閉，臉色發青，唇色卻烏黑發紫。他身邊有兩個呼天搶地的婦女，還有兩個男人正揪著景天和醫館裡的其他藥童要動粗。

連俊傑疾步衝過去，只兩下就將拳頭要落在景天和藥童身上的兩個男人給制伏了。

「我警告你別多管閒事！他們治死了我兄弟，我們要他們償命！你識相的就趕緊讓開，不然等會兒衙門的人來了，你們也要跟著進去吃牢飯！」

其中一個滿臉橫肉的男人衝連俊傑威脅著，話一說完，又衝到景天的面前，還想對他動手。

「既然你們都已經報官了，那就得由官府來評斷，你們不能隨便動手！」

連俊傑再次將他攔住。他是練家子，滿臉橫肉的男人雖然身彪體肥，卻只有一身蠻力，不是他的對手。

「景天，這是怎麼回事？」

葉紅袖此刻也走了過來，她剛剛仔細盯著躺在地上的男人看了一遍，覺得不對勁。

「他是前天來看病的，師傅把的脈開的藥，就是簡單的急火攻心，可沒想到今天一大早就被他們抬了過來，說死了！我、我也不知道到底是怎麼回事！」

景天年紀還小，也沒遇見過這樣的場面，早就急得滿頭冷汗了。

「你師傅呢？」

葉紅袖只奇怪紀元參此刻怎麼不在場？還有他們的東家，這個時候應該是他們出來主事的。

「師傅和東家昨天出門辦事去了，還得好幾天才能回來呢！葉姑娘，現在該怎麼辦啊？」

景天現在只能把全部希望都放在葉紅袖身上了，這裡他人生地不熟，事態又嚴重，他真是手足無措了。

「你先別急，我去看看病人的情況。」

葉紅袖說完便朝躺在地上的病人走去，誰知道她剛蹲下想伸手摸病人的脈象，就被其中一個頭髮花白的老婦給拉開了。

「妳要幹什麼？難道人都死了，你們還不甘休嗎？老天爺啊！我可憐的兒啊！娘來給你討公道了！」

話一說完就繼續呼天搶地了起來，眼淚鼻涕齊飛，旁人看了都不忍心。

「大娘，我是大夫，妳讓我看看他現在到底是什麼情況。」

葉紅袖耐著性子解釋。她覺得這事蹊蹺，因為這個病人的臉色實在不是一般的奇怪，還有他的手……要是人死了，身子冰冷、沒有溫度，且肌膚僵硬沒有彈性，但她剛剛雖然沒有摸到他的脈搏，可手是暖的。

「大夫？妳和濟世堂是一夥的，你們都是騙錢的神棍、王八蛋！當初我兒說要來找你們看病的時候，我就說了這個濟世堂來不得的，這世上哪裡會有傻子不要錢白給人看病的？可他偏偏不信，一定要來，妳看，本來只是一點小病，你們卻把他的命都給治沒了！我可憐的兒啊！你就這麼走了，我可怎麼活啊！我乾脆也死了算了……」

說罷，老婦突然從地上爬了起來，竟當著眾人的面朝濟世堂大門的柱子上撞去。一個圍觀的婦人眼疾手快，衝出來將她給死死拽住。「老姊姊，妳這可使不得啊！」

葉紅袖被老婦這個突如其來的舉動嚇得差點魂都沒了，對這個及時衝出來一臉麻子的婦人充滿感激。得虧是她反應快，手腳也快，不然還真會血濺當場。

「我……我也不要活了！」

可這邊她都還沒喘上一口氣，一直沒吭過聲的年輕婦人竟也大叫了一聲，朝大門柱子撞了過去。

這次反應快的是葉紅袖，她疾步衝過去，用自己的身子擋在年輕婦人和柱子之間。年輕婦人一頭猛地撞進了她懷裡，好巧不巧正好撞在了她胸前那對包子上，疼得她眼淚都迸了出來。

但她這時候只能雙手緊緊摟著那個年輕婦人的腰。她是個孕婦，要是有個好歹，那可就是一屍兩命啊！

「唉唷，我說這個小媳婦，你們這是做什麼啊！妳死了不是更便宜這個濟世堂了嗎？你們是來討公道的，你們家已經有人在這兒送了一條命了，得讓他們還你們一個公道！」

剛剛衝出來的麻臉婦人再次開口，但葉紅袖忽然察覺到她這話不對勁。同時她也在年輕婦人的身上摸到了一個奇怪的東西。

年輕婦人好像怕她會察覺一樣，在葉紅袖的手剛摸到她的腰時便將她推開了，然後捂著臉，哭哭啼啼地朝麻臉婦人走了過去。

「嬸子，妳是不知道，我們一家就靠大力賣力氣掙錢吃飯呢！他前兒有些不舒服的時候，我就和他說了，讓他去百草廬看看，那裡雖然貴了些，但是大夫的醫術好啊，而且都是老口碑了。可他總聽旁人說這新開的濟世堂便宜，為了省兩個錢就偷偷瞞著我們來了……可你們都看看，就只是一點小病啊！他們濟世堂就把我們家的大力給治成這樣了，命都沒了啊！我和大力成親才半年啊，他就這麼沒了，我和孩子活著還有什麼奔頭啊……不如就這麼隨他一道去算了！」

「唉，可憐的孩子喲！」

麻臉婦人抱著年輕婦人唔唔哭著，一旁的老婦也再次癱坐在地，呼天搶地了起來。「我就說這濟世堂信不得，他是拿咱們這些窮苦老百姓的命試藥的，不然這世上哪裡會有看病不給錢，拿藥不給錢的好事？偏偏我那傻兒子就是不聽，你們這殺千刀的濟世堂，你們賠我的兒、賠我的兒！」

「試藥？什麼是試藥？」有人不明白老婦口中的試藥是什麼意思。

「這個試藥啊！你們不懂，我來告訴你們。」人群中突然鑽出了一個熟悉的身影。「就是在幫醫館試藥的藥性，有些藥能不能放在一起用，放在一起用有沒有效果，效果怎麼樣？都是要先試了才知道的。」

馮川柏一邊搖頭晃腦地在人前踱步，一邊不緊不慢地解釋。「百草廬也有試藥人，可那些人都是職業試藥人，可不會像濟世堂這樣卑鄙無恥，背地裡偷偷拿那些去他們醫館看病的病人試藥！」

他這話一說，人群頓時就像是炸了鍋一樣。

「原以為這濟世堂真是懸壺濟世的好地方，沒想到卻是人間煉獄，竟背地裡幹出這麼無恥草菅人命的事情來。」

「我就說嘛！這世上哪會有傻子做虧本生意呢！拿咱們這裡的人試藥，拿試好的藥去別處發大財，你們濟世堂就不怕老天來收拾你們嗎？」

「還和他們廢什麼話啊！直接把這個喪良心的地方給砸了！」

群情湧動，圍觀的眾人都捋起了袖子，大步朝濟世堂湧了進去，想要砸東西。

——未完，待續，請看文創風803《醫娘好神》2

文創風 802

# 醫娘好神 1


國家圖書館出版品預行編目資料

醫娘好神 / 金夕顏著. --
初版. -- 臺北市 : 狗屋, 2019.11
冊 ; 公分. --（文創風）
ISBN 978-986-509-057-9（第1冊：平裝）. --

857.7　　108016928

| | |
|---|---|
| 著作者 | 金夕顏 |
| 編輯 | 張蕙芸 |
| 校對 | 黃薇霓 |
| 發行所 | 狗屋出版社有限公司 |
| 地址 | 台北市104中山區龍江路71巷15號1樓 |
| 電話 | 02-2776-5889～0 |
| 發行字號 | 局版台業字845號 |
| 法律顧問 | 蕭雄淋律師 |
| 總經銷 | 知遠文化事業有限公司 |
| 電話 | 02-2664-8800 |
| 初版 | 2019年11月 |
| 國際書碼 | ISBN-13　978-986-509-057-9 |

本著作物由雲起書院（http://yunqi.qq.com/）授權出版

定價250元
狗屋劃撥帳號：19001626
網址：love.doghouse.com.tw　E-mail：love@doghouse.com.tw